HAYMON verlag

Wilfried Steiner

Der Trost der Rache

Roman

Für Josefina

Die Drucklegung erfolgte mit freundlicher Unterstützung der Abteilung Kultur und Bildung der Stadt Linz.

Auflage:
4   3   2   1
2020 2019 2018 2017

© 2017
HAYMON verlag
Innsbruck-Wien
www.haymonverlag.at

Alle Rechte vorbehalten. Kein Teil des Werkes darf in irgendeiner Form (Druck, Fotokopie, Mikrofilm oder in einem anderen Verfahren) ohne schriftliche Genehmigung des Verlages reproduziert oder unter Verwendung elektronischer Systeme verarbeitet, vervielfältigt oder verbreitet werden.

ISBN 978-3-7099-7276-2

Umschlag- und Buchgestaltung nach Entwürfen von hœretzeder grafische gestaltung, Scheffau/Tirol
Umschlag: hœretzeder grafische gestaltung, Scheffau/Tirol
Umschlagabbildung: Tim Oberstebrink, www.oberstebrink.com, via Wikimedia Commons
Satz: Da-TeX Gerd Blumenstein, Leipzig

Gedruckt auf umweltfreundlichem,
chlor- und säurefrei gebleichtem Papier.

Das Verschwinden

Das Schönste, was wir erleben können,
ist das Geheimnisvolle.

Albert Einstein

EINS

Der schönste Dialog über die Unendlichkeit stammt von Hamlet und seinem Vater.

Nicht vom Dänenprinzen und dem Geist, sondern von Hägar dem Schrecklichen und seinem Sohn.

Sie stehen auf einem Feld, versunken in die Betrachtung des Firmaments.

„Kommst du nicht ins Staunen, Papa", fragt Hamlet, „wenn du all die Sterne am Himmel siehst?"

„Ja", sagt Hägar. „Sie sind so klein und so mickrig und wir sind so groß."

Karin hat mir den Strip einmal geschenkt, hinter Glas und hübsch gerahmt. Ich vermute, sie wollte damit andeuten, dass ihr meine Nächte auf dem Balkon langsam ein wenig barbarisch vorkamen. Vielleicht hegte sie aber auch heimliche Sympathien für mein Staunen über den Himmel und sah mich eher als kindlichen Hamlet mit winzigem Wikingerhelm, der seinem Vater zu erklären versucht, dass da draußen noch etwas ist. Etwas Erhabenes, Ehrfurcht Gebietendes, das seinen zu eng gezogenen Horizont übersteigt.

Mein Teleskop ist nicht sehr groß, und außer dem Orionnebel, den Mondkratern und den Umrissen der Andromedagalaxie kann ich nicht viel beobachten. Aber wenn ich einen beliebigen Ausschnitt des Himmels anvisiere, sehe ich das Funkeln von hunderten Glutnestern auf einem schwarzen Tuch, hin und wieder den aufgleißenden Schweif einer Sternschnuppe, und fühle mich auf unvernünftige Weise getröstet und den Niederungen des Alltags enthoben. Bis hierher bin ich in Karins Augen nur ein Eskapist. Verzeihlich: Wer flüchtet nicht gerne aus der Wirklichkeit, in der wir leben? Was sie irritiert, ist die Beharrlichkeit, mit der ich in jeder klaren Nacht den

Stand der vier großen Jupitermonde in ein A3-Notizheft eintrage, selbst bei Februarfrost, unermüdlich und präzise: Jupiter ein kleiner runder Klecks, die Trabanten vier Punkte. Io, Europa, Ganymed und Kallisto: Bevor ich nicht aufgezeichnet habe, in welchem Abstand und Winkel zum Planeten sie stehen, Datum und Zeit hinzufüge, die Skizze mehrmals überprüfe und bei Fehlern von vorne beginne, bis alles seine Richtigkeit hat, kann ich nicht schlafen. Wenn der Stand des Jupiter die Beobachtung verhindert, was oft über Monate hinweg der Fall ist, werde ich unruhig. Als Therapeutin fallen Karin da schon böse Begriffe ein, *analer Charakter* ist noch einer der harmlosen. Doch immer, wenn sie sie verwendet, lächelt sie dabei milde.

Nun aber sitze ich hier an diesem ungastlichen Ort und überlege, ob es nicht angebrachter wäre, die Vergangenheitsform zu verwenden. Wer weiß, wann ich sie wiedersehen werde, Karin und mein Teleskop.

Mit zehn Jahren bekam ich mein erstes Buch über Astronomie geschenkt. Es hieß schlicht „Sterne", war ein kleines Taschenbuch mit unscharf gedruckten Fotos und verzerrten Himmelskarten und entfachte in mir die erste kosmische Begeisterung. Ich erfuhr, dass es Fixsterne, Planeten, Galaxien und Nebel gab, dass eine Zündholzschachtel voller Materie eines *weißen Zwerges* auf der Erde sieben Tonnen wiegen würde und dass der Umfang des *roten Überriesen* Beteigeuze größer war als die Umlaufbahn des Mars um die Sonne. Ein Freund meines Vaters, den ich damals Onkel Martin nannte, hatte mir das Päckchen überreicht, mit geheimnisumwobener Miene, als enthielte es Schatzkarten, die nur er und ich je zu Gesicht bekommen würden. Seit diesem Moment musste er jedes Mal, wenn er bei uns zu Gast war, mit mir eine halbe Stunde auf dem Balkon verbringen. Mit ausgestreckter

Hand zeigte ich auf Lichtpunkte und nannte stolz Namen, Entfernungen, Farben und Spektralklassen. Er nickte stumm und klopfte mir auf die Schulter. Irgendwann besuchte er uns nicht mehr, und ich machte mir Vorwürfe. Erst später erfuhr ich, dass der Bruch meines Vaters mit Onkel Martin mehr mit meiner Mutter als mit mir zu tun gehabt hatte.

Aber die eigentliche Geschichte begann mit dem Tod meines Vaters vor fünf Monaten. Es ging alles sehr schnell. Eines Abends rief er an und fragte, ob er zu uns kommen könne. Sofort.

Er sah müde aus. Zuerst dachte ich, er sei noch ein wenig mitgenommen von dem Essensgelage, das er drei Tage zuvor anlässlich seines fünfundsiebzigsten Geburtstages veranstaltet hatte. Für jedes gelebte Jahr einen geladenen Gast. Er hatte sich seine alte Motorradlederjacke über ein weißes Hemd mit offenem Kragen gezogen und die Gäste bis zwei Uhr früh mit seinem finsteren Humor bei Laune gehalten. Erst als wir ihn mit vereinten Kräften die Stufen zu seiner Wohnung hochgetragen hatten, befiel ihn wieder die Melancholie und er rief nach meiner Mutter, die seit zehn Jahren tot war. Nachdem er sich in mehreren Konvulsionen erbrochen hatte, legten wir ihn ins Bett und deckten ihn zu.

„Adrian", sagte er, als er eine Viertelstunde nach seinem Anruf an unserem Küchentisch saß, „ich muss dir etwas mitteilen." Karin wusste sofort, dass etwas Bedrohliches geschehen war. Mein Vater liebte sie, und wenn er nur mich ansprach, war das immer ein Zeichen dafür, dass er aus Ratlosigkeit Zuflucht zu den Blutsbanden suchte, die ihm im Vollbesitz seiner Kräfte immer verdächtig waren.

„Ich war gestern und heute bei Stefan", sagte er. „Er hat mich von oben bis unten durchgecheckt. Du weißt schon,

Gastroskopie, Endoskopie, die üblichen Foltermethoden."
Er holte tief Luft und nahm einen Schluck von dem Cognac, den Karin vor ihn hingestellt hatte. Seine weißen Haarsträhnen standen in wilden Bögen seitlich von den Ohren ab. In diesem Moment erinnerte er mich an das Foto eines Lisztäffchens, das ich einmal in einem Bildband über den Amazonas gesehen hatte.

„Meine Übelkeit kommt nicht von der schlechten Ernährung. Oder vom Alkohol. Sie kommt von einem kleinen Stück Scheiße, das sich in meiner Bauchspeicheldrüse eingenistet hat."

Karin, die eben noch damit beschäftigt war, einen Teller Schinken mit Melonen zu garnieren, ließ sich auf den Stuhl neben mir fallen. Ich spürte, wie sie dagegen ankämpfte, doch sie konnte ihr Aufschluchzen nicht unterdrücken.

„Na, na, so schlimm ist es auch wieder nicht", sagte mein Vater und tätschelte ihren Handrücken. „Ein alter Onkologe, der vom Krebs gefällt wird, das hat doch was, oder?"

„Wie lange noch?", fragte ich hilflos, was mir einen vernichtenden Blick von Karin eintrug.

„Drei Monate", sagte mein Vater. „Falls sich der alte Quacksalber nicht irrt und ich ihm nicht doch noch von der Schaufel springe." Er lachte hell auf, wie ein ungestümer junger Mann, der stolz darauf ist, sich in einem Kreis Erwachsener mit obszönen Reden wichtig zu machen.

Karin schaffte es, ihre Gesichtsmuskeln zu kontrollieren, und lächelte. Gegen die Tränen hatte sie aber keine Chance.

„Wir werden dir in allem helfen. Was immer du brauchst", sagte sie tapfer.

„Ich weiß, Kleines", sagte mein Vater. „Wenn ich ganz in Stefans Gewalt bin und nicht mehr reden kann, erinnere ihn bitte an sein Versprechen."

„Welches Versprechen?"

Noch ein Schluck Cognac.

„Es besteht nur aus einem Wort." Er blickte sich in der Küche um und blähte die Nasenflügel. „Es riecht hier so unangenehm frisch. Sag bloß, du rauchst nicht mehr, alter Hasenfuß."

„Doch, doch." Ich holte das Päckchen aus meiner Tasche und hielt es ihm hin. „Wir lüften nur öfter."

Er zog eine Zigarette heraus, brach den Filter ab und zündete sie sich an.

„Was machen die Sterne? Nachwuchs bei Jupiters? Oder immer noch die vier gleichen Bälger?"

Ich weiß nicht, warum ich das sagte, was ich sagte. Karin hätte sicher eine treffende Bezeichnung dafür. *Hortend, fixiert*, was weiß ich.

„Jupiter ist ein Planet, kein Stern. Und die Bälger werden immer mehr. Siebenundsechzig Monde sind es inzwischen."

„Aber du siehst immer nur vier!" Er lachte und hustete gleichzeitig.

Ich konnte nicht antworten, weil Karin ihren Arm ausgefahren hatte und mir mit ihren schmalen Fingern den Mund fest verschloss.

„Wie lautet das Wort", fragte sie.

„Morphium", sagte mein Vater.

Am nächsten Morgen sprach ich mit Stefan Höller, Onkologe wie mein Vater und sein bester Freund. Er hatte die Leitung der Abteilung im Allgemeinen Krankenhaus nach der Pensionierung meines Vaters von ihm übernommen.

Im dunklen Korridor der Station kam mir Stefan mit abwesendem Blick entgegen.

Seine Miene trübte sich, als er mich wahrnahm.

„Es tut mir so leid", sagte er zur Begrüßung.

„Wie schlimm ist es?", fragte ich.

Er nahm mich am Arm, zog mich ins Schwesternzimmer und drückte mich auf einen Stuhl.

„Es ist ein besonders aggressiver Tumor", sagte er. „Wir können nicht operieren, und dein Vater hat eine Chemotherapie strikt abgelehnt."

„Er wird sterben", sagte ich dumpf.

Stefan nickte und legte seine Hand auf meinen Unterarm. „Er kann noch ein, zwei Wochen zu Hause bleiben, dann werden die Schmerzen ihn zwingen, zu uns zu kommen."

Wir unternahmen Ausflüge mit meinem Vater, an seine Lieblingsorte. Es war ein sonnendurchfluteter Spätherbst. Karin fuhr, er saß neben ihr, ich im Fond. Der Semmering, das Waldviertel, die Wachau.

Einmal spätabends hielt uns die Polizei an. Karin kurbelte das Fenster herunter, der Beamte beugte sich herein. Mein Vater packte ihn am Kragen.

„Hauen Sie ab", sagte er. „Das hier ist ein Leichentransport."

Wir standen lange am Straßenrand, bis Karin alles erklärt hatte.

Mein Vater sträubte sich lange dagegen, ins Krankenhaus zu gehen. Als die Schmerzen kamen, bekämpfte er sie mit allem, was die Pharmazie zu bieten hatte. Einmal, als er mit verzerrtem Gesicht auf der Bettkante hockte und ich den Arm um ihn legte, um ihn sanft davon zu überzeugen, dass es nun Zeit wäre, stieß er mich brüsk von sich.

„Ich lass mich doch nicht von meinen eigenen Kindern deportieren!", schrie er. Dann besann er sich, nahm meine Hand, zog mich zu sich heran und flüsterte mir ins Ohr: „Du weißt doch, dass ich da nie wieder rauskomme."

Was ihn am meisten davon abschreckte, in die Klinik zu gehen, war, dass er sie so gut kannte. Bis zu seinem Abschied vor zehn Jahren war er einer der renommiertesten Krebsspezialisten Wiens gewesen, und auch danach wurde er immer wieder von jüngeren Kollegen kontaktiert und um seine Meinung gefragt. Was er wirklich dachte, behielt er meistens für sich.

„Ich habe so viele Menschen kämpfen sehen, und am Ende sind sie doch fast alle krepiert", sagte er bei seiner Geburtstagsfeier, als nur noch eine Handvoll Leute am Tisch saßen und seine Augen schon glasig waren.

„Das Schlimmste ist, dass du sie in ein Leiden schicken musst, das so oft umsonst ist. Sie klammern sich daran, sie nehmen es auf sich, weil sie lieber kotzen und schreien und sich winden, als schnell zu sterben. Die demütigende Macht des letzten Strohhalms, auch wenn er noch so dünn ist: Das ist das wahre Wesen der Chemo. Ich bete zu Gott, an den ich nicht mehr glaube, dass mich eines Tages der Schlag trifft."

So redete er, drei Tage vor seiner Diagnose. Erst zwei Monate später, im Dezember, gab er auf.

Im Moment seines Todes saß ich an seinem Bett. Zuerst lag er ruhig auf dem Rücken und starrte an die Decke. Plötzlich ging ein Ruck durch seinen Körper und er begann zu röcheln. Er bäumte sich auf, aber nur kurz, dann fiel er zurück und schnappte nach Luft. Das Röcheln wurde lauter und langsamer. Ich drückte den Knopf für die Schwester. Mein Vater hob den Kopf und schaute mich an. Es war mir nicht klar, ob er mich erkannte. Sein Kopf sank auf den Polster zurück. Er klappte den Mund auf, gab einen rasselnden Laut von sich. Von einer Sekunde zur anderen änderte sich die Farbe seines Gesichts, als würde es jemand mit einer dünnen Schicht Wachs überziehen. Er vergilbt, dachte ich. Seine Pupillen kippten nach hinten, die Augen waren nur noch zwei weiße Löcher. Der Blick hatte die Richtung gewechselt, um hundertachtzig Grad, weg von der Welt, hin zu einem Abgrund, den Lebende nicht sehen können.

Die Schwester flog herein, stieß einen Schrei aus, rannte wieder hinaus auf den Korridor. Stefan fand mich neben meinem toten Vater, von einem Schluchzen geschüttelt, das erst abebbte, als er mich mit seinen Sportlerarmen so fest an sich drückte, dass ich keine Luft mehr bekam.

Ich habe oft mit Karin über diesen Moment gesprochen. Es war nicht allein die Trauer um meinen Vater, die mich so erschüttert hatte. Seine herablassende Art hatte eine wirkliche Nähe zwischen uns immer verhindert, und meine Liebe zu ihm war von Ärger und Enttäuschung vergiftet.

Vielleicht war es die Begegnung mit dem Tod selbst, die mir den Boden unter den Füßen weggezogen hatte. Dieses Grauen, das man manchmal bei Begräbnissen beobachten kann, wenn Menschen vor dem offenen Grab von einem Zittern gepackt werden, das sicher nicht von dem Schmerz um den entfernten Verwandten herrührt, der da unten in seiner Holzkiste liegt. Wenn das Aufschlagen der Erdbrocken auf dem Sarg jene an der Gurgel packt, die sich eben noch über die Menüfolge des Leichenschmauses unterhalten haben.

Wahrscheinlich hatte der Tod seinen Vogelkopf aus den Augenhöhlen meines Vaters gezwängt, hatte sich auf seiner Stirn hockend zu voller Größe entfaltet, war hochgestiegen, über mich hinweggebraust und hatte mir dabei mit seinen gelben Schwingen eins übergezogen.

Wir sterben immer mit, wenn jemand stirbt, sagt Karin. Sie habe immer wieder Klienten, die über den Tod eines Elternteils nicht hinwegkämen, gleichgültig, wie groß die Nähe davor gewesen sei. Die Eltern seien die letzte Barriere zwischen dem Einzelnen und dem Tod, ihr Verschwinden blockiere den Verdrängungsmechanismus, das eigene Sterbenmüssen entfalte dann seinen ganzen Schrecken. Es klang überzeugend, aber auch wieder nicht. Nein, es klang professionell. Ich musste ständig auf der Hut sein, nicht in die Rolle eines ihrer Patienten zu rutschen.

„Was denkst du wirklich?", fragte ich sie. Wir saßen nebeneinander auf der Couch und schauten auf den ausgeschalteten Fernsehapparat.

„Ich glaube, es war deine Wut."

„Wie meinst du das? Natürlich war ich zornig auf ihn, aber –"

„Nicht auf ihn", unterbrach mich Karin, „auf dich selbst. Weil du ihm bis zum Schluss nicht gesagt hast, was du ihm immer sagen wolltest. Und dann war es zu spät."

Psychologie, Psychologie.

Von irgendwo hinter mir vermeinte ich das dröhnende Lachen meines Vaters zu hören.

„Hasenfuß!", rief er, „Hasenfuß, Hasenfuß!"

„Wusstest du eigentlich", sagte ich zu Karin, „dass Hamlets Vater auch Hamlet hieß?"

Doch es war noch etwas anderes, das ich dem Geist meines Vaters entgegensetzen konnte. Es stieg in einer Nacht, in der ich wie eine Holzplanke in meinem Bett lag und mich vergeblich nach Schlaf sehnte, langsam in mir hoch, erst noch verschwommen, dann mit schärferen Konturen. Es war eine seltsame Art von Gewissheit, ebenso banal wie überraschend.

Ich würde auch sterben. *Unausweichlich, unvermeidbar*, und wie die Worte der Einsicht alle lauteten. Jeder Widerstand zwecklos.

Doch die Konsequenz daraus war in diesem Augenblick für mich nicht etwa Resignation. Im Gegenteil, etwas an dieser Unerbittlichkeit spornte mich an, stieß mich mit der Nase auf mein Leben zurück.

Ich wollte vor meinem Tod noch ein paar Dinge erledigen. Zum Beispiel mir endlich meine ungelebten Träume erfüllen. Ein wahr gewordener Wunsch ist ein kleiner Triumph über die Vergänglichkeit. Oder so.

Diese Erkenntnis würde Karin erfreuen, so viel war sicher. Ich rüttelte sie sanft. Dann ein wenig heftiger. Sie schlug die Augen auf.

„Ich weiß jetzt, was ich tun muss", sagte ich.

„Wie spät ist es?", fragte Karin schlaftrunken.

„Noch nicht zu spät. Karin, ich werde eine lang gehegte Sehnsucht in die Tat umsetzen."

„Hat das nicht bis morgen früh Zeit?" Sie drehte sich zur Seite und schlief wieder ein.

Bis der Wecker läutete, saß ich aufrecht im Bett.

Ich würde eine kleine Reise unternehmen. Seit seiner Inbetriebnahme träumte ich davon, das *Gran Telescopio Canarias* zu sehen. Es befand sich im Observatorium Roque de los Muchachos auf La Palma, sein Spiegel war mit 10,4 Metern Durchmesser der größte der Welt.

Dorthin würde ich aufbrechen, so schnell wie möglich.

Näher konnte man auf der Erde dem Himmel nicht sein.

ZWEI

Die Fotos, die mich in meinem ersten Buch über Sterne am meisten beeindruckten, stammten vom damals größten Spiegelteleskop der Welt auf dem kalifornischen Mount Palomar. Der Durchmesser des Spiegels war mit fünf Metern nur halb so groß wie der des *Gran Telescopio Canarias*. Mount Palomar wurde 1949 eröffnet, das Observatorium auf dem Roque 2009. Sechzig Jahre astronomische Forschung schafften also gerade einmal eine Verdoppelung der Möglichkeiten. Angesichts anderer wissenschaftlicher Fortschritte kann einen das bescheiden anmuten. Erst wenn man die Aufnahmen miteinander vergleicht, wird die Entwicklung deutlich.

Nie werde ich das Schaudern vergessen, das durch meinen Körper lief, als ich zum ersten Mal ein Bild des Orionnebels sah. Ich hatte bis dahin keine Vorstellung, was ein Nebel sein konnte außer dieser undurchdringlichen grauen Masse, die bei manchen Autofahrten von der Straße aus die Windschutzscheibe hochkroch, meinen Vater nervös machte und meine Mutter dazu veranlasste, ständig „Langsamer!" zu rufen. Solche Farben und Formen hatte ich noch nie gesehen, ich fand keine Begriffe dafür und finde sie noch immer nicht. Ein purpurner Schleier, der eine Schar von wimmelnden Lichttierchen verhüllt. Die Falten eines rosa Nachthemds, wie meine Mutter es trug, wenn sie mit meinem Vater allein sein wollte. Doch aus dem Halsloch wuchs der Kopf eines schrecklichen Pelikans. Auseinanderklaffende Gliedmaßen einer Kröte oder Eidechse, auf die sich der Schädel einer Kreuzotter zubewegt; ein schreiendes Menschengesicht mit sieben Augenschlitzen, jeder einzelne senkrecht ins schwarze Fleisch geschnitten. Doch alles war aufgehoben in einer Art erhitzter Luft, die alles umschloss und alles zum Fliegen brachte.

Heute kenne ich zwar die wissenschaftlichen Bezeichnungen für viele Phänomene, die sich in M 42 ereignen, aber wenn ich mein altes Buch von 1972 aufschlage, vorsichtig, damit es sich nicht in seine Bestandteile auflöst, höre ich immer noch Echos dieser ersten krächzenden Stimmen aus dem All, spüre Reste des wohligen Entsetzens, das mich damals packte. Ich konnte hier sein und gleichzeitig woanders, verschwinden in einer Welt, in der riesige Wesen aus Gas und Staub ihre Flügel ausbreiteten, um mich fortzutragen, weit weg von den Dingen, die mir Angst machten.

Durch das Okular meines Balkonteleskops sehe ich den Orionnebel nur als violetten Klecks, doch das mindert das Vergnügen nicht, ihn jede Nacht aufs Neue zu betrachten.

Endlich piepte der Wecker.

Nachdem Karin aufgestanden war und einen Espresso getrunken hatte, schenkte sie mir ihre volle Aufmerksamkeit. Man durfte sie nur nicht zu früh wecken; sie hasste den Morgen, und vor elf Uhr öffnete sie ihre Praxis nie.

„Vor meinem ersten Kaffee", pflegte sie zu sagen, „hab ich nichts Menschliches an mir. Da bin ich nur eine gestaltlose Biomasse, die in der Ursuppe herumschwimmt."

Ich erzählte ihr von meinem Plan.

Sie lauschte interessiert; manchmal umspielte ein Lächeln ihren Mund. Als ich fertig war und sie erwartungsvoll anschaute, sagte sie nur: „Gute Idee." Ich hätte eher einen ironischen Kommentar erwartet, sagte innig „Danke!" und küsste sie auf die Stirn. Sie hob ihren Kopf, bis unsere Münder nur mehr durch Millimeter voneinander getrennt waren. „Darf ich mitkommen?", fragte sie. Ich umarmte sie und nickte länger als nötig, wobei mein Kinn rhythmisch gegen ihren Rücken stieß.

Sie entwand sich mir. „Wir reden später weiter. Meine Spinnenphobikerin wartet."

Karins psychotherapeutische Praxis hatte sich in den letzten Jahren erstaunlich entwickelt. Obwohl sie noch keine vierzig war, galt sie in Wien als eine Koryphäe für Mediation und Supervision. Sie wäre ständig ausgebucht gewesen, hätte sie nicht rigoros eine gewisse Stundenanzahl für ihre „speziellen Schützlinge" freigehalten. So nannte sie Klienten, die ihr von ihren Freundinnen am Sozialamt vermittelt wurden und die sie meist zu symbolischen Tarifen behandelte. Das wiederum sprach sich in der Szene herum, wurde ihr dort hoch angerechnet, und so schraubte sich die Spirale ihres Ansehens stetig nach oben. Über ihre Methoden wurde viel diskutiert; zwar hatte sie eine klassische Lehranalyse über sich ergehen lassen, doch in der Praxis verwendete sie eine eigenwillige Mischung aus verschiedenen Therapieformen, von der Individualpsychologie über Charakteranalyse und Familientherapie bis hin zur Biodynamik. Dieser wilde Eklektizismus hatte ihr unter Kollegen den Spitznamen „Frank Zappa der Psychologie" eingetragen. Ihr Säulenheiliger aber war Wilhelm Reich. Sie bewunderte sein frühes Werk, vor allem die „Massenpsychologie des Faschismus", und seine unermüdliche politische Arbeit für die Befreiung der Sexualität. Aber auch seine spätere Lebensphase, in der er begann, seine berüchtigten Orgonakkumulatoren zu bauen – die nichts weiter waren als simple, innen mit Metall verkleidete Holzkästen –, und am Ende Wolken mit Orgonkanonen beschoss, um Regen zu erzeugen, betrachtete sie nicht mit Spott, sondern mit trauriger Sympathie. Gerne erzählte sie die Geschichte des Spaziergangs, den die Psychoanalytikerin Edith Gyömrői mit Wilhelm Reich und Otto Fenichel unternommen hatte. „Er sprach endlos über seine neue Theorie, die magische Energie des Orgon", habe Gyömrői berichtet. „Fenichel und ich wagten nicht, uns anzuschauen, denn kalte Schauer liefen uns den Rücken hinab. Plötzlich hielt Reich inne und sagte: ‚Kinder, wenn ich meiner Sache nicht so sicher wäre, würde es mich anmuten wie eine schizophrene Fantasie.'" Ihren Mediationskunden aus der Wirtschaft, die sie eigentlich nicht leiden konnte, erzählte Karin derlei Anekdoten nicht; stattdessen verlangte sie horrende Honorare, die anstandslos bezahlt wurden.

Mein Beitrag zum Familienbudget war bescheidener. Die Versuche in jungen Jahren, mit Zeichnungen und Bildern meinen Lebensunterhalt zu bestreiten, waren fehlgeschlagen. Wohl deshalb, weil ich auch in meinen künstlerischen Bemühungen nicht von meiner Obsession für astrale Themen lassen konnte. Meine Visionen von kollidierenden Galaxien oder der Todesstunde von Hypernovae hatten bei berufenen Betrachtern bestenfalls ein Hüsteln hervorgerufen, ein pikiertes Schulterklopfen, ein Lächeln mit schmalen Lippen. Ein paar Semester lang wollte ich Kunsterzieher werden, ehe sich meine pädagogischen Anwandlungen jäh verflüchtigten. Durch Zufall war ich als Beamter in der Magistratsabteilung MA 7 gestrandet und durfte bei Fördervergaben an Kunstschaffende mitdiskutieren. Hätte mir mit achtzehn jemand erzählt, dass ich mit fünfzig zum Beamten verkommen sein würde, hätte ich ihm eine Zeile von *The Who* entgegengeschleudert: *I hope I die before I get old.*

Doch es war, wie es war, und unser Leben verlief unspektakulär, aber harmonisch. Niemand konnte absehen, welche Folgen unsere kleine astronomische Expedition haben würde. Die Ereignisse trafen uns völlig unerwartet, rissen uns mit, oder besser: Sie schlugen über uns zusammen.

Wenn ich wie jetzt stundenlang auf die Tür starre, erwarte ich manchmal, dass plötzlich mein Vater quicklebendig den Raum betritt, flankiert von zwei Herren in weißen

Kitteln, die mir mitteilen, dass das psychologische Experiment nun abgeschlossen sei und ich gehen könne.

In diesem Moment öffnet sich die Tür tatsächlich. Jemand bringt mir mein Essen. Es ist eine grüne Brühe, in der aufgeweichte Weißbrotstücke schwimmen. Vermutlich Erbsensuppe.

Hin und wieder stelle ich mir die Frage, ob ich hierhergekommen wäre, wenn ich gewusst hätte, was mit uns geschehen würde.

Ich weiß es nicht. Ich hoffe es.

DREI

Am Abend nach der Nacht, in der ich meinen Entschluss gefasst hatte, kam Karin später als üblich nach Hause. Einer ihrer Klienten war in eine Krise geraten und Karin hatte ihm eine Doppelstunde angeboten.

„Endlich allein mit meinem Privatneurotiker", rief sie schon in der Tür, warf ihre Tasche in eine Ecke, lief auf mich zu und umarmte mich.

Als wir dann am Küchentisch saßen und die Spaghetti aßen, mit denen ich sie überraschen hatte wollen und die mir ziemlich missglückt waren, wirkte sie erschöpft und niedergeschlagen.

„Manchmal weiß ich nicht, ob es richtig ist, was ich mache", sagte sie und schob die Nudeln auf dem Porzellan hin und her.

„Tut mir leid", sagte ich und zeigte auf ihren Teller. Erst verstand sie nicht, was ich meinte, dann stand sie wortlos auf, holte sich ein Joghurt aus dem Kühlschrank und setzte sich wieder hin.

„Du verstehst nicht, was ich meine, oder?"

„Erklär es mir doch einfach."

Sie löffelte das Joghurt in sich hinein, dann blickte sie auf. Die Hand mit dem Becher schwebte reglos über dem Tisch.

„Ich habe immer öfter das Gefühl, auf der falschen Seite zu stehen."

„Aber warum? Du hilfst doch so vielen Menschen, noch dazu fast umsonst. Was soll daran falsch sein?"

Karin warf den Becher in hohem Bogen durch die Küche in den Abfallkübel.

„Ich repariere sie nur. Sie kommen zu mir, völlig überfordert von den erbarmungslosen Gesetzen des Dschungels da draußen. Ausgebrannte, gemobbte, ausgesaugte

Existenzen, voller Zorn und Verzweiflung. Nach ein paar Stunden bei mir beruhigen sie sich wieder und werden nicht auffällig. Ich helfe dem System, nicht den Menschen."

„Du bist zu streng mit dir selbst." Ich nahm die Teller vom Tisch, entsorgte die Nudeln, stellte mich hinter Karin und massierte ihre Schultern.

„Was soll ich da sagen? Ich verteile ein paar Almosen, das ist alles."

„Immerhin unterstützt du Künstler", sagte sie.

„Ich verteile nur Geld, das ihnen ohnehin zusteht. Ich arbeite im Bauch des Leviathan."

Sie seufzte. „Vielleicht vergeuden wir ja beide unser Leben. Aber du hast wenigstens deinen Urknall."

Ich hockte mich neben sie und legte meine Hand auf ihre Wange.

„Du mochtest ihn sehr, nicht wahr?"

Sie nickte und wandte ihr Gesicht ab.

Ein paar Minuten lang schwiegen wir. Ich setzte mich wieder ihr gegenüber. Sie fuhr mehrmals mit den Fingern durch ihr blondes Haargestrüpp, als müsste sie Spinnweben daraus entfernen. Dann bildete sie mit ihren Handflächen ein V, stützte den Kopf darauf und schaute mich an. Das helle Grau ihrer Iris flackerte kaum merklich. Ich kannte diesen Blick. Er schnitt durch meine äußere Schale wie ein Messer durch einen Pudding. Karin Rauch, die Frau mit den Röntgenaugen.

„Und du gehst jetzt unter die Reisenden?"

Da war er, der sanfte Spott, den ich schon am Morgen erwartet hatte. Ich konnte ihn gut nachvollziehen. Grundsätzlich hielt ich Reisen ja für eine Seuche des gelangweilten Bürgertums. Das war kein sonderlich origineller Gedanke, aber er passte gut zu meinem Unwillen, mich den Prozeduren eines Ortswechsels zu unterziehen. Allein das Wort *Packen* löste bei mir sofort Übelkeit und

Kopfschmerzen aus. Dieser widernatürliche Vorgang, Gegenstände, die zum Überleben nötig waren und die sich an vertrauten Plätzen befanden, in Koffern zu verstauen, um sie dann ein paar hundert Kilometer weiter südlich herauszunehmen und irgendwohin zu legen, wo man sie garantiert nicht wiederfand! Und wozu das alles? Nur um dann an einem Ort, der zufällig am Wasser oder in den Bergen lag, die Einwohner mit Geld dazu zu bewegen, ihre zu Recht feindselige Haltung gegenüber Touristen hinter einer Maske der Untertänigkeit zu verstecken. Und die invasiven Horden nannten dann ihre Opfer auch noch „Einheimische", ein niederträchtiges Wort; es weckte Assoziationen an Marmeladegläser und eingelegtes Gemüse, an Anstalten für schwer erziehbare Kinder oder an Lebewesen in Formaldehyd, die in den Vitrinen verfallender Museen den Blicken Neugieriger ausgesetzt waren.

Die sogenannte Urlaubsreise, hatte ich Karin einmal verkündet, ist nichts als eine camouflierte Form der Eroberung. Neokolonialismus im Mäntelchen aufgeklärten Interesses.

Karin fand das hysterisch; sie betonte gerne, wie anregend es sei, auf Reisen neue Leute kennenzulernen. Dem musste ich widersprechen. Was war daran anregend, sich mit unbekannten Menschen stundenlang in zähem Smalltalk zu ergehen, solange man nur einen einzigen Roman von Cortázar oder Julian Barnes noch nicht gelesen hatte?

Aber du kannst ja am Strand lesen, sagt Karin. Wozu soll das gut sein, wenn ich jedes Mal beim Umblättern ein halbes Kilo Sand aus den Seiten schaufeln muss? Außerdem reagiert mein Körper feindselig auf die Kombination von Sonne, Sand und Salz, die Folgen reichen von Konjunktivitis bis zu einer Vorstufe von Gürtelrose.

Karin behauptet, meine liberale Oberfläche verberge ein weitverzweigtes Netz aus Ängsten und Vorurteilen, wie bei einem alten Möbelstück, unter dessen glänzendem Furnier Holzwürmer ihre Gänge gegraben hatten. Schon saß ich wieder in der psychologischen Falle.

„Ja", sagte ich. „Ich gehe unter die Reisenden. Und ich bin sehr froh, dass du mitkommst."

Sie lächelte. „Ich werde mir doch nicht entgehen lassen, dabei zu sein, wenn mein Mann seine alten Neurosen über Bord wirft. Wenn schon nicht für mich, dann wenigstens für die Sterne."

„Das siehst du falsch", begann ich, aber Karin unterbrach mich sofort.

„War nicht ganz ernst gemeint", sagte sie und streifte mit ihren Zehen mein Schienbein. „Wann soll es denn losgehen?"

„Ich muss mich erst vorbereiten. Flüge und Hotelzimmer suchen. Und vor allem das Observatorium kontaktieren. Ich weiß ja noch gar nicht, ob irgendwelche Hobby-astronomen da überhaupt Zutritt haben."

„Schön, dann find es heraus. Aber beeil dich. Ich bin schon ganz wild darauf, die Praxis für ein paar Wochen zuzusperren."

„Morgen früh fange ich an."

„Fein", sagte Karin. „Und gleichzeitig kannst du ja zur Sicherheit schon zu packen beginnen."

VIER

Mein Vater besuchte mich nach seinem Tod regelmäßig. Oder besser: seine Stimme. Sie redete in meinem Kopf. Man nennt das, sagt Karin, eine akustische Halluzination. Das leuchtete mir ein, ich glaubte nicht an Geister. Und doch war sie an manchen Tagen verblüffend klar vernehmbar, diese Stimme.

So schnell, wie ich gehofft hatte, wurde ich dann doch nicht zum Reisenden. Flüge hatte ich rasch gefunden, man konnte zweimal pro Woche von München aus direkt die Inselhauptstadt Santa Cruz de La Palma erreichen. Für die Hotelsuche benötigte ich schon mehr Zeit; ich hatte eine ganze Liste an Kriterien, die eine Unterkunft erfüllen musste, bevor ich einen Fuß in sie setzte. Insbesondere die Schlafstatt musste sorgfältig geprüft werden. Wenn ich schon riskierte, Nächte in fremder Umgebung zu verbringen, so wollte ich ganz genau wissen, wie das Ding beschaffen war, auf dem ich um Schlaf ringen würde.

Karin hatte extra für mich das Wort *Bettenkontrollfreak* erfunden.

Ich war ein wenig aus der Übung, aber am Ende entdeckte ich ein zwei mal zwei Meter zwanzig großes Doppelbett samt Allergikerbettwäsche in einem Aparthotel nahe der Hauptstadt.

Als ich mich endlich in die Homepage des Observatoriums vertiefen konnte, fragte ich mich, weshalb ich bisher noch nie herauszufinden versucht hatte, ob es für die Öffentlichkeit zugänglich war. Vielleicht war mir bisher der Gedanke, einfach dorthin reisen und es besuchen zu können, zu bedrohlich erschienen. Und auch jetzt verbrachte ich eine Stunde mit der Betrachtung der Fotos und Webcam-Bilder, dem Abspielen der Videos und dem

Lesen der neuesten Forschungsberichte, ehe ich es wagte, auf den Button *VISITS* zu klicken.

Das Erste, das ich erfuhr: Das Observatorium war *open to the general public*.

Das Zweite: *Nocturnal visits are not permitted.*

Diesen Rückschlag nahm ich mit einer Gelassenheit, die mich selbst überraschte. Gut, dann also nicht bei Nacht. Den gewaltigen Spiegel konnte ich auch bei Tageslicht bewundern. Und ich hatte mir in den Kopf gesetzt, dorthin zu fahren, also fuhr ich dorthin. Die Gravitation des *Gran Telescopio Canarias* hatte mich erfasst wie ein schwarzes Loch ein flüchtiges Photon, ich konnte nicht mehr entkommen. Auch von einem Kalender des kommenden Monats mit einunddreißig durchgestrichenen Besichtigungstagen ließ ich mich nicht entmutigen. Ich fand eine E-Mail-Adresse und verfasste eine höfliche Anfrage. Die automatische Antwort kam prompt:

Dear Sir/Madam,

we regret to inform you that there are no available visits with guide for the next months at this moment to the Roque de los Muchachos Observatory.

We are sorry about any inconvenience.

Yours faithfully

Roque Visits.

Ich sank in meinen Sessel zurück und ließ die Arme fallen.

Hätte ich in diesem Moment aufgegeben, das Mobiliar meines Aufenthaltsortes wäre heute weniger karg. Und Karin könnte weiterhin ihren Schützlingen Trost spenden, einen zerbrechlichen Trost, leicht und süß wie Windgebäck. Doch bevor ich mich endgültig geschlagen gab, kam mir die rettende Idee: Roland. Wozu hat man einen besten Freund? Mit seiner Hilfe würde es vielleicht doch noch funktionieren.

Roland Gerber war der Leiter der Urania und der Kuffner-Sternwarte und ich verbrachte mindestens zweimal in der Woche ein paar Stunden mit ihm. Er war ein hochaufgeschossener, spindeldürrer Mann mit einem schier unerschöpflichen Reservoir an Energien. Unentwegt zappelte und fuchtelte er mit den Händen, als stünde er unter Strom, schien es aber selbst nicht wahrzunehmen. Er gab gerne Tipps wie „nur die Ruhe bewahren" oder „ja keine Hektik", während selbst der ausgeglichenste Mensch in seiner Gegenwart nervös und fahrig wurde. Seine Leidenschaft für die Astronomie hatte messianische Züge, und seine Sternwarten-Führungen waren ein Ereignis. Als ich ihm vor etwa zehn Jahren zum ersten Mal begegnete, hielt er vor einer Schar pubertierender Jugendlicher einen Vortrag über die Dimensionen des Weltalls; er trug einen rosafarbenen dreiteiligen Anzug wie Eric Idle in „Sinn des Lebens" und begann damit, den Galaxy-Song aus dem Monty-Python-Film mit beachtlicher Stimme zu schmettern. Den Dreizehn-, Vierzehnjährigen war anzumerken, dass sie mit so etwas nicht gerechnet hatten. Einige kicherten und feixten, zwei kannten das Lied und summten mit. Nach seiner Gesangseinlage verbeugte sich Roland, nahm den Applaus entgegen und erklärte dann akribisch jedes einzelne astronomische Detail aus dem Songtext. Die Schüler lauschten ergeben, ich stellte mich hinter sie und hörte ebenfalls zu.

Nach dem Vortrag kam Roland auf mich zu und schüttelte mir die Hand. Er hielt mich für den Lehrer und lobte die Aufmerksamkeit meiner Klasse. Als ich ihm erklärte, dass ich mit den Jugendlichen nichts zu tun hatte und nur seinen Ausführungen folgen wollte, lachte er geschmeichelt und lud mich auf einen Espresso in die Bar der Urania ein. So begann unsere Freundschaft.

Noch am selben Tag ließ er mich zum ersten Mal einen Blick durch das große Teleskop der Urania-Sternwarte werfen. Es war erst später Nachmittag, aber Roland konnte es nicht erwarten, mir sein Lieblingsspielzeug vorzuführen. Wir stiegen die steile Treppe zum Herzstück der Anlage hinauf, ich kam schnell ins Schwitzen und gab vor, den Ausblick auf den Donaukanal und den Prater genießen zu wollen, das im flachen Lichteinfall aufgleißende Wasser, den angestrahlten Ring über den Dächern, doch Roland duldete keine Pause und trieb mich hektisch nach oben. Als wir angekommen waren, sperrte er eine schmale Tür auf und ließ mich eintreten.

„Na", fragte er, „was sagen Sie?"

Auf einem schweren Sockel, dessen Basis einer Badezimmerwaage für Riesen ähnelte, waren drei parallele Rohre montiert. An der Wand des kreisförmigen Raumes standen ein paar Monitore auf Schreibtischen und Regalen. Eine vierstufige Holztreppe mit Geländer, auf Rollen. Über uns eine gewaltige Metallkuppel.

„Schön", sagte ich, noch ein wenig außer Atem vom Aufstieg.

„Ich werde Ihnen zuerst die Sonne zeigen", sagte Roland. Er drückte auf einen Knopf, und mit lautem Ächzen öffnete sich das Kuppeldach und gab ein Stück Himmel frei. Roland tippte etwas in eine Tastatur, ich schaute nach oben, und mit einem Mal verlor ich das Raumgefühl. Etwas begann sich zu drehen, bis die Fernrohre genau auf den Himmelsstreifen gerichtet waren. „Was bewegt sich hier eigentlich", fragte ich, „der Boden oder die Kuppel?"

Roland sah mich entgeistert an. „So was fragen normalerweise nur die Kinder. Was, glauben Sie, lässt sich einfacher drehen, ein Haus oder ein Dach?"

„Verstehe", sagte ich leise.

Roland nahm drei silberne Scheiben aus einem Regal und hielt sie mir hin.

„Sonnenfilter", erklärte er. „Die werden Sie brauchen, sonst brennt das Licht ein Loch in Ihren Kopf." Er stieg auf die Treppe und montierte die Scheiben auf den Rohren. Nach prüfenden Blicken durch alle drei Okulare winkte er mir, und ich stellte mich neben ihn auf die Plattform der Treppe. Er zeigte auf das kleine Fernrohr.

„Das hier", sagte er, „braucht Sie nicht näher zu interessieren. Es ist nur der Sucher." Seine Hand flog hoch und verharrte ein paar Sekunden in der Luft, ehe sie auf dem Schaft des mittleren Teleskops landete. „Dieser Refraktor", verkündete er feierlich, „kann schon etwas mehr." Er trat zur Seite, und ich beugte mich zum Okular hinunter. Ein erster Blick.

Die Sonne, eine gelbflackernde Scheibe mit klar konturiertem Rand. In der oberen Hälfte waren deutlich drei schwarze Flecken zu erkennen, Melanome auf vergilbter Haut. Jeder einzelne sicher größer als die Erde.

Ich hatte vor, den Anblick auf mich wirken zu lassen, doch Roland nahm meine Schulter und zog mich wieder hoch.

„Jetzt der Reflektor!", befahl er. „Der Spiegel hat zwar nur dreißig Zentimeter Durchmesser, aber für Protuberanzen reicht es. Schauen Sie auf neun Uhr!"

Durch das Spiegelteleskop erschien die Sonne als scharlachrot leuchtender Kreis. Und tatsächlich, aus der Mitte ihrer rechten Seite schoss eine orangefarbene Flamme in den Himmel, zuerst schmal, dann breiter werdend, am Ende um neunzig Grad gekrümmt. Ein riesiges Insekt mit glühenden Flügeln, das seinen Stachel in die Oberfläche der Sonne stieß.

Roland fand meinen Enthusiasmus für die Schönheit des Weltalls irgendwie rührend, meine mangelnden Kenntnisse der Kosmologie hingegen erschütternd. So versuchte er mir zu erklären, dass die Wissenschaftler am CERN-Institut im Teilchenbeschleuniger Bleikerne mit annähernder Lichtgeschwindigkeit aufeinanderschossen, nach fast fünfzig Jahren Suche das Higgs-Boson entdeckt hatten und der Weltformel auf der Spur waren, die die Gesetze der Gravitation und der Quantenmechanik vereinen sollte. Ich verstand gar nichts und war auch kein gelehriger Schüler, bei *Weltformel* dachte ich nur an meinen verbiesterten Mathematiklehrer und vom Urknall verstand ich gerade so viel, dass es ihn wohl einmal gegeben hatte und dass sich kein Mensch vorstellen konnte, wie aus einer Art heißem Stecknadelkopf die Galaxienhaufen entstanden waren, die ich von der Website des Weltraumteleskops *Hubble* kannte. Roland gab nicht auf, er schüttelte abwechselnd den Kopf, lachte und vergrub seine Stirn zwischen den Händen.

„Als das All so groß war wie ein Stecknadelkopf", sagte er einmal, „war schon alles gelaufen." Wir saßen im Café Museum und ich wollte eigentlich zu ganz anderen Themen seine Meinung hören. Er nahm ein Blatt Papier und einen Stift aus der Rocktasche und notierte mit großen runden Nullen eine Zahl: *0,0000000000000000000000 00000000001.* „Schau", sagte er und hielt mir den Zettel hin, „das ist der Zeitpunkt nach dem Urknall, ab dem wir schon glauben, Bescheid zu wissen. In Sekunden. Wir können noch nicht alles experimentell beweisen, aber zumindest beschreiben. Da hatte der Kosmos noch nicht einmal den Durchmesser eines Atomkerns. Nur was davor war, ist noch ein Rätsel."

„Und", fragte ich ohne den Funken einer Einsicht, „was war vor dem Urknall?"

„Oh mein Gott", seufzte Roland, „du bist doch nicht einer von diesen ambitionierten Katholiken? Sag bloß, du hast heimlich Theologie studiert?"

„Kunstgeschichte", sagte ich. „Abgebrochen."

„Sehr gut. Beides sehr gut. Also hör zu: Über die Phase zwischen dem Urknall und der Planck-Zeit, einer Zahl, in Sekunden ausgedrückt, mit einer Null vor und vierundvierzig Nullen hinter dem Komma –"

„Halt", sagte ich schwach.

„In Ordnung, keine Zahlen mehr. Über diese sehr kurze Periode" – er betonte *sehr* wie ein Schauspieler in einer schlechten Kindertheater-Aufführung, seine Hände vollführten dabei bizarre Bewegungen – „wissen wir so gut wie nichts, wir können nur spekulieren. Aber eines ist sicher: Die Dimensionen von Raum und Zeit, wie wir sie heute kennen, existierten noch nicht. Eine lineare Zeit gab es nicht. Daher hat die Frage, was vor dem Urknall war, keinen Sinn. Alles klar?"

Nach meinem Fehlschlag mit den *Roque Visits* rief ich also Roland an und bat ihn um ein Treffen. Noch am selben Abend saßen wir in einem Gasthaus im vierten Bezirk, das er vorgeschlagen hatte. Es hieß schlicht *Wolf* und ich fürchtete, wieder einmal mit seltsamen Gerüchen in Kontakt zu kommen, denn Roland hatte ein abartiges Faible für Innereien aller Art. Keine Drüsen, keine Zotten, keine Darmverschlingungen, die er nicht schon probiert hatte.

Das *Wolf* war ein typisches Wiener Wirtshaus mit großen, ungedeckten Holztischen, einer breiten Schank und hohen Wänden. Das Getränkeangebot prangte auf Kreidetafeln über der Eingangstür, die Speisekarte wagte ich nicht zu öffnen. Hinter mir an der Wand hing ein gewaltiger, goldgerahmter Ölschinken, der in grellen Weiß- und Blautönen Maria mit gefalteten Händen und Heiligenschein zeigte. Ich war mir nicht sicher, ob das ironisch gemeint war.

Roland war ein wenig verspätet und sah fröhlich aus, als er die Tür schwungvoll öffnete, mir zuwinkte und sich mir gegenüber auf die Sitzbank fallen ließ. Seine rötlichen Haare fielen in dünnen Wellen über den Hemdkragen.

„Adrian", sagte er, „heute wirst du Zeuge eines dionysischen Schmauses. Deine Salatblätter werden vor Neid verwelken."

„Das habe ich befürchtet. Darf ich dich um etwas bitten, bevor es losgeht?"

Ich erzählte ihm von meiner misslungenen Anmeldung auf dem Roque de los Muchachos, und noch ehe ich mein Anliegen an ihn vorbringen konnte, unterbrach er mich.

„Mach dir keine Sorgen, Adrian", sagte er gönnerhaft. „Für solche Probleme hast du ja mich. Die Kollegen dort sind ein wenig übervorsichtig, weil sie nicht wollen, dass Touristenhorden ihr Observatorium stürmen. Aber ein Anruf von mir, und du bist drin."

„Wirklich? Das wäre großartig!"

„Natürlich. Wann willst du einen Termin? Diese Woche?"

Das ging mir jetzt wieder viel zu schnell.

„Nein, warte ein bisschen. Ich muss mich doch darauf vorbereiten."

Roland beugte sich über den Tisch und tätschelte meine Hand.

„Du wirst doch jetzt nicht nervös werden?"

„Na ja. Ich möchte keine dummen Fragen stellen. Und dir keine Schande machen."

„Das ist sehr ehrenwert", grinste Roland. „Gut, dann frag besser zuerst mich. Aber vorher bestellen wir."

Er öffnete die Speisekarte, glitt mit dem Finger über die Zeilen, dann hielt er mit seligem Lächeln inne und rief den Kellner.

„Einmal Stierhoden mit Linsen, bitte. Und für meinen Freund hier irgendwas Gesundes."

Der Kellner nickte und drehte ab, ohne mich eines Blickes zu würdigen.

Roland stützte die Ellbogen auf den Tisch, faltete die Hände und rieb die Finger aneinander.

„Also, was willst du wissen?"

„Wenn wir ein Fernrohr in den Himmel richten –", begann ich und bemerkte, dass mir selbst nicht ganz klar war, worauf ich hinauswollte.

„Ja?"

Roland ließ eine Hand auf den Tisch fallen. Seine Finger flatterten. Es sah aus, als wäre ein Insekt auf einer Leimrute festgeklebt und versuchte verzweifelt, sich zu befreien.

Ich unternahm einen neuen Versuch.

„Du hast mir immer erzählt, dass ein Blick in den Weltraum immer auch ein Blick in die Vergangenheit ist. Weil das Licht ja viele, viele Jahre braucht, bis es bei uns ankommt."

„*Viele, viele*. Du sagst es, mein Lieber."

„Aber wenn man mit immer größeren Instrumenten immer tiefer in die Vergangenheit blicken kann, warum sieht man am Ende nicht den Urknall selbst?"

In diesem Moment brachte der Kellner unser Essen. Da ich es verabsäumt hatte, zu protestieren, blickte ich auf einen Teller, der die letzte Ruhestätte diverser verblichener Gemüsesorten war. Vor Roland dampften zwei formvollendete bräunliche Hodensäcke. Er klatschte in die Hände, hob mit dem Löffel einen der Testikel hoch und hielt ihn mir unter die Nase. Er roch nicht gerade appetitanregend.

„Das kosmische Ei", sagte er.

„Was?"

„Hat Lemaître gesagt. Der Entdecker des Urknalls. *Am Anfang war das kosmische Ei.*"

„Aha."

Wir aßen schweigend. Roland brummte hin und wieder beglückt, ich stocherte in meinem Grünzeug herum.

Ich fürchtete schon, dass eine Antwort auf meine Frage unter seiner Würde war. Doch kaum hatte er mit einem Stück Brot den letzten Rest der Sauce aufgewischt, stellte er beide Teller auf den Stuhl neben sich, griff nach einer Papierserviette, zerriss sie, formte aus den Fetzen unterschiedlich große Kügelchen und verstreute sie über die Tischplatte.

„Schau", sagte er, „die größeren sind Protonen, die kleineren Elektronen. Seit dem Big Bang sind ungefähr dreihundertachtzigtausend Jahre vergangen. Protonen und Elektronen sind noch nicht aneinander gebunden, sie fliegen frei umher. Kaum nähert sich ein Elektron einem Proton, wird es von einem anderen wieder weggeschlagen."

Er schob die Modelle mit hastigen Handbewegungen hin und her.

„So, und jetzt kommt das Licht ins Spiel. Photonen können in diesem Chaos nur kurze Strecken geradeaus fliegen, denn sie werden ständig von den vorbeirasenden anderen Teilchen aus der Bahn geschossen."

Roland schnippte mit dem Finger eines der Papierkügelchen über den Tisch, es bekam einen Spin nach oben und landete in meinem trüben Apfelsaft. Den hatte ich natürlich auch nicht selbst bestellt.

„Es ist wie im Nebel auf der Autobahn. Das Licht dringt nicht zu uns durch. Erst wenn die Temperatur unter dreitausend Grad fällt, bilden sich Wasserstoffatome, die Elektronen werden an die Atomkerne gefesselt, und die Photonen können sich unbeirrt durch den Raum bewegen. Der Nebel lichtet sich. Durchsichtigkeit! Das ist das Geheimnis."

„Und deshalb können wir nicht weiter sehen als bis zu diesem Ereignis? Und zuvor, oder dahinter, herrscht Dunkelheit, weil uns das Licht aus dieser Ära nicht erreichen kann?"

„Du hast es begriffen!", frohlockte Roland. „Der früheste Zustand der Welt, den wir optisch wahrnehmen können, ist eine Wand von dreitausend Grad."

Roland zupfte an einem langen Barthaar, das er beim Rasieren übersehen hatte.

„Kommen wir zum nächsten Thema." Jetzt war er richtig in Fahrt. Mit anmutiger Geste hob er beide Hände nach oben.

„Wie wird das alles enden?"

Ich blickte zur Decke. Viele Flecken, vermutlich Wasserschäden.

„Nicht das Wirtshaus", sagte Roland, „das Universum."

Wir sprachen noch lange an diesem denkwürdigen Abend.

Am Ende packte Roland mich am Hals und strich mit dem Daumen über mein Ohrläppchen.

„Das wird schon", sagte er.

Die Madonna sah mild auf uns herab. Ihre Aureole glänzte wie der Ringnebel in der Leier.

FÜNF

Am Tag der Abreise schenkte mir Karin ein Tagebuch.

„Ein Reisejournal", sagte sie, „das hast du dir doch immer gewünscht, oder?"

Dabei blitzte ihr der Schalk aus den Augen.

Es war das erste Diarium meines Lebens. Ereignisse des Tages niederzuschreiben war mir ebenso wenig geheuer wie das Reisen selbst. Mein heiliges Notizbuch war einzig den Skizzen von Jupiter und seinen Monden vorbehalten.

Aber warum nicht, dachte ich damals, durchströmt vom Hochgefühl, in einen neuen Abschnitt meines Lebens einzutauchen. Ich stellte mir vor, die Begegnung mit dem Spiegel minutiös in Worte zu bannen. Heute muss ich darüber lachen, bitter und dennoch auch dankbar.

Als wir in der Maschine von München nach Santa Cruz de La Palma saßen, waren seit dem Tod meines Vaters zwei Monate vergangen. Wir hatten das Apartment für drei Wochen gemietet, und unser Besichtigungstermin im Observatorium stand erst am Beginn der zweiten Woche an. Karin fand es anfangs ein wenig übertrieben, dass ich mich eine Woche lang auf meinen großen Augenblick vorbereiten wollte, doch dann überwog ihre Freude, länger als ursprünglich geplant die Klienten hinter sich lassen zu können.

Nun saß sie neben mir auf dem Fensterplatz, tief in ihren Sitz vergraben, mit der Stirn fast die Scheibe berührend, die Arme um den Körper geschmiegt, und im Moment, in dem das Flugzeug abhob, durchlief sie ein wohliger Schauer. Während ich beim Fliegen immer mit Übelkeit zu kämpfen hatte, genoss Karin jede Sekunde, besonders aber das Starten, das ihr stets ein aufgeregtes

Lächeln ins Gesicht zauberte, als wäre sie ein kleines Mädchen, das gerade im Begriff war, eine verwunschene Welt voller Abenteuer zu betreten, sei es durch eine Geheimtür in einem Schrank, die magischen Illustrationen eines Buches oder einen Kaninchenbau.

Während der Reise redeten wir nicht viel. Ich las eines der Bücher über den neuesten Stand der Kosmologie, das mir Roland mitgegeben hatte. Karin gab sich ganz den Betrachtungen der Wolken unter uns hin. In den Metamorphosen ihrer Formationen fabelhafte Wesen auszumachen, Landschaften voller Geheimnisse oder mysteriöse Maschinen, war eines ihrer Lieblingsspiele. „Schau, eine Sphinx mit rosa Rücken", sagte sie dann etwa, oder „Siehst du dort die hängenden Fliedergärten?" Meistens sah ich dann nur einen geblähten Kumulus oder zerrissene Zirrus-Strukturen. Wattebäusche oder zerrupfte Hühnerfedern. Bei mir funktionierte die Einbildungskraft nur in Verbindung mit weiter entfernten Himmelskörpern.

Karin hätte es mit der Malerei versuchen sollen, nicht ich.

Die Landebahn von Santa Cruz war sehr kurz, eine der kürzesten Europas, wie ich bei meinen Reiserecherchen erfahren musste, und wahrlich nicht für jemanden geeignet, der an Flugangst laborierte. Ich stemmte meine Knie gegen den Vordersitz, hielt mich mit beiden Händen an den Armlehnen fest und stellte mir vor, wie es wäre, wenn das Flugzeug über das Ende der Bahn hinausrasen und mit einem letzten, Vergebung heischenden Zucken der Tragflächen senkrecht in den Ozean stürzen würde.

„Ist gleich vorbei", sagte Karin und legte ihre Hand auf meine Stirn. Ein zweideutiger Trost.

Santa Cruz empfing uns mit riesigen Windrädern vor dem Flughafen, einem Geruchsgemisch aus Kerosin, Salz und Thymian und mit einer Woge aus überraschend warmer Luft. Penibel vorbereitet, wie ich war, hatte ich natürlich gewusst, dass die mittlere Temperatur im Februar auf La Palma einundzwanzig Grad betrug, aber mein Körper war dennoch nicht darauf eingestellt, so als scherte er sich wenig darum, was der Kopf in Erfahrung gebracht hatte.

Wir holten unseren bestellten Mietwagen ab, Karin setzte sich hinters Steuer, langsam rollten wir bergab Richtung Meer und bogen in die Küstenstraße ein, die den Flughafen der Insel mit der Hauptstadt verband. Ich kurbelte das Wagenfenster hinunter und steckte meinen Kopf in den Fahrtwind. Allmählich wich die Beklemmung des Fluges von mir, ich atmete tief durch, der Duft nach Meer und blühender Vegetation besänftigte mich. Karin trällerte ein spanisches Lied vor sich hin und trommelte mit den Fingern den Rhythmus dazu auf das Lenkrad. Die ganze Insel schien von einem dünnen, leuchtenden Teppich bedeckt zu sein, der zwischen allen erdenklichen Schattierungen von Grün changierte. Zur Küste hin flossen die Hügel sanft ins Meer ab, an manchen Stellen mündeten sie in schmale Buchten, gesäumt von schwarzem Vulkansand. Weiße Häuser lagen verstreut an den Flanken der Hänge, Pilze auf weichem Moos.

An der Abzweigung nach Los Cancajos sagte Karin nur kurz: „Lass uns zum Strand fahren", mehr zu sich selbst als zu mir, und ohne auf eine Antwort zu warten, bog sie ab und schon waren wir auf dem Weg zu dem kleinen Touristendorf. Auf einem Hotelparkplatz stellten wir den Wagen ab und gingen zu Fuß die Serpentinen zur Playa de Los Cancajos hinunter. Karin krallte sich vor Begeisterung an meinem Arm fest, das Meeresfieber hatte sie wieder einmal erfasst, und ich leistete keinen Widerstand, obwohl ich lieber direkt ins Hotel gefahren wäre und die Anreise hinter mich gebracht hätte.

An der Strandpromenade lagen winzige Cafés wie aufgefädelt nebeneinander, Karin wählte eines aus, schob einen Plastikstuhl in meine Kniekehlen und bestellte zwei Mojitos. Sie streckte ihre Arme aus, als wollte sie den Ozean selbst umarmen.

„Nicht schlecht, oder?", sagte sie strahlend, und einen Moment lang bildete ich mir ein, Poseidons Dreizack in ihrer linken Pupille aufblitzen zu sehen. Vor uns erstreckten sich die zwei halbkreisförmigen Bögen der Bucht. Die von gekräuseltem Schaum gekrönten Wellen glitten so sanft heran, als würde jemand ein weißes, spitzenbesetztes Tuch ausbreiten und wieder wegziehen, immer wieder, ein verwirrter Gastgeber, der erst den Tisch deckte und es sich dann anders überlegte, und darunter schimmerte der Lavasand wie eine riesige Platte aus schwarzem Holz. Auf einer Art Schotterinsel vor der Bucht türmten sich graue Quader, Wellenbrecher für stürmische Zeiten, und über die Landzunge, deren Spitze mit dem Horizont verschmolz, jagten übermütige Wolkenschatten.

„Schon schön", sagte ich. Karin schmunzelte und umkreiste die Minzeblätter in ihrem Glas mit dem Strohhalm.

„Auf deine neue Reisebegeisterung", sagte sie und hob mir ihren Mojito entgegen. Wir stießen an, sie nahm einen tiefen Schluck, ich nippte nur. Es waren fremde Straßen, die auf mich zukamen, ein fremdes Apartment, eine fremde Zimmerdecke. Bevor ich nicht das Bett gesehen hatte, dem ich in den nächsten drei Wochen nicht entkommen konnte, wollte ich nicht überschwänglich werden. Doch sofort kam ich mir spießig vor und leerte das Glas in einem Zug.

Obwohl die Sonne noch recht hoch stand, erschien über einer Hügelkuppe ein blassgelber Sichelmond. Bald würde ich vielleicht bestaunen können, wie er durch ein Zehn-Meter-Teleskop aussah. Zumindest auf einem Computerbildschirm.

„Fahren wir", sagte Karin.

Das Aparthotel *El Galeón* lag auf einer Anhöhe über Santa Cruz, es war von der Hauptstraße aus nicht zu übersehen. Kaum hatten wir die Wohnung betreten, stellte ich meinen Koffer ab und inspizierte das Bett. Karin sah mir dabei zu, teils belustigt, teils besorgt. Sie wusste, ein Bett, in dem ich nicht schlafen konnte – und die Welt war voll von solchen Betten –, konnte auch ihr einen Urlaub gehörig verderben. Doch die Schlafstatt im *El Galeón* stimmte mich zuversichtlich, sie war tatsächlich so lang, wie auf der Internetseite angegeben, und auch nachdem ich mich nackt ein paar Minuten auf dem Leintuch gewälzt hatte, waren auf meinem Körper keinerlei rote Flecken erschienen. Karin lachte erleichtert, trat auf die Terrasse und winkte mich zu sich. Ich zog mich wieder an und folgte ihr.

Der Ausblick gefiel mir auf Anhieb. Es war nicht gerade ein einsamer Traumstrand, der sich unseren Blicken bot, doch das störte mich keineswegs. Im Gegenteil: Bei Bilderbuchansichten beschlich mich immer das Gefühl, auf eine vertrackte Art betrogen zu werden, so als wäre der Anblick eine Fälschung, als hätte jemand eine riesige Fototapete auf Pressspanplatten geklebt und an der Brüstung oder vor dem Fenster montiert. Jemand, der den Tourismus ähnlich verabscheute wie ich.

Santa Cruz war eine lebendige Stadt, kein pittoreskes Fischerdorf für ruhesuchende Nordeuropäer. Am Hafen reihten sich Containerschiffe aneinander, hohe Kräne luden die bunten Quader vom Terminal auf das Deck, die Rufe der Hafenarbeiter schallten herauf, und im Hintergrund erhob sich ein futuristisch anmutendes Gebäude aus zwei parallelen Zylindern, das sicher in keinen Werbeprospekt passen würde. Das Bild eines durchschnittlichen Hafenstädtchens wurde jedoch von einem mächtigen Fremdkörper verzerrt, der alles überragte und einem dieser Träume zu entstammen schien, in denen sich verschiedene Landschaften übereinanderlegten oder ineinanderschoben. Es war eine über und über mit phosphoreszierendem Grün bewucherte Klippe, vielleicht zweihundert Meter hoch. Sie sah aus, als wäre sie noch in Bewegung. Nicht die Stadt und der Hafen waren rund um den Fuß dieses Felsens angelegt worden, sondern es war der gigantische grüne Block selbst, der in einer Alptraumnacht vom Landesinneren bis zur Küste vorgedrungen war und die Häuser, die Straßen und das Containerterminal mit sich gerissen und ins Meer hinausgedrückt hatte. Die gewundene, vom Frühlingsregen feuchte Straße, die die Klippe hinaufführte, glitzerte im Abendlicht. Vielleicht war sie eine silberne Schlange, die sich am Knöchel des Felsentiers festgebissen hatte, um es aufzuhalten.

Ich hätte die Finger von diesem Mojito lassen sollen.

„Schau", sagte Karin, „direkt neben uns ist noch eine Terrasse. Ob da auch jemand wohnt?"

Das war mein erster Kontakt mit dem Ort, an dem unser Verhängnis begann. Oder unsere Erweckung? Beides klingt zu pathetisch, zu sentimental. Helden sind wir keine geworden, Karin und ich. Aber ein angemessenes Wort sollte es schon sein, finde ich. „Unser Schlamassel" oder „unsere Turbulenzen" trifft es nicht. Vielleicht sollte ich nüchtern sagen: die Geschehnisse, die mich aus meinem gewohnten Leben schleuderten und mich dorthin katapultierten, wo ich jetzt meine Stunden verbringe, allein.

Doch ich muss gestehen, es ist nicht die Einsamkeit, die mir hier zu schaffen macht. Ein gewisses Maß an Isolation habe ich immer als angenehm empfunden, vielleicht sogar als lebensnotwendig. Kontakte mit Menschen haben mich seit jeher angestrengt.

Es sind eher banale Dinge, die mich anwidern.

Schmutz. Gerüche.

Die beschämende Tatsache, dass man seinem eigenen Gestank nicht entrinnen kann.

SECHS

Am folgenden Nachmittag – Karin und ich hatten gerade die Liegestühle entdeckt und uns schweigend in unsere Bücher versenkt – öffnete sich die Tür zur Nachbarterrasse und eine Frau trat heraus. Obwohl es sehr warm war, trug sie ein Kapuzenshirt aus dickem Stoff. Die Ärmel waren zu lang, nur die Fingerspitzen ragten aus ihnen hervor. Ich kann nicht mit Gewissheit sagen, ob ich tatsächlich vom ersten Moment an von ihr fasziniert gewesen bin, wie Karin später behauptete. Sie war keine auffällige Erscheinung, sicher um einen Kopf kleiner als Karin, einzig die beinahe vollständige Schwärze ihrer Augen war ungewöhnlich. Auch die Locken, die ihr in die Stirn fielen, waren tiefschwarz, aufgehellt nur von ein paar weißen Strähnen. Ich schätzte anfangs, dass sie etwa Ende dreißig war, so wie Karin, vielleicht ein paar Jahre älter. Die Hose, die sie trug, passte farblich nicht zu ihrem Shirt, eine Nachlässigkeit, die mir Menschen immer sympathisch machte. Sie verriet mir eine Geringschätzung der äußeren, oberflächlichen Dinge des Lebens, vielleicht auch eine Art Gedankenverlorenheit, einen Hang zur Träumerei, ein Nicht-Einverstandensein mit dem Regelwerk der Mehrheit. Obschon ich oft erfahren musste, dass es auch grässliche Charaktere gab, die eine blaue Hose mit einem grünen Hemd kombinierten, war meine Zuneigung zu den unpassend Gekleideten unerschütterlich.

Die Hosenbeine der Frau waren ein Stück zu kurz, ich sah ihre zarten Knöchel, die Fesseln, die so dünn waren, als könnten sie bei der geringsten falschen Bewegung zerbrechen. Und doch strahlte sie etwas aus, das diesem Eindruck widersprach. Feinnervige Stärke. Unbezwingbarkeit.

Alle Tage spielst du mit dem Licht des Weltalls.

*Eine zarte Besucherin, kommst du herbei in der Blume,
im Wasser.*

Ich musste sie schon eine Zeit lang angestarrt haben,
denn jetzt, als sie mir den Kopf zuwandte, sah ich etwas
wie Verlegenheit in ihren Augen. Sie zog mit beiden Händen ihr Shirt nach unten, wie um etwas zu verbergen,
das nicht für fremde Blicke bestimmt war, und trat einen
Schritt zurück. Karin, der wie immer nichts entging, wusste sofort, was zu tun war. Sie stand auf, ging auf die Frau
zu und reichte ihr über die niedrigen Begrenzungswände
der beiden Terrassen hinweg die Hand.

„Karin Rauch", sagte sie freundlich. „Please excuse my
husband, he is still curious like a young dog. But he doesn't
bite."

Die Frau legte den Kopf schief, zögerte ein paar Sekunden, dann ergriff sie Karins Hand.

„Das sagen Hundebesitzer immer. Sara Hansen. Freut
mich." Sie hatte eine norddeutsche Sprachfärbung, das
überraschte mich. Karin lachte auf, aber ich spürte die leich-
te Vergrämtheit, die sie immer befiel, wenn sie als Anglophi-
le im Ausland trotz ihrer makellosen Aussprache sofort als
Deutsche oder Österreicherin enttarnt wurde. „Are you German?" – mit dieser Antwort auf einen englisch gesproche-
nen Satz konnte man Karin einen Urlaubstag vergällen, und
spätestens seit dem Jahr 2000 war die Replik „No, Austrian"
auch keine Option mehr. „Switzerland" zischte sie manchmal zwischen den Zähnen hervor. Das Schlimmste aber
war, wenn ihr jemand übergangslos auf Deutsch antwortete.

Sara Hansen, das war also der Name der Kapuzenfrau.
Erst jetzt wurde mir bewusst, dass ich immer noch im
Liegestuhl lag, mit seitwärts eingerastetem Genick. Ich
sprang auf, so gut das in meinem Alter ging, und stellte
mich neben Karin. Lange überlegte ich mir einen originel-
len Satz, dann sagte ich nur:

„Adrian. Adrian Rauch."

So förmlich verlief unsere erste Begegnung. Wenige Minuten später saß Sara bei uns auf der Terrasse, sie hatte offenbar Karin sofort ins Herz geschlossen. Der Wein, den sie mitgebracht hatte, funkelte dunkel wie ihre Stirnlocken. Wenn sie redete, zog sie sich immer wieder die Ärmel ihres Shirts über die Finger, als müsste sie ihre Hände vor Kälte schützen. Und sie erzählte viel, von Anfang an; die üblichen Floskeln, die bei ersten Begegnungen zwischen Fremden normalerweise hin- und herflogen, wurden einfach übersprungen. Sara lebte in Hamburg, was Karin ein Seufzen entlockte: Es war ihre Lieblingsstadt in Europa. Sie fuhr allerdings stets alleine dorthin, daher konnte ich wenig zum Thema beitragen. So hielt ich mich vorerst zurück und überließ den Frauen die Konversation. Dabei bemühte ich mich, Sara nicht anzustarren, was mir nicht durchgängig gelang. Manchmal trafen sich unsere Blicke, dann bewegte sich Saras rechtes Augenlid. Es war aber kein Zwinkern, eher ein nervöses Zucken.

Karin schwärmte von den Schönheiten des Hamburger Hafens, den Fischrestaurants und dem schwarzen hanseatischen Humor, Sara nickte oder streute bissige Bemerkungen über die Pfeffersäcke ein, über die Kulturlosigkeit der Oberschicht und ihre Fixierung auf den Mammon. Wenn sie lachte, warf sie ihren Kopf in den Nacken, dadurch rutschte ihre Kapuze nach unten, ich sah die Wildnis ihrer schwarzen Haare mit den weißen Strähnen, und sie zog sofort erschrocken ihren Kopfschutz wieder hoch.

Als die beiden bei den Buddenbrooks angekommen waren, zeigte Karin mit dem Finger auf mich.

„Mein Mann hier", sagte sie, „verdankt seinen seltsamen Namen auch Thomas Mann. Sein Vater hat ihn angebetet. Thomas Mann, meine ich."

„Ah", machte Sara, „Adrian Leverkühn aus dem Doktor Faustus, richtig? Ist der nicht dem Teufel verfallen?"

„Eben", sagte Karin und grinste. „Das erklärt vieles."

Es wurde Zeit, das Thema zu wechseln.

„Sie sprechen perfekt deutsch", sagte ich zu Sara, „aber dort geboren sind Sie nicht, oder?"

Plötzlich wurde es still. Sara zog sich die Kapuze in die Stirn. Sie schwieg.

„Entschuldigen Sie", begann ich, „ich wollte Sie nicht –"

„Ist schon in Ordnung", unterbrach sie mich. Etwas Metallisches hatte sich auf ihre Stimme gelegt. „Ich stamme aus Chile. Mit fünfzehn bin ich nach Deutschland gezogen."

Und wieder reagierte ich falsch.

„Ah, Chile", seufzte ich. „Da muss ich in diesem Leben auch unbedingt noch einmal hin!"

„Und was reizt Sie so an Chile?", fragte Sara düster.

„Alma!"

Die Begeisterung in meiner Stimme schien sie zu verunsichern. Sie sah Karin an, die die Augen verdrehte wie bei einem Klienten, der sich nicht einsichtig zeigte, den sie aber trotzdem mochte.

„Sie führen eine offene Ehe?", fragte Sara.

Karin lachte. „Das ist sicher nur irgendein Teleskop."

„Nicht *irgendein* Teleskop!", protestierte ich. „Eine gigantische Anlage aus sechsundsechzig Radioteleskopen mitten in der Wüste. *Atacama Large Millimeter Array*. Es wäre wunderbar, damit zu arbeiten!"

Saras Reaktion war erstaunlich. Ihre Miene verfinsterte sich, ihre rechte Hand schloss sich zu einer Faust.

„Sie sind Astronom?", fragte sie. In ihrer Frage zitterte eine Art Panik mit. Oder war es Ekel? Hätte ich ihr gestanden, als Menschenhändler mein Brot zu verdienen, das Entsetzen in ihren Augen wäre nicht größer gewesen. Zu diesem Zeitpunkt verstand ich noch gar nichts. Statt nachzufragen, was am Beruf des Sternenkundlers so verwerflich sei, wiegelte ich ab.

„Nur ein Steckenpferd", sagte ich. „Ich arbeite am Kulturamt."

„Ein Beamter?" Sie entspannte sich ein wenig. „Damit hätte ich nicht gerechnet."

Warum Karin nicht fragte, aus welchen Gründen Sara emigriert war, ist mir heute ein Rätsel. Möglicherweise war es ihre professionelle Vorsicht, das Prinzip, jemanden nicht durch unerwünschtes Nachhaken zu bedrängen. So dauerte es noch ein wenig, bis wir mehr erfuhren.

„Und Sie", fragte ich, „was arbeiten Sie?" Karin versetzte mir mit einer kaum merklichen Bewegung einen sanften Tritt gegen das Schienbein.

„Ich beobachte Vögel. Ich bin Ornithologin."

„Dann sind Sie also gar keine Touristin?" Ich war begeistert.

„Nein. La Palma ist ein Paradies für Vogelkundler." Das Leuchten kehrte in Saras Augen zurück. „Es gibt hier viele endemische Arten."

„Wie schön! Ich habe Naturwissenschaftler immer beneidet. Diese Sicherheit der Messergebnisse. Die Unabhängigkeit von subjektiver Wertung!"

„Na ja. Auch in den Naturwissenschaften ist es mit der Objektivität nicht mehr weit her. Sie wissen ja, Heisenberg, die Unschärferelation."

Ich erinnerte mich nur vage an einen von Rolands Vorträgen, doch ich wollte mir keine Blöße geben.

„Schon", sagte ich. „Aber das betrifft doch nur die Quantenphysik, oder? Gibt es eine Unschärferelation in der Ornithologie?"

Sara lachte. „Ich glaube nicht." Wieder rutschte ihr die Kapuze vom Kopf, doch diesmal reagierte sie nicht.

„Eben. Aber bei uns – alles hängt ab von Launen, Geschmäckern und Eitelkeiten."

„Mit *bei uns* meint er die Künstler", erklärte Karin. „Nicht die Beamten."

Ich lächelte gequält. Sara ignorierte die kleine Spitze.

„Sie sind Künstler?" Ihre Augen waren weit offen.

„Nein, nein. Das ist lang vorbei. Nur manchmal geht die Erinnerung mit mir durch."

„Erzählen Sie!"

„Lieber nicht. Was Sie tun, ist viel interessanter."

„Genau", sagte Karin. „Ich wäre sehr neugierig, was eine Ornithologin so macht."

„Ich bin gewissermaßen auf der Jagd." Das kam schnell und unerwartet scharf.

Ich stellte mir einen Augenblick lang Sara vor, wie sie mit einem Gewehr in der Hand die Insel durchstreifte, Vögel abschoss und sie dann liebevoll ausstopfte. Sara schaute mich an und lachte kurz auf, als hätte sie meine Gedanken erraten.

„Mit der Kamera. Wissen Sie, es gibt viele besondere Vögel hier, aber eine Gattung beschäftigt mich speziell. Eine Obsession, wenn Sie so wollen."

Sie schwieg. Genoss die erwartungsvolle Pause.

„Der Bläuliche Buchfink", sagte sie dann feierlich. „Es gibt ihn nur auf La Palma. Er ist wunderschön."

Sie fischte ihr Handy aus der Jackentasche und zeigte uns Fotos. „Fringilla coelebs palmae", verkündete sie. Ich konnte an dem Vogel nichts Besonderes erkennen. Er sah aus wie ein gewöhnlicher Buchfink. Nur sein Kopf und sein Rücken waren blaugrau, das Gefieder auf der Brust hatte einen dunklen Ockerton.

„Schön", sagte ich.

„Wirklich schön", sagte Karin.

Mittlerweile war die Dämmerung hereingebrochen. Der Mond stand jetzt aufdringlich nah vor uns, ein sichelohriger Kellner, auf Trinkgeld erpicht, der nicht wusste, wann es Zeit war, sich zurückzuziehen.

Sara steckte ihr Handy wieder in die Tasche, ich zeigte auf den Mond.

„Fänden Sie es nicht schön, ihn ganz aus der Nähe zu sehen?"

„Oh, ja!", rief Sara.

Erst viel später wurde mir klar, dass sie damit nicht den Trabanten gemeint hatte.

Nachdem Sara gegangen war, unterhielten wir uns noch lange über sie. Karin, die immer fror, hatte sich in eine Decke gewickelt. Wir hatten die kleinen Holzsessel, die Karin für Saras Besuch auf die Terrasse gestellt hatte, wieder gegen unsere Liegestühle getauscht und betrachteten den Himmel. Das Mondlicht ließ Karins zerzauste Haare gelb leuchten. Über der Klippe stand Orion, unter dem Knauf des Schwertes, das ihm vom Gürtel hing, erahnte ich den großen Nebel. Mitten im Gespräch hielt Karin mit einem Mal inne, richtete sich auf und wandte mir ihren Kopf zu.

„Gefällt sie dir?"

„Nein", stammelte ich, „nein, nicht so, wie du denkst."

„Aha. Wie denke ich denn?"

Eine dünne längliche Wolke schob sich unter den Sichelmond. An ihrem linken Ende franste sie aus und zerstäubte in die Nacht. Er rauchte, der lästige Kellner.

Karin wartete ein paar Sekunden auf eine Antwort, dann drehte sie sich von mir weg und schmiegte sich in ihre Decke.

Wenig später plauderten wir weiter, vertraut und ohne Argwohn wie eh und je. Ein glückliches Paar.

*Wer schreibt deinen Namen mit Buchstaben aus Rauch
zwischen die Sterne des Südens?*

Der Morgen verwandelte den Horizont in eine gleißende
Leine, an der Lichtflecken hingen wie Wäschestücke. Wir
frühstückten lange. Es war Karins Idee, Sara zu einem gemeinsamen Spaziergang in die Stadt einzuladen.

SIEBEN

Ich ließ die beiden Frauen vorausgehen und folgte ihnen mit einigem Abstand. Der Weg führte von unserem Hotel hinunter zur Calle Real. Im Hafen lagen zwei große Schiffe nebeneinander. Die Container blitzten in der Sonne, Legosteine in allen Farben. Zu unserer Linken erhob sich noch ein paar hundert Meter weit eine Felswand, aus deren Ritzen grüne Kaskaden hervorbrachen, Wasserfälle aus Sträuchern und Farnen. Dort, wo die Wand endete, ragten hässliche Betonblöcke aus dem Boden, ehe an der Plaza del Tanquito die Höhe der Dächer wieder schrumpfte und die Altstadt begann.

Sara sah an diesem Morgen verändert aus. Sie trug ein kurzes grünes Leinenkleid und elegante halbhohe Schuhe. Nur der dünne Pullover hatte, wie ihr Kapuzenshirt vom Vortag, zu lange Ärmel. Und nur die vorderen Glieder der Finger wagten sich ins Freie. Wie heiß musste es werden, bis diese Hände ausschlüpfen durften? Saras Hals, von hinten betrachtet, war seidenpapieren und luftbiegsam wie der eines Teenagers. *Durchsichtigkeit! Das ist das Geheimnis.* Als mein Blick auf ihre Kniekehlen fiel, blieb er hängen und konnte sich nicht mehr lösen. Die Linien und Konturen waren wie mit feiner Tuschfeder ins weiße Fleisch gezeichnet. Mit jedem Schritt beugten und streckten sie sich, ein Perpetuum mobile aus Kurven und Geraden, Schraffierungen und Schatten.

Dennoch, das ist mir wichtig, war es kein banaler Blick des Begehrens. Was es sonst sein sollte, wusste ich allerdings nicht, weil ich es noch nie erlebt hatte. Ich schaute auf Saras Kniekehlen, weil ich nichts anderes tun konnte. Weil sie mich in der Gegenwart zwangen, es zu tun. Nicht, weil ich etwas für die Zukunft ersehnte.

Die Calle Real war eine steingepflasterte, beschauliche Einkaufsstraße mit Charme und Flair. Touristen gab es nur in kleinen Gruppen. Schmucke Häuser drängten sich aneinander, mit bunt gestrichenen Fensterläden und kleinen Balkonen, die unter der Last der überquellenden Bougainvilleen herabzustürzen drohten.

Vor einer Plakatwand blieb Karin stehen, zeigte darauf und lachte. Die Silhouette eines Mannes auf einem Pferd war zu sehen, darunter die Schrift NITRATO DE CHILE. Sara hakte sich bei Karin unter und zog sie weiter.

An der Avenida Marítima wurden die Balkone größer und prunkvoller. Petrolfarben, orange, mattrosa. Die Häuser schienen sie mit Stolz und Würde zu tragen wie Orden. Auf der anderen Seite der Straße steckten Palmen schief im Asphalt. Das Meer war nicht zugänglich, eine hohe Mauer und Eisengitter versperrten uns den Weg. Nur hin und wieder spritzte eine Welle über den Beton und warf uns Schaum vor die Füße. Und wir rochen es, das Meer. Salz, Fisch, dunkle Verheißungen von Ausfahrt und Schiffbruch.

„Sie bauen schon wieder", sagte Sara.

Wir waren auf der Suche nach einem Café, als Karin aufjauchzte und auf ein Schild deutete. Drei Zeilen, je eine auf Spanisch, Deutsch und Englisch. Die dritte lautete: *Windsurfschule Santa Cruz*. „Das wollte ich schon immer lernen!", rief sie und verschwand in dem Gebäude, vor dem die Tafel aufgestellt war. Meine Frau frönte, das habe ich vergessen zu erwähnen, einer Leidenschaft, die mir zutiefst zuwider war: dem Sport. Und das in all seinen zweifelhaften Facetten. Sie joggte in der Morgendämmerung, fuhr mit Inlineskates zu Mediatoren-Meetings, ritt mit dem Mountainbike durch unwegsames Gelände, verbrachte ganze Vormittage in Klettergärten, schreckte selbst vor Salsa-Abenden mit Kollegen nicht zurück.

Es passte nicht zu ihr, davon war ich überzeugt.

„Kannst du dir Wilhelm Reich auf Rollschuhen vorstellen?“, fragte ich eines Abends.

Sie lachte und tätschelte meinen muskelschwachen Oberschenkel.

„Ich verstehe, dass du so eine Abneigung gegen körperliche Betätigung hast. Du folgst deinem Vater.“

Dieses Argument erschloss sich mir nicht ganz. Zeit meines Lebens, bis zu seinem Tod, war ich überzeugt davon, dass ich in der Pubertät ungestüm gegen meinen Vater rebelliert hatte. Ich lebte so ungesund wie möglich, rauchte, kiffte und schluckte Halluzinogene, als wäre es mein höchster Triumph, schon in jungen Jahren ein Karzinom in mir heraufzubeschwören, als unwiderlegbaren Protest. Doch, zugegeben, so konnte das nicht stimmen; mein Vater rauchte und trank für sein Leben gern, und Sport empfahl er nur seinen Patienten. Folglich hätte ich in der Aufmüpfigkeitsphase besessen zum Schwimmtraining gehen und Rauchwaren ächten müssen, um ihm vorzuführen, dass er als Onkologe ein Heuchler war. Oder nicht? Anders herum? Dieses Thema verwirrte mich immer. Ödipus blieb mir letztlich ein Rätsel. Und im Zweifel verließ ich mich auf Karin.

„Vielleicht hast du recht“, sagte ich damals, nahm ihre Hand und schob sie ein paar Zentimeter weiter nach oben.

„Träumen Sie?“ Das war Sara, im Hier und Jetzt. Sie saß mir gegenüber an einem kleinen Holztisch im Gastgarten des Restaurants *La Placeta* auf der Placeta de Borrero, und Karin war noch immer nicht zurückgekommen. Die nächsten zwei Stunden würden wir alleine bleiben.

„Nein, entschuldigen Sie. Meine Gedanken driften manchmal davon.“

„Das kenne ich.“

Die Gespräche, die sich zwischen uns entwickelten, bevor sich die Ereignisse überstürzten, sind schwierig wiederzugeben. Von manchen habe ich den exakten Wortlaut behalten, an andere erinnere ich mich wie an einen Traum, der nach dem Aufwachen noch in allen Einzelheiten gegenwärtig ist, im Lauf des Tages aber seine Plastizität verliert, ehe er am Ende zu Lichtstaub zerfällt.

„Darf ich Sie etwas Persönliches fragen?" Ich war mutig an diesem Vormittag.

„Sie können es versuchen. Ob ich antworte, sehen wir dann."

„Sie haben gestern so angewidert reagiert, als die Sprache auf mein Hobby gekommen ist. Was mögen Sie denn an Astronomen nicht?"

Wieder huschte ein Schatten über ihr Gesicht.

„Dazu möchte ich nichts sagen." Das kam sehr leise, aber mit Nachdruck. Eine Antwort würde ich erst viel später bekommen.

Ich versuchte es anders.

„Wollen Sie nicht mit uns das Observatorium besuchen? Vielleicht besänftigt der Anblick des großen Spiegels ihre Abneigung."

„Mit Ihnen auf den Roque?", rief sie erschrocken. „Nein, das ist unmöglich." Sie wirkte verstört, in die Enge getrieben, fing sich aber sofort wieder.

„Erklären Sie mir lieber, was Sie am Universum so fasziniert."

Ich lehnte mich zurück, der kleine Holzstuhl seufzte auf.

„Seine Schönheit. Allein die Farben eines Nebels. Ich könnte mich stundenlang in ihnen verlieren. Man fühlt sich so ... wie soll ich sagen ... berührt von der Natur –"

„Ah, Sie mögen die Natur?"

„Ja, schon. Sie nicht? Sie ist doch Ihr Beruf."

Sara zupfte ihren Pullover zurecht.

„Das ist vielleicht das Problem. Je mehr ich von ihr weiß, desto weniger mag ich sie. *Die beste aller möglichen Welten!* Das kann auch nur einem Deutschen einfallen. Wissen Sie, wie Schlupfwespen ihren Nachwuchs aufziehen?"

„Nein."

„Sie stechen mit ihrem Legestachel ein Loch in eine lebende Schmetterlingslarve. So führen sie ihre Eier ins Gewebe des Wirtstieres ein. Die ausgeschlüpften Wespenlarven fressen dann das Opfer bei lebendigem Leibe von innen her auf. Schön, nicht?"

„Klingt grausam. Aber es gibt doch so viele Gegenbeispiele ..."

„Ja? Mir fällt gerade keines ein. Und das System ist immer dasselbe: Der Stärkere frisst den Schwächeren. Nein, die Natur kann mir gestohlen bleiben. Aber ich gebe zu, am Anfang des Studiums war das anders. Da hatte ich Sympathien für alle Kreaturen. Es waren nur die Menschen, die ich nicht mochte."

„Die Menschen?"

„Ja, sicher." Saras Züge waren weich und entspannt, als sie das sagte. „Sie sind doch nicht etwa Philanthrop?"

„Na ja, nein, ich bin gern allein, zu viele Menschen machen mir Angst, aber manche, einzelne –"

„Einzelne gibt es immer, aber das ändert nichts an der Gattung."

„Gut, wenn Sie meinen. Aber was ist mit der vollendeten Ordnung des Universums, der Harmonie der Sphären –"

„Seien Sie vorsichtig, er ist Romantiker. Aber nur bei den Sternen."

Karin stand plötzlich neben uns, und sie war nicht allein. Der Mann hinter ihr erweckte auf Anhieb mein Misstrauen, noch bevor er ein Wort gesprochen hatte. Es muss an seinem Aussehen gelegen haben. Er war fast so groß wie ich, hatte sorgfältig gescheiteltes, schwarzglänzendes Haar und einen Oberkörper, dem ein formvollendetes V eingeschrieben schien, von den breiten Schultern bis hinab zur schlanken Taille. Braungebrannt war er auch noch. Ein Klischee von einem Mann. Und jung: höchstens dreißig.

„Darf ich vorstellen", sagte Karin, „das ist Ricardo. Er wird mir das Windsurfen beibringen."

Ricardo verneigte sich kurz und streckte mir seine Hand hin. Nach kurzem Zögern reichte ich ihm meine. Müßig zu erwähnen, dass sein Händedruck stählern war. Ich spürte, wie Sara mich voller Neugier beobachtete.

„Setzt euch doch."

„Danke", sagte Ricardo, rückte einen Stuhl vom Tisch ab und bot ihn Karin an. Er nahm neben ihr Platz und berührte dabei wie unabsichtlich mit dem Knie ihren Oberschenkel.

„Aber nur kurz, auf einen Kaffee. Ich möchte nicht stören."

Er sprach also noch dazu ansprechend Deutsch, beinahe ohne Akzent. Wahrscheinlich hatten ihm das unzählige junge, hübsche Windsurfschülerinnen aus Deutschland beigebracht. Oder Sportfanatikerinnen aus Wien.

„Stell dir vor", sagte Karin, „wir beginnen schon heute, und Ricardo meint, es geht ganz schnell, und ich kann auf dem Board stehen."

Ich machte mir ernsthaft Sorgen, dass anderes auch ganz schnell gehen könnte, obwohl mir Karin in unserer Ehe nie Anlass zur Eifersucht gegeben hatte. Und ich war es ja, der sich so angeregt mit einer fremden Frau unterhielt. Ich wischte die Gedanken fort. Wir vertrauten uns, wir vertrauten uns.

„Das freut mich zu hören", sagte ich weltmännisch. Und, an Ricardo gewandt: „Passen Sie bitte gut auf sie auf, sie verletzt sich so leicht."

„Das stimmt doch gar nicht!", protestierte Karin.

„Denk an deinen Unfall beim Wasserskifahren. Und den Sturz von der Kletterwand."

„Das ist doch Jahre her!"

„Keine Angst", sagte Ricardo mit einem Lächeln, das ich nur als anzüglich interpretieren konnte. „Bei mir ist Ihre Frau in guten Händen."

Ich wollte etwas Spitzes sagen, „Da bin ich mir sicher" zum Beispiel, aber dann hielt ich den Mund und musterte stattdessen seine Erscheinung. Das kurzärmelige schwarze Hemd, das er trug, war für meinen Geschmack eine Nummer zu klein, es spannte sichtlich über der Brust, und die Knöpfe waren kurz davor, abzuspringen. Auf der Hemdtasche leuchtete in phosphoreszierendem Pink das Logo seines Unternehmens: ein kleines Surfbrett mit Flügeln.

Nur ein Detail passte nicht ins Bild: seine Armbanduhr. Sie war weder protzig noch elegant; ein altes Stück, unscheinbar, mit einem Sprung im Glas. Das Lederband war an mehreren Stellen eingerissen. Ricardo bemerkte, dass ich auf sein Handgelenk starrte. Er legte die andere Hand auf die Uhr, aber nicht, als würde er sich ihrer schämen. Eher als wollte er sie vor meinen zudringlichen Blicken schützen.

„Und Sie?" Er wandte sich an Sara. „Machen Sie auch Urlaub auf unserer schönen Insel?"

Sara hatte unseren Wortwechsel amüsiert verfolgt. Offenbar liebte sie das stille Beobachten, auch wenn die Objekte nur der verachteten Gattung Mensch angehörten. Sie ließ sich mit der Antwort ein wenig Zeit.

„Nein. Ich arbeite hier als Wissenschaftlerin. Für ein paar Monate."

„Ah", machte Ricardo und seine Zähne blitzten auf. „Lassen Sie mich raten! Sie sind Astronomin und forschen an unserem berühmten Teleskop?"

„Um Himmels willen, nein!", rief Sara. Ricardo klappte seinen Mund wieder zu. Mit so einer forschen Antwort hatte er nicht gerechnet. Es entstand betretenes Schweigen, das Karin als Erste brach. Sie war Spezialistin im Entschärfen peinlicher Momente.

„Nein, denk nur, Ricardo, Sara ist Ornithologin! Ist das nicht großartig?"

Sie waren also schon per du. Das musste nichts bedeuten. Sporttreibende neigen zu vorschneller Verbrüderung. Ich hingegen musste wahrnehmen, wie die dunkle Seite meiner Seele von mir Besitz ergriff. Sie gierte nach einer Antwort Ricardos, die deutlich werden ließ, dass er dieses Wort noch nie gehört hatte.

„Wie schön!", sagte er. „Die Insel ist voller Vogelarten, die es nur hier gibt."

Mein erstes Bild dieses Mannes begann bereits zu bröckeln. Ich wandte meine Aufmerksamkeit von ihm ab und tat, als betrachtete ich mit Interesse die Fassade des Restaurants. Sie war in hellem Ocker gestrichen, neben der Eingangstür ragte eine alte Laterne aus der Wand. Auf der Brüstung des Balkons waren Blumentöpfe befestigt, aus denen sich eine Fülle an Blüten ergoss, die ich noch nie zuvor gesehen hatte. Vielleicht gab es die auch nur hier.

Ein Kellner kam aus der Tür, entdeckte Ricardo, lief auf ihn zu und begrüßte ihn überschwänglich. Karins neuer Windsurflehrer war auch bei Männern beliebt. Binnen Sekunden hatte jeder von uns ein Schnapsglas vor sich stehen.

„Mistela", sagte der Kellner. „Auf Haus." Er hatte sich selbst auch ein Glas mitgebracht und stieß mit uns an. Sara hielt den Stiel mit Daumen und Zeigefinger, die anderen Finger fixierten den Saum des Ärmels. Ricardo fiel das auf, ich merkte ihm an, dass er kurz davor war, etwas zu sagen, doch dann ließ er es bleiben. Der Kellner leerte das Glas in einem Zug, wir taten es ihm gleich. Karin hustete, Ricardo klopfte ihr sanft auf den Rücken, bis sie lachte. Der Likör schmeckte nach Orangen, Anis und Zimt.

Nachdem sich Ricardo verabschiedet hatte, war es lange still an unserem Tisch. Sara folgte mit den Augen der Spur einer kleinen Spinne, die über den Stoff ihres Kleides kroch. Sie zögerte, dann stülpte sie ihr leeres Glas über das Insekt, schob einen Bierdeckel darunter, hob alles vorsichtig hoch, drehte sich nach hinten und ließ die Spinne auf den Boden fallen.

Karin musste lächeln.

„Das war schön", sagte sie. „Einer Biologin würdig."

„Mitleid mit der Kreatur", sagte Sara, „ist die einzige Haltung, die uns übrig bleibt. Wenn die Natur selbst sie schon nicht hat ..."

Ihr bitterer und gleichzeitig dozierender Tonfall irritierte mich. Etwas Dunkles, Bedrohliches schwang darin mit.

„Karin sieht das auch so", sagte ich. „Sie hat meine neue Fliegenklappe weggeworfen."

„Eine elektrische!", rief Karin. „Wenn er eins der armen Tiere erwischt, wird es lebendig geröstet! Es brutzelt und riecht nach verbranntem Fleisch, ekelhaft."

Sara schaute mich an. In ihren Augen taten sich Abgründe auf. Heute weiß ich, warum.

Der Himmel ist ein Netz, wimmelnd von düsteren Fischen.

„Es waren höchstens drei", sagte ich.

„Drei zu viel", sagte Karin.

Auf dem Rückweg ins Hotel gingen Karin und Sara wieder vor mir. Sie redeten leise miteinander, ich konnte nichts verstehen, eine frische Brise verblies ihre Worte. Das Meer bekam einen Graustich, eine Serie von Wellen zerplatzte an der Mole, weiße Fontänen zischten hoch. Die Palmen neigten sich leicht über die Straße, selbst die Kräne zitterten im Wind. Ein plötzlicher Sprühregen durchnässte uns bis auf die Haut, wir begannen zu laufen. Außer Atem verabschiedeten wir uns von Sara vor ihrer Zimmertür. Die Umarmung für Karin fiel herzlicher aus.

Kaum hatten wir unsere feuchte Kleidung ausgezogen und uns auf die Couch fallen lassen, fixierte mich Karin mit ihrem Blick.

„Und? Was denkst du?"

„Worüber?"

„Das weißt du doch."

„Deine neue Bekanntschaft? Was soll ich dazu sagen?"

„Er ist keine neue Bekanntschaft. Er soll mir etwas beibringen. Ich habe ihn engagiert, ganz unverfänglich."

„Das ändert nichts an der Frage: Was soll ich dazu sagen?"

„Na eben was du denkst."

„Er scheint dich zu mögen."

„Ach, Adrian. Darum geht es doch nicht. Ich wollte wissen, ob es für dich in Ordnung ist, wenn ich nachmittags Windsurfstunden nehme. Ich hab mich so nach sinnfreier Bewegung gesehnt, nach all dem Wahnsinn in der Praxis."

„Aber natürlich. Du weißt ja selbst, was am besten für dich ist."

Karin schnaubte. Jetzt sah sie aus wie ein hübscher blonder Drache. Es war nicht schwierig, sich vorzustellen, wie kleine spitze Flammen aus ihren Nasenlöchern schossen.

„Lass doch bitte die Floskeln. Wir sind hier, damit du dein Teleskop sehen kannst. Du weißt, dass ich mich darüber freue und dass ich dich gern dabei begleite. Aber ich brauche ein paar Stunden am Tag für mich."

„Sicher", sagte ich, „das verstehe ich doch. Ein unsensibler Idiot, wer das nicht verstehen könnte."

Karin verdrehte die Augen und verschwand im Badezimmer.

Nachdem Karin zu ihrer ersten Windsurfstunde aufgebrochen war, klopfte ich an Saras Tür. Sie öffnete sofort, als hätte sie schon darauf gewartet. Immer noch trug sie ihr grünes Kleid; statt des Pullovers hatte sie sich ein frisches Kapuzenshirt übergezogen, diesmal in Hellgrau. Sie musste einen ganzen Schrank voll davon haben. Schwarze Schnürstiefel ersetzten die Ballerinas.

„Gehen wir nach oben", sagte sie. „Da gibt es eine herrliche Terrasse."

Wir stiegen zwei Stockwerke zum Dach des Hotels hinauf. Über einer Tür hing ein Schild mit der Aufschrift SOLARIUM. Sie klemmte, Sara warf ihren Körper mit der Schulter voran dagegen. Ächzend schwang sie auf. Das Erste, was ich sah, war ein giftgrüner Plastikrasen. Er war noch nass vom Regen, doch der Himmel war wieder wolkenlos. Steinerne Quader voller winziger Palmen säumten die Terrasse. In der Mitte stand eine Art eisernes Himmelbett, mit Tüchern geschmückt. Unmengen von hölzernen Liegestühlen auf Rädern waren übereinandergestapelt, bereit für den Ansturm sonnenvernarrter Urlauber, aber außer uns war niemand da. Wir hoben zwei Liegen vom Stapel, stellten sie nebeneinander und setzten uns seitlich auf sie, die Knie einander zugewandt.

„Und die Vögel?", fragte ich.

„Wie bitte?"

„Sie mögen die Menschen nicht, Sie verachten die Natur, aber Sie widmen Ihr Leben den Vögeln. Wie passt das zusammen?"

Sie seufzte und klopfte mit ihrem rechten Stiefel einen gedämpften Rhythmus in den Kunstrasen.

„Ist das wirklich so schwer zu begreifen?"

„Vielleicht nur für mich."

Sie warf ihren Kopf zurück und schaute in den Himmel. Weit und breit kein einziger Vogel in Sicht.

„Sie haben es geschafft, der Erde zu entkommen. In tausenden Jahren Evolution ist es ihnen gelungen, die Schwerkraft zu bezwingen. Zu Beginn waren sie nur unförmige Echsen, am Ende schweben sie über uns allen."

Über den oberen Rändern der Stiefelschäfte schälten sich ihre Waden aus dem Leder. Leicht gerötet von der Sonne des Vormittags. Ich bildete mir ein, unter Haut und Fleisch ihre Schienbeine leuchten zu sehen. Elfenbeinern. Wer hatte eigentlich die Stoßzähne von Elefanten nach Elfen benannt? Elfenschienbeine, das war es, was ich sah. Unter ihrem Shirt hatte Sara sicher Flügel versteckt. Eng an den Rücken geschmiegt, durchwirkt von haarfeinen, schillernden Adern.

„Und?" Ich hatte vergessen, zu sprechen.

„Was ist mit dem Gesetz der Gefräßigkeit? Falken schlagen doch auch Singvögel, oder?"

„Nichts ist vollkommen. Nicht einmal Vögel."

„Sie beneiden sie", sagte ich. „Sie wollen sein wie sie."

„Ich bin nur ein altes Reptil. Ich werde nicht mehr fliegen."

„Wer weiß."

„Ich weiß es."

Meine Knie rückten ein paar Zentimeter nach vorne. Doch sie waren immer noch weit entfernt davon, ihre zu berühren.

„Aber es wäre schön, hoch über der Welt in der Luft dahingleiten zu können, nicht wahr?"

„Den Sternen näher, meinen Sie?"

„Nein, das ist meine Sehnsucht. Wir reden von Ihrer."

Die Klippe schien viel näher und niedriger von hier oben. Ein geschickt gebautes Fluggerät oder Federn und Wachs, Aufwind im richtigen Moment, und wir könnten beide über sie hinwegbrausen.

Sara beugte sich nach vorn, öffnete die Schnürsenkel ihrer Stiefel und zog sie fester zusammen.

„Vielleicht hatte ich als Kind zu viele Flugträume. Bevor alle Träume an einem Tag endeten."

Wieder war ich zu ängstlich, um nachzufragen.

Flüchtend streichen die Vögel vorbei.

Der Wind. Der Wind.

Ich kann nur gegen die Kraft der Menschen kämpfen.

Karin kam aufgekratzt und fröhlich ins Hotel zurück. Sie begrüßte mich mit einem herzhaften Kuss auf den Mund.

„Hat ein bisschen länger gedauert, entschuldige. Aber es war so schön! Ich lerne schnell, meint Ricardo, und mein Gleichgewichtssinn ist erstaunlich."

„Ach? Hat er das gesagt?"

„Ja. Glaubst du etwa nicht, dass es stimmt?"

„Doch. Ich wollte nur wissen, ob er wirklich das Wort *erstaunlich* verwendet hat."

„Adrian, du bist so ein Snob! Überheblich und kleingeistig. Der Mann hat dir doch nichts getan."

„Bist du eigentlich seine einzige Schülerin?"

„Momentan ja. Ricardo sagt, La Palma muss sich als Hotspot für Windsurfer erst etablieren."

„Hotspot, aha."

„Es ist ein Sport für Abenteurer, nicht für die breite Masse."

„Abenteurer, soso."

„Ja, wegen der gefährlichen Einstiegsstellen."

„Einstiegsstellen."

„Adrian, du musst nicht alles nachplappern, was ich sage. Ich hasse das."

Karin war kurz davor, zornig zu werden, doch dann veränderte sich ihre Miene. Sie drückte jetzt Zärtlichkeit, Mitgefühl und Nachsicht aus. Sofort fühlte ich mich wieder wie ein Klient. Karin legte ihre Handflächen auf meine Wangen.

„Machst du dir etwa Sorgen? Vertraust du mir nicht?"

„Schon. Tut mir leid."

„Ich muss mich ja auch auf dich verlassen. Und das tue ich."

„Kannst du ja", sagte ich.

„Na eben."

„Ich finde übrigens deinen Gleichgewichtssinn auch *erstaunlich*."

Sie lachte und zeigte mir den Inhalt ihrer Einkaufstasche. Zwei Goldbrassen, Pasteten, Olivenöl, Paprikaschoten, Knoblauch, Avocados, Gewürze in Säckchen und eine Flasche Listán Blanco.

„Somit steht einem Festschmaus nichts mehr im Weg", verkündete Karin. „Du machst die Fische, ich probiere eine Mojo verde."

Bald durchwehten die Fisch- und Gewürzdüfte unsere kleine Küche. Karin liebte es, mit mir zu kochen, aber an diesem Abend war etwas anders als sonst. Wir lachten weniger, schwiegen viel und die Flasche Wein war schneller leer.

In der Nacht saß ich lange allein auf der Veranda und grübelte vor mich hin. Seltsam, dachte ich, wie diese aufgeklärten Ehen heute funktionierten. Wir hatten keine offene Beziehung, natürlich nicht, das überließen wir den gescheiterten Achtundsechzigern (deren Scheitern uns aber immer noch persönlich kränkte). Treue war etwas, das man sich wünschte, aber es war altmodisch und verzopft, sie zu fordern. Seitensprünge ersehnten wir hin und wieder, ließen uns jedoch nicht darauf ein, aus Feigheit oder mit der hehren Begründung, den Partner nicht verletzen zu wollen. Denn Lügen oder Verschweigen war auch unverzeihlich, als neue Gottheit beherrschte uns die Ehrlichkeit, eine Art säkularisierter Beichtzwang. Wahrhaftig und aufrichtig musste man sein, man hatte die Pflicht, dem anderen zu trauen, gleichgültig, wie er sich verhielt. Und das Konzept einer bodenständigen symbiotischen Zweierbeziehung mit Treueschwüren und Unendlichkeitsanspruch war dermaßen vom Katholizismus kontaminiert, dass man sich damit nicht in der Öffentlichkeit blicken lassen konnte. Dafür waren wir alle zu weltoffen, zu psychoanalytisch geschult, zu cool. Der neue Gottseibeiuns hieß Eifersucht. Ein Aussätziger, wer sich ihrer schuldig machte. Ein Versager mit reaktionärem Besitzanspruch. Und so schlittern wir weiter vor uns hin auf diesem unsicheren Grund, der uns doch tragen sollte, sich aber in dünnes Eis verwandelt hat. Fremde Kniekehlen, Sportlehrercharme, durchsichtige Körper: Wie sollen wir uns dazu verhalten?

Später suchte ich Jupiter mit meinem Feldstecher, doch der Himmelsausschnitt war ungünstig. Wenn mich meine Schätzung nicht täuschte, musste er etwa um fünf Uhr morgens neben der linken Terrassenwand zum Vorschein kommen. Zu spät für mich. Ich klappte mein Notizbuch zu, legte mich zurück und schlief auf der Stelle ein.

ACHT

Mittlerweile schlafe ich nicht schlecht auf meiner Plastikpritsche. Das überrascht mich, gibt es doch so viele Eigenschaften von fremden Matratzen, Polstern und Decken, die es mir unmöglich machen, nachts ein Auge zuzutun. Karin vertritt die These, dass neurotische Charaktere mit Neigung zur Hypochondrie meist nur durch den Einbruch einer schwierigen Situation von außen, gegen die man nichts unternehmen kann, eine Linderung ihres Leidens erhoffen dürfen. In ihrer Palette von Behandlungsmethoden fanden sich auch Reste der oft geschmähten Verhaltenstherapie. „Hilft besonders bei Zwänglern", pflegte sie zu sagen, und unerbittlich marschierte sie mit ihren so disponierten Patienten mitten hinein in die Szenerien, die sie so sehr fürchteten, drängte die Händewascher dazu, Klobrillen anzufassen, oder brachte Spinnenphobikern pelzige Taranteln in Glasboxen zur Sitzung mit. Früher hätte man so etwas Rosskur genannt.

Also ist meine Pritsche dem Diktat des Faktischen unterworfen, dessen oberste Maximen lauten: *So ist es. Du kannst nichts dagegen tun.* Wenn ich erschöpft bin, schlafe ich einfach ein, auch wenn ich am folgenden Morgen mit rasenden Rückenschmerzen erwache.

Und auch mit dem Essen komme ich zurecht. Ich muss nur die angeschimmelten Teile der Speisen sorgfältig entfernen und den Rest mit dem chlorierten Wasser hinunterspülen. Beim Schlucken höre ich manchmal die Stimme meines Vaters. „Adrian, iss das nicht, du wirst dich vergiften!" Das verrät mir nur, dass Geister oft nicht mehr in der Lage sind, Gesamtsituationen von Lebenden richtig einzuschätzen. Man kann leicht Ratschläge erteilen, wenn man jederzeit wieder durch die verschlossene Tür verschwinden kann.

Aber zurück zu den Tagen vor dem ersten Ereignis. Vom äußeren Ablauf her glichen sie einander. Vormittags frühstückten Karin und ich ausgiebig auf der Terrasse, mittags spazierten wir in die Stadt oder unternahmen kleine Ausflüge in die Umgebung. Um fünfzehn Uhr begann Karins Windsurfkurs, etwa eine Stunde später kam Sara von ihrer Pirsch nach dem Bläulichen Buchfink zurück, wir tranken zu zweit Kaffee und plauderten. Abends brachte Ricardo, ein echter Kavalier, Karin mit seinem hypertrophen Geländewagen ins Hotel. Als er das zum dritten Mal tat und Karin mich anschaute, als erwartete sie etwas von mir, das nur für einen ungehobelten Flegel keine Selbstverständlichkeit wäre, bat ich Ricardo, uns doch Gesellschaft zu leisten. Erfreut, fast ein wenig verwundert, nahm er die Einladung an und blieb. In dieser Nacht und in den folgenden. Unser Lieblingsplatz nach Einbruch der Dämmerung wurde die Dachterrasse des Hotels.

Einzelne Momente dieser Phase blitzen in meiner Erinnerung auf und verlöschen wieder. Die Fahrt mit Karin nach Puerto de Tazacorte: Bananenplantagen erstreckten sich bis zum Horizont, dazwischen kleine Häuser, die auf den grünen Wogen tanzten wie Flöße. Die Straße kilometerlang gesäumt von Mandelbäumen, das gleißende Rosa ihrer Blüten umflutet vom Blau des Himmels. Ihr Duft stieg uns zu Kopf, wir blieben mitten auf der Fahrbahn stehen und umfingen uns wie in alten Zeiten. Wenn ich Karin im Arm hatte und sie mich, zehn Jahre nach unserer Hochzeit, bog sich die lineare Zeit auf, ein nasser Streifen Papier in der Sonne, wölbte sich und krümmte sich in sich selbst zurück. So verhielt sich auch die Raumzeit, das hatte ich mittlerweile gelernt. Und auch die alte Sicherheit des Ortes, das Wissen, exakt an diesem oder jenem Platz zu sein, war der Welt abhandengekommen. Die quantenmechanische Unschärferelation, sagt Roland, ist eigentlich gar keine Unschärfe, sondern eine neue Klarheit: die Erkenntnis, nie gleichzeitig sagen zu können, wo sich ein Teilchen befindet UND wohin und wie schnell es sich bewegt. Ort und Impuls sind nie im selben Moment genau bestimmbar. Eigentlich ein brauchbares Bild für die Ehe, die Gewissheit des Ungewissen. Ich vermied es aber, diesen Gedanken laut auszusprechen, er hätte Karin in unserer Lage sicher befremdet. So umschlangen wir uns schweigend, mit geschlossenen Augen. Und doch war eine Spur von Wehmut unseren Küssen beigemischt, wir schmeckten es beide. Es gab das Gleiten auf dem Meer, mit festen Beinen auf dem Board und Salzkristallen im Haar, das Feiern des Gleichgewichtssinns – und es gab einen bläulichen Vogel, den niemand finden konnte außer einer Chilenin mit gläsernen Fesseln.

Später am Strand, Karins weiße Beine, ihr knallroter Badeanzug, der schwarze Sand. Mir fielen die Geschichten von Parzival ein, die mir meine Mutter so gerne erzählt hatte. Eine Rabenfeder und drei Blutstropfen im Schnee erinnern den Helden an Haare, Lippen und Haut der Geliebten, die er zurückgelassen hat, um den Gral zu suchen. Er fällt in Trance, die irdische Liebe bringt sich mit Macht zurück ins Spiel. Am Ende verliert sie trotzdem, die Liebe; an ihre Stelle tritt die keusche Ehe, der heilige Bund zwischen Gralskönig und Gralshüterin.

„Das war sehr schön, das im Auto, unter den Mandelbäumen", flüsterte Karin, die Zehen im Sand vergraben.

„Ja", sagte ich.

„Eigentlich könnten wir glücklich sein", sagte Karin, zog die Beine an und schlang die Arme um die Knie. Der Vulkansand hatte geheimnisvolle dunkle Muster auf ihre Waden gezeichnet. Über uns knatterte der Sonnenschirm in der Brise. Die Lichtpunkte auf der Meeresoberfläche tanzten einen wilden Reigen, glitzernde kleine Lebewesen, außer Rand und Band geraten. Hinter uns saßen ein paar junge Männer auf der Strandmauer, rauchten und hielten Ausschau. Karin sprang auf und lief ins Wasser. Die Männer erhoben sich und tuschelten. Einer zeigte mit dem Finger in meine Richtung, sie setzten sich wieder hin.

Karin schwamm ein paar Meter hinaus, dann drehte sie sich um und winkte mir mit beiden Händen zu. Einige der lebenden Sonnenfunken waren ihr ins Haar gekrochen, sie sah aus wie das Waisenmädchen aus dem Märchen von den Sterntalern. Ich winkte zurück, rührte mich aber nicht von der Stelle. Es war so schön, sie von weitem zu betrachten. Ihre Arme und ihr Gesicht schimmerten schon haselnussfarben, nach nur wenigen Tagen kanarischer Sonne. Sportlerbräune, dachte ich und verfluchte mich sofort dafür. Vielleicht sollte ich auch Windsurfen lernen. Und weniger über Vögel nachdenken.

Eigentlich könnten wir glücklich sein.

Oder der Augenblick auf der Terrasse des *El Galeón*, als Ricardo mitten im Gespräch seine Armbanduhr abnahm, neben sich auf den Tisch legte und sein Handgelenk zu massieren begann. Wir sprachen gerade über die Leuchtkraft der Sterne an La Palmas Nachthimmel, das heißt, ich sprach, befeuert von ein paar Gläsern Malvasier, Sara und Ricardo hörten mehr oder weniger aufmerksam zu, während Karin sich nicht besonders Mühe gab, Interesse zu heucheln. Heute denke ich, dass Ricardo nicht stolz oder gar prahlerisch etwas von sich zeigen wollte, sondern nur gedankenverloren die Uhr abnahm, weil ihn das Gelenk gerade schmerzte.

Sara starrte auf seinen Handrücken, packte ihn und hielt ihn sich vor die Augen, als könnte sie nicht glauben, was sie da entdeckt hatte. Dabei rutschten die Ärmel ihrer

Jacke zurück und ich sah zum ersten Mal ihre Hände. Es waren die feingliedrigen, faltigen Hände einer alten Frau.

Ricardo ließ sie kurz gewähren, dann entwand er ihr seinen Arm, legte ihn auf seinen Oberschenkel.

Karin beugte sich nach vorne, über die weiße runde Stelle auf seiner braunen Haut, die das Gehäuse vor der Sonne geschützt hatte. Da band er sich rasch die Uhr wieder um.

Aber es war zu spät. Karin und ich hatten die Tätowierung schon gesehen. Drei Buchstaben, die wir damals beide nicht deuten konnten: CNT.

Was darauf folgte, war eine leidenschaftliche Diskussion auf Spanisch, die Karin und ich nicht verstanden. Für Sara mussten die drei Buchstaben eine Offenbarung gewesen sein, so laut und begeistert hatte ich sie noch nie reden gehört. Ricardo wirkte anfangs zurückhaltend, fast verlegen, doch im Laufe des Gesprächs hob auch er die Stimme. Als Karin unvermittelt fragte, wofür die Buchstaben stünden, winkte Ricardo nur kurz ab und setzte seinen Dialog mit Sara fort. Worüber sie sich so entflammt unterhielten, war für mich schwer auszumachen. Sie schienen in vielem einer Meinung zu sein, Sara nickte oft und sagte „Si, exacto", Ricardo klatschte in die Hände und rief etwas wie „Vale!". Die Namen ihrer Herkunftsländer fielen oft. Ich nahm mir vor, bis zu unserer Fahrt auf den Roque zumindest ein paar Brocken Spanisch zu lernen.

Karin war ein wenig konsterniert, dass Ricardo sie mit einer Handbewegung abgefertigt hatte. Sie hätte vermutlich mehr verstanden als ich, aber ihr Stolz ließ nicht zu, dass sie den beiden weiter lauschte. Sie wandte sich demonstrativ ab, legte mir den Arm um die Schulter, beugte ihren Kopf zurück und betrachtete den Sternenhimmel. Ich durfte ihr sogar etwas über Spektralklassen und Oberflächentemperaturen erzählen.

In der folgenden Nacht suchte ich auf Wikipedia die Buchstabenkombination CNT. Das *Fraunhofer-Center Nanoelektronische Technologien* in Dresden schloss ich aus, ebenso den *Columbia Non-Neutral Torus,* „einen kleinen Stellarator am Labor für Plasmaphysik der Columbia University". Schwer vorstellbar, dass sich ein Windsurflehrer aus Santa Cruz für eine dieser Einrichtungen so begeistern konnte, dass er sich deren Initialen auf den Unterarm tätowieren lassen würde. Blieb nur die *Confederación Nacional del Trabajo*, eine anarchosyndikalistische Gewerkschaft in Spanien, „einer der wichtigsten Akteure des Widerstandes gegen General Francisco Franco im Spanischen Bürgerkrieg". Da fiel mir der Titel eines Buches wieder ein, das ich in meiner Studentenzeit gelesen hatte: „Der kurze Sommer der Anarchie" von Hans Magnus Enzensberger. Worum es darin genau ging, wusste ich allerdings nicht mehr. Es hatte etwas mit dem Kampf gegen Francos Faschismus zu tun, so weit konnte ich mich noch entsinnen.

Das war also das Geheimnis. Ricardo war Anarchist. Und Sara fand diese Tatsache überaus aufregend. Vielleicht teilte sie sogar seine Einstellung. Eine anarchistische Ornithologin, die Menschen nicht mochte. Oder das zumindest behauptete.

Ich war verwirrt. Als junger Mann hatte ich auch Sympathien für den Anarchismus gehegt, ich erinnere mich an heiße Streitgespräche in verrauchten Spelunken. Doch das war Jahrzehnte her. In Ricardos Alter war ich schon deutlich gemäßigter, und jetzt hatte der Staatsdienst die letzten Reste von Aufmüpfigkeit aus mir herausgepresst. So sah ich es zumindest in meinen schwärzeren Momenten.

Karin erzählte ich beim nächsten Frühstück von den Ergebnissen meiner Recherche. Sie reagierte gelangweilt, murmelte etwas wie „Lass ihn doch" und widmete sich mit Hingabe ihrem Croissant. Sie war immer noch gekränkt. Ich verspürte Lust, sie aus der Reserve zu locken, wollte etwas über Wilhelm Reichs anarchistische Tendenzen einwerfen, garniert mit einem süffisanten Bonmot à la „So schließt sich der Kreis". Ein stählernes Blitzen in ihren Augen, und mein Mund blieb zu. Am folgenden Abend berichtete sie mir dann nebenbei, dass sie Ricardo auf die CNT angesprochen hatte. „Darüber möchte ich nicht reden", hatte er erwidert, „nicht heute, nicht bei diesem Wind." Danach seien sie regelrecht über das Wasser geflogen. Sie lernte schnell. Ihre Schienbeine waren zerkratzt.

Saras Gesicht, als sie die drei Buchstaben entdeckte, werde ich jedenfalls nie vergessen.

Die Erinnerung an meine unbändige Vorfreude auf das *Gran Telescopio Canarias*, das ich wie alle Eingeweihten *GranTeCan* nannte, ist hingegen schon verblasst. Fast, als würde ich mich meines kindlichen Überschwangs schämen, angesichts dessen, was passiert ist. Doch ich schäme mich nicht. Ich entferne mich nur. Ich fliege weg von diesem einstigen Zentrum meiner Sehnsüchte, mit jedem Tag, mit jeder Stunde in höherem Tempo. Wie die Galaxien am Rand des Universums, die umso schneller vom Beobachter wegrasen, je weiter sie von ihm entfernt sind.

„War auch höchste Zeit", sagt mein Vater, und wenn ich ihn nicht nur hören könnte, sondern auch sehen, würde ich seine vom Nikotin vergilbten Schneidezähne vor Augen haben, wie immer, wenn sich bei der höhnischen Variante seines Lachens die Oberlippe zurückzog wie eine Schnecke in ihr Haus. Ich werfe den Blechteller in die Richtung, aus der die Stimme kommt.

Nur die Fotos der Hubble-Website sehe ich noch deutlich vor mir, wenn ich die Augen schließe. Roland hatte mir versprochen, dass die Astronomen mir zumindest am Bildschirm Aufnahmen zeigen würden, die der Spiegel des *GranTeCan* gemacht hatte. Wenn ich schon nicht selbst durch ein Okular in den Himmel schauen konnte. Bis dahin verkürzte ich mir die Wartezeit mit Hubble. Beinahe jede Nacht vor dem ersten Ereignis versenkte ich mich in eines dieser Bilder. Es war wie eine bescheidene Meditation, ein Ritual zur Vorbereitung. Der Carina-Nebel etwa: die Spitze einer Sternentstehungsregion, ionisierte Gasmassen, in denen ich unentwegt neue Formen entdeckte. Zwei aneinandergewachsene Schädel mit leeren schwarzen Augenhöhlen, die Münder zahnlos, geöffnet zu einem Verzweiflungsschrei über die Qualen der Schöpfung; die Zungen blähten sich auf zu gewölbten Fleischbäuchen, aus denen neue Schädel krochen.

Oder das *Hubble Extreme Deep Field 2012*: ein winziger Himmelsausschnitt, aufgenommen von der Wide Field Camera 3 des Teleskops, im Sternbild des Chemischen Ofens. Ein Gewimmel von Galaxien. Spiralen, Ellipsen, Kreuze in Gelb, Blau, Orange und Rot. Auf eine schwarze Leinwand geworfene Farbkleckse. Glimmende Seepferdchen, phosphoreszierende Quallen, in Leuchtfarbe getauchte schwebende Ammoniten, Pantoffeltierchen mit verglühten Wimpern: ein galaktischer Zoo in der tiefsten Tiefe des Weltalls, dreizehn Milliarden Lichtjahre entfernt. Ein Foto, das mir immer wieder Schauer über den Rücken jagte. Der Blick in die äußerste Ferne, zugleich der Blick in die Vergangenheit. Die jüngsten Galaxien auf dem *Extreme Deep Field* stammen aus der Urzeit des Universums. Das Teleskop als Zeitmaschine. Eine Reise zurück in die Ära kurz nach dem Urknall.

Auch was Karin von ihren Windsurfstunden erzählte, erzeugte Bilder in meinem Kopf, die sich noch immer nicht

verflüchtigt haben. Ricardo und sie fuhren jeden Tag über
Puntallana an die Playa de Nogales, dort konnte man allerdings das Wasser erst erreichen, wenn man das Brett über
einen verwilderten, halsbrecherischen Serpentinenpfad
hinuntergeschleppt hatte. Eigentlich ein Zugang für Pro-
fis, hatte Ricardo ihr erklärt, das machte Karin besonders
stolz. Einmal war sie mit einem überirdischen Leuchten
im Gesicht zurückgekommen, glückselig, weil sie dreißig
Minuten lang nicht vom Brett gefallen war. Ich sah Karin, die Abenteurerin, wie sie sich mutig durchs Gelände
kämpfte, das Brett ins Meer gleiten ließ und immer und
immer wieder von den Wellen abgeworfen wurde, bis sie
endlich mit beiden Beinen fest auf dem Board stand und
ihr Segel sicher im Griff hatte. Dazu hörte ich Gelächter
aus dunkler männlicher Kehle, ich vernahm Applaus und
Bravo-Rufe, die ihr ein hemmungsloses Jauchzen entlock-
ten. In einem Traum hatte ich sogar Ricardo und Karin
Hand in Hand über die Wogen flitzen sehen. Mein Wach-
bewusstsein versuchte mich davon zu überzeugen, dass
das technisch gar nicht möglich war, aber seltsamerweise
war es genau diese Vision, die sich in meiner Fantasie am
hartnäckigsten behauptete.

Sehr klar erinnere ich mich an die letzte Nacht vor unserem Besuch auf dem Roque de los Muchachos. Karin
und Ricardo werkten in der Küche unseres Apartments
an einem Dessert, das sie uns um Mitternacht kredenzen
wollten (kochen konnte er auch). Sara und ich waren allein auf dem Dach, wir standen in einigem Abstand voneinander und schwiegen, aber nicht einträchtig, eher auf
diese angestrengte Art, in der jeder dem anderen etwas
mitteilen will, aber keiner einen Anfang findet. Der Mond
träufelte silbriges Licht auf das Dunkelgrün der gewaltigen Klippe. Ich stellte mir vor, wie Ursa Major, der Große

Bär, vom Himmel auf die Erde stürzte, und jetzt lag seine riesige Tatze, deren Fell mit der Zeit grün geworden war, verflochten mit Bäumen und Büschen, mitten im Hafen von Santa Cruz. Die Sterne, aus denen er bestanden hatte, waren vielleicht bereits erloschen, das Licht, das wir von ihnen sahen, hatte hunderte Jahre gebraucht, um uns zu erreichen. Es gaukelte uns die Existenz des Großen Bären vor, während sein Platz in der Milchstraße längst von Finsternis erfüllt war.

Da sagte Sara plötzlich: „Ich komme mit."

„Was? Wohin?"

„Zu deinem Teleskop. Wenn du mich mitnimmst."

Kommentarlos war sie zum Du übergegangen. Das gefiel mir, doch es machte mich auch nervös.

„Natürlich. Aber warum, ich meine, seit wann –"

„Seit jetzt." Sara kam einen Schritt auf mich zu und schaute mir in die Augen. „Vielleicht hast du mich überzeugt, dass ich der Astronomie noch eine Chance geben sollte. Außerdem haben Vögel und Sterne viel gemeinsam." Ihre Stimme klang warm, fast einschmeichelnd, und doch wusste ich in diesem Augenblick, dass sie log. Möglicherweise wollte sie mir gerade durch ihren herzlichen Ton signalisieren, dass sie nicht die Wahrheit sagte. Eine Art sanfte Warnung. Doch ich ließ die Botschaft nicht an mich heran. Soll sie doch ein wenig flunkern, Hauptsache, sie kommt mit. Und auch wenn ihre Beweggründe andere waren, als sie vorgab – was machte das schon aus? Selbst wenn sie wirklich Anarchistin wäre, würde sie wohl kaum ein Observatorium voller harmloser Forscher in die Luft jagen.

„Ich freu mich", sagte ich.

Sara berührte flüchtig mit der Hand meine Schulter. Da flog die Tür zur Dachterrasse auf, Ricardo erschien mit einem Silbertablett, auf dem vier Glasschüsseln standen.

„Bienmesabe!", rief er aufgekratzt. Karin brachte zwei Fla-
schen mit, eine davon war schon fast leer. Sie stieß mit
dem Fuß an eine Blumenkiste, stolperte vornüber, aber
fing sich sofort.

Noch ein Beweis für ihren vielgerühmten Gleichgewichtssinn.

NEUN

Am folgenden Morgen, es war der siebte Tag unseres Aufenthalts, sollte es losgehen. Selbstverständlich hatte ich mich akribisch darauf vorbereitet. Die private Führung, zu der Roland uns angemeldet hatte, war für zwölf Uhr angesetzt, doch ich stand schon um sieben Uhr auf, frühstückte schnell und lief rastlos im Apartment hin und her. Heute würde es passieren! Um neun holte ich den Mietwagen aus der Garage und drängte zum Aufbruch, obwohl die Fahrt angeblich nur eineinhalb Stunden dauerte. Doch ich hatte einiges über die Tücken der steilen, gewundenen Straße gelesen, und sicher ist sicher. Schließlich hatten wir 2426 Höhenmeter zu bewältigen.

Karin war ebenso überrascht wie ich, dass Sara so unverhofft ihre Meinung geändert hatte und mit uns fuhr. Es war ihr aber sichtlich angenehm, so entlud sich meine emotionale Anspannung nicht alleine auf sie. Ich schwankte zwischen Aufregung, Nervosität, Überschwang und Panik, es war eine explosive Gemengelage. Karin und Sara setzten sich in den Fond, der Platz neben mir blieb frei. Auch eine Botschaft.

Wir fuhren ein paar Kilometer Richtung Norden, nach Mirca kam die Abzweigung in die Caldera de Taburiente, einen gewaltigen Kessel, der vor hunderttausenden von Jahren durch den Einsturz eines Vulkankegels entstanden war. Seine höchste Erhebung: der Roque de los Muchachos.

Der Himmel war von einer dünnen Wolkenschicht bedeckt, nur durch einige Risse sickerte das Sonnenlicht. Allmählich wurde ich ruhiger. Die Kurven waren tatsächlich furchteinflößend, an ihren Scheitelpunkten öffneten sich Abgründe, die immer tiefer wurden. Doch die Straße war in gutem Zustand, und Höhenangst gehörte glücklicherweise nicht zu meiner Phobiensammlung.

Anfangs waren die Felsen an der Straße noch von Pflan-
zendickicht bewuchert, mit zunehmender Höhe zog sich
das Grün immer mehr zurück, und das trübe Grau des
Gesteins kam zum Vorschein. Die Wände wuchsen und
rückten näher an die Straße, mit jedem Kilometer fraß
sich der Asphalt tiefer in den Berg. Dann durchstießen wir
die Wolkengrenze. Für wenige Minuten wurde die Sicht
schlecht, ich stieg auf die Bremse und näherte mich den
Kehren im Schneckentempo. Als es wieder aufklarte, lag
unter uns ein weißes Meer, aus dem einzelne steinerne
Inseln ragten.

Erst jetzt sahen wir, dass der Fels keineswegs grau war.
Verschiedene Schichten von vulkanischen Sedimenten
hatten sich übereinandergeschoben, und jede leuchtete in
ihrer eigenen Farbe. Ocker über Rostrot, gebrannte Siena
unter Umbra. An einer Stelle war der Berg rund und dunkelbraun, durchbrochen nur von einem hellgelb schim-
mernden, waagrechten Streifen.

Karin beugte sich aus dem offenen Autofenster.

„Seht ihr die Geschichte?"

Ich schüttelte den Kopf.

„Also: Ein Riese hat ein Eis mit Schokoladensauce bekommen. Er weiß aber nicht, welche Sorte, weil die Sauce alles zudeckt. Mit seinem Löffel schabt er sie weg, und
jetzt erkennt er: Es ist Karamell. Das mag er aber nicht,
und so schleudert er den Löffel wütend zu Boden. Wir
sehen da unten das Loch, das er in die Wolkendecke geschlagen hat, doch für ihn ist es nur eine Delle im Flokati
zu seinen Füßen."

Sara lachte, aber es klang wie von weit her.

Serpentine um Serpentine schraubte sich der Wagen
nach oben. Manchmal kollerte Geröll auf die Fahrbahn,
und ich musste ausweichen. An einem Aussichtspunkt,
dem Mirador de los Andenes, wollte Karin unbedingt an-

halten. Nur durch eine niedrige Steinmauer waren wir von den steil abfallenden Rändern der Caldera de Taburiente getrennt. Der Flokati des Riesen hatte mittlerweile mehrere Löcher bekommen, durch die wir auf den Grund des Vulkankraters blicken konnten. Kiefern klammerten sich an die Abhänge, zwischen ihnen blitzte das Gelb blühender Büsche auf, Felsnadeln erhoben sich wie von Menschen gefertigte Skulpturen. Karin schoss ein Foto nach dem anderen, mir wurde ein wenig schwindlig. Sara war im Auto sitzen geblieben.

Wir setzten die Reise fort, und je näher wir dem Ziel kamen, desto mehr verspürte ich die Lust, meine Vorfreude zu teilen.

„Wisst ihr eigentlich, dass der große Spiegel, den wir gleich sehen werden, aus sechsunddreißig sechseckigen Einzelspiegeln gefertigt ist?"

„Tatsächlich?" Karins Enthusiasmus hielt sich in Grenzen, und Sara schüttelte den Kopf, als wollte sie eine Fliege verscheuchen. Also schwieg ich wieder.

Erst als hinter einer Kurve zum ersten Mal die silberne Kugel auftauchte, waren auch die beiden Frauen beeindruckt. Sara seufzte tief auf, was ich als Ehrfurcht und frohe Erwartung interpretierte. Karin legte mir die Hand auf die Schulter.

„Jetzt ist es gleich so weit", sagte sie, „und dein Traum geht in Erfüllung."

Ich schloss kurz die Augen und riss sie wieder auf. Er war noch da, der Traum. Ein rundes Stück Alufolie, auf den Himmel geklebt, gleißend in der Sonne.

Zwei Haarnadeln noch, dann erreichten wir den Parkplatz unter den Observatorien. Beim Aussteigen spürte ich erst, wie sehr mein Rücken schmerzte, aber das spielte jetzt keine Rolle. Ich stand zu Füßen der größten astronomischen Anlage Europas.

Der Fahrer, der uns die restliche kurze Strecke zum *GranTeCan* hinaufbringen sollte, ließ auf sich warten, und so begann ich – unaufgefordert – mit einer kleinen Einweisung.

„Wie ihr seht", dozierte ich und ahmte dabei Rolands Gesten nach, „haben wir es hier nicht mit *einem* Teleskop zu tun, sondern mit zwölf. Das *GranTeCan* ist nur das größte und wichtigste. Die Engländer haben hier gleich drei Teleskope installiert, das *William Herschel* dort oben, immerhin auch mit viereinhalb Metern Spiegeldurchmesser, daneben das *Isaac Newton*, und darunter das *Liverpool*."

Sara stieg von einem Fuß auf den anderen, sie schien von starker Unruhe erfasst zu sein. Nach einer kurzen Pause unternahm ich noch einen Anlauf.

„Die offenen Spiegel dort auf halber Höhe sind *Tscherenkow*-Teleskope. Sie messen Gammastrahlung und sind damit den Schwarzen Löchern auf der Spur. Nicht umsonst heißen sie MAGIC I und MAGIC II."

Karin kickte mit der Schuhspitze einen Stein in meine Richtung. Mein kleiner Vortrag war damit beendet.

„Excuse me", sagte eine Stimme hinter mir, „are you the tourists from Austria?"

„Well, *tourists* is not the right word –", begann ich, aber Karin sagte nur „Yes!", und der Fahrer reichte ihr zufrieden die Hand.

In einem rostigen Ford Transit schaukelten wir über eine Schotterpiste hinauf zum Ziel. Auf einem weißen Sockel thronte die Silberkuppel. Königin des Reichs zwischen Himmel und Erde. Die große Detektorin des Lichts. Ich sah die schmalen Metallstege, die von ihrem Scheitel nach unten führten, und die winzigen, in der Luft schwebenden Plattformen, auf denen die Astronomen bei Bedarf ihre Reparaturarbeiten verrichteten. Wir hielten vor ei-

nem Anbau mit niedrigen Fenstern, flachem, geschwunge-
nem Dach und einem nach oben aufgeklappten Tor. Hier
mussten sich die Arbeitsplätze der Auserwählten befinden,
die Nacht für Nacht die Botschaften aus dem All empfangen durften.

Der Fahrer öffnete uns die Tür, nein, er öffnete den
Frauen die Tür. Mich übersah er, ich konnte gerade noch
nach draußen stolpern, bevor er die Tür wieder zudrosch.
Er hob einen Arm und pfiff, verbeugte sich vor Karin und
Sara, kletterte wieder auf den Fahrersitz.

Ein lächelnder älterer Mann, ich schätzte ihn auf Anfang sechzig, kam auf uns zu. Er hatte freundliche Augen,
fröhliche Fältchen und weiße Schläfen. Seine Augenbrauen
waren über der Nasenwurzel zusammengewachsen. Eine
weiße Haartolle, schwungvoll drapiert, hing ihm in die Stirn.

„Welcome", sagte er. „I am happy to –"

Er stockte. Spürte etwas Unangenehmes, Unerwartetes.
Blickte Karin an, dann mich. Kam noch einen Schritt nä-
her. Jetzt stand er direkt vor uns. Ich bildete mir ein, sein
Aftershave riechen zu können.

„It is a pleasure for me –"

Wieder brach er ab. Ich fand, er hatte eine angenehme,
sonore Stimme.

Karin drehte sich zu Sara, stutzte, packte mich am Arm.
Ich begriff noch nicht. Sara stand seitlich von mir, ich sah
nur ihr Profil.

Und ihren linken Nasenflügel. Der sich nicht bewegte.
Ihr halbes Gesicht, das bleich geworden war. Und immer
bleicher wurde. Atmete sie nicht? Aus einem Reflex heraus
hielt ich ihr meinen Arm hin. Sie griff danach, doch ihre
Hände rutschten ab.

Sie sackte zu Boden. Fiel erst auf die Knie, dann mit
dem Oberkörper nach vorn.

Karin reagierte am schnellsten. Sie kniete sich zu Sara auf den Boden, drehte sie in Seitenlage.

„Sie ist ohnmächtig", sagte Karin. Ich wollte etwas tun, aber ich wusste nicht, was.

Auch der Guide rührte sich nicht. Seine Augen waren weit aufgerissen.

Karin schrie ihn an: „We need help!"

Einige Sekunden lang geschah gar nichts. Dann löste sich der Mann aus seiner Erstarrung und ging, aufreizend langsam, zum Eingang des Observatoriums. Wir hörten ihn noch etwas rufen, ehe er verschwand. Kurze Zeit später tauchte ein anderer Mann auf und lief auf uns zu. Er trug ein Stethoskop um den Hals, ließ sich zu Sara nieder und hörte sie ab.

In diesem Moment schlug sie die Augen wieder auf. Schaute Karin an, schien sie aber nicht zu erkennen. Sie rang nach Luft, hustete, versuchte, sich aufzurichten, kippte wieder zurück. Der Arzt drehte sie vorsichtig auf den Rücken, legte ihr den Arm um die Schultern und half ihr, sich aufzusetzen. Sie wirkte verwirrt.

„Ja", sagte sie und nickte immer wieder, „ja. Ja." Mit dem Handrücken fuhr sie sich über die Stirn, und als sie sah, dass Blut daran haftete, stieß sie den Arzt so heftig von sich, dass er beinahe nach hinten fiel. Über einer ihrer Augenbrauen war eine kleine Wunde aufgeplatzt. Ich suchte in meinen Taschen nach einem sauberen Papiertaschentuch und reichte es ihr. Der Arzt – wenn er denn einer war – fluchte leise, rappelte sich auf, hob die Hand zu einem angedeuteten Gruß und entfernte sich.

Allmählich wurde Saras Atem ruhiger und die Farbe kehrte in ihr Gesicht zurück. Ich half ihr hoch, sie stützte sich auf Karin und mich, wir gingen zurück auf den Parkplatz. Über die Schulter warf ich einen letzten Blick auf die silberne Göttin. Sie war noch nicht bereit, mich zu empfangen. Nicht heute.

Wir hatten Glück, unser Fahrer war noch da. Er hatte die Szene beobachtet und war wieder aus dem Wagen gestiegen.

„What happened?", fragte er.

„Nothing", antwortete Sara.

Sie setzte sich mit Karin auf die Hinterbank des Transit. Bei der Rückfahrt zur Ankunftsplattform der Anlage sprach niemand ein Wort. Der Fahrer drehte sich immer wieder zu den beiden Frauen um, er ließ sein altes Vehikel so behutsam über den Schotter gleiten, als hätte er zerbrechliche Ware an Bord. Diesmal übersah er mich beim Aussteigen nicht, er schüttelte mir zum Abschied sogar die Hand. Und zwinkerte mir kumpelhaft zu: Ab jetzt liegt die Verantwortung bei dir.

Ich holte einen zerknitterten Fünf-Euro-Schein aus der Hosentasche und hielt ihn ihm hin. Fassungslos starrte er mich an. Eine Welle von Verachtung brandete über mich hinweg.

„Tourist", sagte er, wandte sich ab und schritt stolz davon.

Noch einmal blickte ich nach oben, betrachtete die großen, wie zufällig über den Hang verstreuten Teleskope, ihre bizarren Formen, die im Sonnenlicht glitzerten. Ein Dutzend vom Himmel gefallene Diamanten. Vielleicht hatte sie Karins Riese aus einer Laune heraus auf die Erde geworfen.

Zwischen MAGIC I und MAGIC II erhob sich plötzlich ein Schwarm Vögel, schwebte kurz über den Spiegeln in der Luft, formierte sich zu einem V und zog zum Gipfel hoch.

Eine Anekdote, die mir Roland erzählt hatte, ging mir durch den Kopf. Die beiden Astronomen Robert Woodrow

Wilson und Arno Penzias arbeiteten in den Sechzigerjahren mit einer neuartigen Antenne in New Jersey. Sie erhielten seltsame Daten: eine Art Rauschen in der Atmosphäre, das sie sich nicht erklären konnten. Wilson hatte schließlich eine Idee: Das Phänomen musste durch den Kot der Tauben verursacht worden sein. Auf allen vieren krochen die Astronomen in den Trichter der Antenne und säuberten sie. Doch das Rauschen blieb. Es kam nicht von der Taubenscheiße, es war die kosmische Hintergrundstrahlung, die Gamow vorausgesagt hatte und die den Urknall bewies.

„Komm endlich", Karin zupfte an meinem Hemd, „fahren wir!"

Doch ich war störrisch und blieb stehen. Natürlich machte ich mir Sorgen um Sara, aber ich konnte auch meine Enttäuschung nicht zurückhalten. Nicht einmal bis in den Eingangsbereich hatte ich es geschafft. Nur ein paar Schritte mehr, und ich wäre direkt unter der Kuppel gestanden. Über mir der Zehnmeterspiegel. Was immer Saras Ohnmacht verursacht haben mochte – konnte es bedeutender sein als die Erfüllung meines Wunsches? Es ging ihr schon wieder besser. Wahrscheinlich hatte sie einfach in der vergangenen Nacht zu viel Bienmesabe gegessen.

„Also, wir brechen jetzt auf." Diesen schneidenden Ton in Karins Stimme kannte ich. Er verhieß nichts Gutes. „Du kannst gerne hier bleiben."

So stieg ich rasch in unseren Leihwagen und setzte mich ans Lenkrad. Sara und Karin nahmen wieder auf der Rückbank Platz.

„Sollen wir dich ins Krankenhaus bringen?", fragte Karin.

„Auf keinen Fall", flüsterte Sara und lehnte ihren Kopf an Karins Schulter.

Wir schwiegen lange. Beim Bergabfahren musste ich mich noch stärker auf die Kurven konzentrieren. Ein kleiner Fehler beim Bremsen, und schon würden wir die dünnen Leitplanken durchbrechen und in die Caldera stürzen. Mir wurde heiß. Unentwegt musste ich mir mit dem Hemdsärmel den Schweiß von der Stirn wischen. Auf dem Armaturenbrett wanderte der Zeiger für die Wassertemperatur langsam in den roten Bereich. Noch ehe wir die Wolkendecke auf dem Weg nach unten wieder durchbrachen, hielt ich an einem kleinen Ausweichplatz neben der Straße an und stellte den Motor ab. Es war eher eine instinktive Handlung als eine durchdachte Aktion: Ich hatte keine Ahnung von der geheimnisvollen Welt unter der Kühlerhaube. Ich stieg aus und streckte die Knie durch. Eine Welle von süßlichem Duft durchströmte meine Nase. Karin öffnete die Autotür, blieb aber sitzen.

„Alles in Ordnung bei euch?", fragte ich und fühlte mich sofort schlecht. Die Geschichten meiner Mutter fielen mir wieder ein. Mit so einer Frage wäre ich hochkant aus der Gralsburg geflogen.

Karin hielt mir wortlos das Taschentuch hin, das schon mit Blut vollgesogen war. Ich kramte im Handschuhfach nach der Packung, sie war aber leer. Im Kofferraum fand ich im Erste-Hilfe-Set ein Stück Mullbinde und gab es Karin. Sie drückte es Sara vorsichtig auf die Wunde.

„Hast du Schmerzen?", fragte ich.

„Nein", antwortete Sara. Es klang, als wollte sie in Ruhe gelassen werden.

Auch deshalb wagte ich die andere, große, in der Luft liegende Frage nicht zu stellen. Karin ebenfalls nicht, was mich überraschte. Wir fuhren wieder los und sprachen bis ins Tal kein Wort mehr.

Erst als wir in der Garage des *El Galeón* aus dem Wagen stiegen, brach Karin das Schweigen.

„Wir bringen dich jetzt nach oben", sagte sie zu Sara. „Und bleiben bei dir, bis du dich besser fühlst."

„Das ist nicht nötig, danke." Ein Tonfall, der keinen Widerspruch zuließ.

Wir fuhren mit dem Lift in unser Stockwerk. Vor den Zimmertüren nahm Karin Saras Kopf in beide Hände und erklärte sanft, aber mit Nachdruck:

„Du legst dich jetzt ein bisschen hin und versuchst, ruhig zu werden. Versprich mir, dass du uns holst, wenn du etwas brauchst."

Sara zog Karins Arme behutsam an den Handgelenken nach unten.

„Ich muss euch wohl einiges erklären." Sie schloss die Tür hinter sich.

ZEHN

Zurück in unserem Apartment, standen wir zuerst planlos in der Küche herum.

„Wir hätten doch bei ihr bleiben sollen", sagte Karin.

„Sie hat uns ganz klar vermittelt, dass sie das nicht wollte."

„Mit Worten schon. Auf einer oberflächlichen Ebene. Aber tief drinnen hätte sie es sich wohl gewünscht. Doch du hast ja leider keine Ahnung von Psychologie."

„Was willst du damit sagen? Wenn eine Frau *nein* sagt, meint sie *vielleicht*?"

Karins Augen schossen eisgraue Pfeile auf mich ab.

„Manchmal", sagte sie, „bist du ein dermaßen ungustiöser Idiot, Adrian, dass ich es nicht fassen kann, dich geheiratet zu haben."

Sie öffnete den Kühlschrank, entnahm ihm eine Flasche Weißwein, holte sich ein Glas aus der Anrichte und verzog sich auf den Balkon.

Eine Weile blieb ich in der Küche stehen und ärgerte mich über mich selbst. Mein Hang zu unpassenden Witzchen hatte mich schon oft in Bedrängnis gebracht. Warum konnte ich in gewissen Situationen nicht den Mund halten? Irgendetwas musste in meiner Kindheit grundlegend falsch gelaufen sein.

Ich hörte, wie sich die Balkontür mit einem leisen Quietschen öffnete.

„Komm schon", rief Karin, „und nimm dir ein Glas mit."

Ergeben folgte ich ihren Anweisungen.

Wir saßen nebeneinander in unseren Liegestühlen. Der Wind hatte aufgefrischt und trug uns verheißungsvolle Düfte zu. Auf der Tatze des Bären sträubte sich das Fell. Gleich würde er seine Krallen ausfahren.

„Riechst du die Mandelblüten?", fragte Karin versöhnlich.

Ich nickte.

„Was denkst du, ist da oben passiert?" Endlich war sie heraus, die Frage. Im Stillen dankte ich Karin dafür, dass nicht ich sie stellen musste.

„Ich habe keine Ahnung. Irgendeine Übelkeit? Ein Kreislaufkollaps?"

„Ach, Adrian. Das kann doch nicht dein Ernst sein. Nichts als eine kleine körperliche Schwäche?"

„Es muss nicht immer alles psychisch sein."

Karin seufzte. „Adrian, kannst du dein Psychologinnen-Trauma nicht einmal kurz vergessen? Du musst doch bemerkt haben, dass ihr nicht einfach ein bisschen schlecht geworden ist."

„Sondern?"

„Sie hat irgendetwas gesehen. Etwas, das sie maßlos erschreckt hat. Worüber sie aber mit uns nicht reden kann. Oder das sie sich nicht einmal selbst ganz eingestehen kann."

„Du meinst, etwas, das in ihr alte Ängste ausgelöst hat?" Ich versuchte, nicht spöttisch zu klingen. „Eine frühkindlich geprägte Aversion gegen Teleskope?"

Karin ignorierte meine Äußerungen und trank ihr Glas mit einem großen Schluck leer.

„Möglicherweise war es kein Etwas. Sondern ein Jemand."

Genau in diesem Moment hörte ich das Klopfen.

„Gleich werden wir es erfahren." Karin erhob sich, ging zur Tür und öffnete sie.

„Störe ich euch?" Sara trug wieder eines ihrer schwarzen Kapuzenshirts mit langen Ärmeln. Ihre Wimperntusche war zerronnen und über die Wangen gelaufen.

„Natürlich nicht!", rief ich und umarmte sie kurz. „Setz dich doch."

„Mir wäre es lieber, ihr kämt zu mir", sagte Sara. „Da fühle ich mich sicherer."

„Klar, machen wir. Komm, Adrian. Aber du musst dich uns gegenüber an keinem Ort unsicher fühlen."

„Ich habe euch in so vielem belogen", sagte Sara leise.

Du bist hier. Ah, du fliehst nicht.

Du wirst mir antworten, bis zum letzten Schrei.

Ihr Apartment war exakt gleich geschnitten wie unseres. Nur die Wände waren nicht leer. An ihnen klebten Zeitungsausschnitte, einzelne Passagen waren mit Signalstift eingeringelt. Dazwischen mehrere Abbildungen von Vögeln. Ein Greifvogel, vermutlich ein Mäusebussard oder ein Milan. Eine Krähe mit roten Füßen und rotem Schnabel. Das größte Foto zeigte ein Tier, das wir schon auf Saras Handy gesehen hatten: den Bläulichen Buchfink.

Sara setzte sich auf die Couch, wir nahmen auf zwei Stühlen ihr gegenüber Platz. Karin spürte die Elektrizität, die in der Luft lag, und sagte mit gespielter Jovialität:

„Also dann, schieß los."

„Das werde ich", flüsterte Sara. „Aber noch nicht heute."

Ich verstand nicht, was sie meinte, fühlte nur die extreme Anspannung, unter der ihr Körper stand.

„Was ist dort oben mit dir geschehen?"

Sara wischte sich mit dem Ärmel ihres Shirts die Wimperntusche von den Wangen.

„Dieser Mann –", begann sie.

„Der Fahrer?" Ich war zu ungeduldig.

„Nein. Der Astronom. Der uns die Anlage zeigen sollte."

„Was ist mit ihm?"

„Ich habe ihn wiedererkannt. Nein, das stimmt nicht ganz. Ich kenne ihn schon lange. Aber ich habe ihn seit vierzig Jahren nicht mehr gesehen."

„Wie meinst du das?" Karin wurde unruhig, das erkannte ich an ihren Fingern, die sich in der Luft bewegten, als spielte sie eine Melodie auf einem unsichtbaren Klavier.

„Ich wusste, dass er dort oben ist. Nur war ich mir nicht ganz sicher. Ich musste ihn sehen, um Gewissheit zu haben. Und die habe ich jetzt. Seine Augenbrauen, seine Stimme. Sein Geruch. Er ist es. Das hat mein Körper nicht ertragen. Tut mir leid, dass ich umgekippt bin."

„Wer ist er?"

„Er heißt Osvaldo Durán Cárdenas."

„Hat er dir etwas angetan?", fragte Karin.

„Oh ja!" Sara lachte bitter.

„Und nicht nur mir. Auch meiner Schwester und meinem Bruder."

Karins Atem beschleunigte sich. Sie öffnete den Mund und schloss ihn wieder. Ich zögerte. Nur jetzt keine dumme Frage stellen. Endlich sagte ich:

„Willst du uns erzählen, was passiert ist?"

Sara senkte den Kopf. „Erinnert ihr euch, was vor vierzig Jahren in Chile geschehen ist?"

„Oh mein Gott, der Putsch!" rief Karin. „Du bist doch nicht –"

„Sie haben uns schon am ersten Tag abgeholt. Am Abend des 11. September 1973. Ich hatte Emilia, meine Schwester, auf dem Campus der Universität besucht. Sie kamen und verhafteten alle, ohne Ausnahme."

„War dieser ... dieser Durán dabei?"

„Nein. Die Leute, die uns mitgenommen haben, waren schlichte Polizisten. Carabineros. Sie haben uns die Augen verbunden und in einen Einsatzwagen gezerrt."

Saras Hände hatten sich vollständig in die Enden der Ärmel zurückgezogen. Mein Blick wanderte und blieb an dem Bläulichen Buchfink hängen. Alles kam mir so unwirklich vor. Wir befanden uns auf einer malerischen Insel, der Frühling tobte sich aus, die Sterne waren zum Greifen nah, die Bäume voller geheimnisvoller Vögel. Etwas in mir sträubte sich, zu begreifen, was gerade gesprochen wurde.

Und dieser Astronom war doch ein Kollege von Roland, oder? Wie konnte er Sara etwas angetan haben?

„Möchtest du fortfahren?", fragte Karin. Ihr Therapeutinnentonfall blitzte kurz in ihrer Stimme auf und verschwand wieder.

Sara nickte.

„Sie fuhren mit uns durch die ganze Stadt, es dauerte Stunden. Ich weiß noch, wie sehr ich mich angestrengt habe, nicht zu weinen. Emilias Hand lag die ganze Zeit auf meinem Oberschenkel. Sie drückte sanft zu, wenn sie spürte, dass ich zu zittern begann. ‚Diese Freude werden wir ihnen nicht machen', flüsterte sie mir ins Ohr. Nach einer halben Ewigkeit hielt der Wagen an, die Männer zwangen uns, auszusteigen, und schleiften uns in ein Gebäude. Mit vereinten Kräften schleppten sie uns eine Treppe hoch. Sie öffneten eine Tür und stießen uns in einen Raum."

Sara schluckte mehrmals hintereinander. Ich dachte daran, ihr etwas zu trinken zu bringen, wagte es aber nicht, aufzustehen und sie zu unterbrechen.

„Eine Weile war es still, dann hörte ich, wie jemand den Raum betrat. Eine Stimme begrüßte uns höhnisch. Kräftige Arme packten mich und drückten mich auf einen Stuhl. Sie pressten meine Arme auf die Lehnen und fixierten sie mit Ledergurten. Die Augenbinde wurde mir abgenommen."

Jetzt sprach Sara mit einem Mal leise und ruhig, aber so schnell, als würde sie nur über begrenzte Zeit verfügen, uns alles zu berichten. Ihr Gesicht blieb ausdruckslos, sie wirkte seltsam unbeteiligt.

„Da sah ich, dass auch meine Schwester an einen Stuhl gefesselt war. Über unseren Köpfen drehten sich die Rotorblätter eines Ventilators. Nur Emilia und ich waren im Zimmer. Und ein Mann."

„Durán", sagte ich.

„Ja. Er ging im Raum auf und ab, an seinen Stiefeln klebte Erde, die mit jedem Schritt abbröckelte. Er rauchte ununterbrochen. Seine Gesichtszüge waren weich, er hatte warme, honigfarbene Augen, selbst seine Stimme klang freundlich."

Sara brach ab und starrte auf den Fußboden.

„Wie alt wart ihr?", fragte Karin vorsichtig.

„Meine Schwester neunzehn. Ich fünfzehn."

„Mein Gott."

Sara schaute sie an. „Er fragte immer dasselbe: ‚Wo ist euer Bruder?' Leider wussten wir beide die Antwort. Aber wir haben lange nichts gesagt. Bis –"

Sie stockte wieder.

„Was war mit eurem Bruder?", fragte ich.

„Joaquín war im Wahlkampfkomitee Allendes. Einer der jungen Hoffnungsträger der *Unidad Popular*. Pinochets Soldaten hatten ihn nicht erwischt. Aber jetzt hatten sie ja uns."

In diesem Augenblick stand ich endlich auf und holte aus der Minibar ein Fläschchen Whiskey, schüttete es in ein Glas und stellte es vor Sara auf den Couchtisch.

„Bitte erzähl weiter", sagte ich.

Sara trank das Glas in einem Zug aus.

„Anfangs stellte er nur immer wieder dieselbe Frage. Doch als wir schwiegen, wurde er wütend. Er schlug Emilia mit dem Handrücken ins Gesicht. Sie wimmerte und sagte kein Wort. Da kam er zu mir, hockte sich vor mich hin, sein Gesicht kam ganz nah an meines heran. Er roch nach Tabak, Schweiß und einem süßlichen Aftershave. ‚Will uns unsere Kleine nicht doch etwas mitteilen?' Ich schüttelte den Kopf. Er holte schon mit der Hand aus, dann zögerte er. Ich glaube, er war sich nicht sicher, ob er das durfte: Kinder foltern. Ein Wort seines Vorgesetzten, und er hätte es mit Vergnügen getan."

Sara deutete auf ihr Glas, ich holte ihr noch einen Whiskey.

„Leider war meine Schwester in ihren Augen kein Kind mehr."

Saras Schultern zitterten, doch ihre Stimme blieb klar.

Karin setzte sich neben sie auf die Couch und versuchte, Saras Kopf sanft an sich zu drücken, doch sie wehrte sich und Karin zog ihren Arm wieder zurück.

„Entschuldige", sagte Sara. „Ich weiß, du meinst es gut, aber –"

„Keine Sorge, ich versteh das. Wenn du nicht mehr darüber reden willst ..."

„Doch", sagte Sara, „jetzt habe ich damit begonnen, also führe ich es auch zu Ende."

Karin senkte den Kopf. „Gut", sagte sie nur. Sara atmete tief ein.

„Ich werde nie den Moment vergessen, als Durán zum ersten Mal mein Gesicht berührte. Er legte die Hand auf meine Wange und lächelte. Es war ein beinah liebevolles Lächeln, kein Grinsen. Er brüllte einen kurzen Befehl, und zwei seiner Knechte betraten den Raum. Einer stellte sich hinter Emilia, und auf ein kurzes Nicken seines Chefs breitete er die Arme aus und schlug mit voller Kraft seine flachen Hände gegen ihre Ohren. Sie nannten das *el teléfono*, das Telefon."

Karin zuckte zusammen, als hätten die Schläge sie getroffen.

„Sie hatte sich auf die Zunge gebissen, Blut rann ihr aus den Mundwinkeln. Durán streichelte mit dem Zeigefinger meinen Nasenrücken. Mir wurde schlecht, ich spürte ein Würgen im Hals. Etwas kam aus meinem Magen die Speiseröhre hoch, ich schluckte es wieder hinunter. ‚Wir werden doch nicht weinen, oder?', sagte Durán. ‚Wo ist dein Bruder?' ‚Sag ja nichts', rief meine Schwester, Durán drehte sich zu ihr hin und schlug ihr mit der Faust aufs Jochbein. Sie stöhnte. Er wandte sich wieder mir zu. Ich rührte mich nicht und schwieg. ‚Also gut‘, sagte Durán. Er schien sich zu freuen, dass es weiterging. Einer der beiden Knechte holte aus einem Metallschrank an der hinteren Wand des Zimmers einige Gegenstände und legte sie auf ein Tablett. Durán nahm es in Empfang. Ich sah einen Hammer und eine Zange.“

Sara blickte auf einen unsichtbaren Punkt im Raum, sie sprach deutlich und rhythmisch, in gleichbleibender Tonlage, sie erinnerte mich an eine Fernsehsprecherin vor einem Teleprompter; es war, als hinge etwas vor ihr in der Luft, ein abgeschlossener, vor Jahrzehnten verfasster Bericht, der lange in ihr versteckt gewesen war, und den sie nun, da er nach draußen gelangt war und ihr vor Augen stand, nur noch abzulesen brauchte.

Ich machte mit den Händen ein unbeholfenes Zeichen, das andeuten sollte, sie möge doch eine kurze Pause einlegen. Sara ignorierte es entweder, oder sie nahm es gar nicht wahr. Sie war in ein Zeitloch gefallen, sah uns vielleicht nur noch als Schatten.

„Einer der Männer griff nach Emilias Armen, die hinter ihrem Rücken an die Stuhllehne gefesselt waren, löste die Schnüre und schnallte ihre Handgelenke mit Gurten an den Armlehnen fest. Durán nahm den Hammer, hielt ihn sich vor die Augen, betrachtete ihn von allen Seiten, prüfte die Stabilität von Kopf und Stiel. Er schnalzte stolz mit der Zunge. Er sah mich kurz an, dann schlug er mit dem Hammer auf den kleinen Finger von Emilias rechter Hand.“

„Entschuldigt mich, bitte.“ Karin sprang auf und lief ins Badezimmer. Wir hörten, wie sie sich erbrach. Sara vergrub ihren Kopf zwischen den Händen. Als Karin zurückkam, war alle Farbe aus ihrem Gesicht gewichen. Kurz berührte sie mit den Fingerspitzen Saras Schulter, dann setzte sie sich wieder.

„Ich höre besser auf", sagte Sara.

„Nein." Karin wischte sich einen kleinen Rest Erbrochenes von den Lippen.

„Es geht schon wieder. Hör erst auf, wenn du es für richtig hältst."

Sara warf mir einen fragenden Blick zu. Ich wollte nicken, aber ich war unfähig, meinen Kopf zu bewegen. Etwas Kaltes, Hartes hielt meinen Hals umklammert. Sara öffnete den Mund, doch es kam kein Ton. Erst nach ein paar Sekunden begann sie wieder zu sprechen.

„Emilia schrie so laut, dass einer der Männer hinter sie trat und ihr den Mund zuhielt. Sie biss in seinen Daumen, er fluchte und ließ von ihr ab. Der andere Mann holte etwas aus einer Tasche, die mir bisher nicht aufgefallen war. Sie stand auf einem kleinen Tisch in der hinteren Hälfte des Raums. Der Mann nahm ein Fläschchen heraus, schüttete ein paar Tropfen auf ein Tuch und hielt es Emilia unter die Nase. Sie erschlaffte, ihr Kopf kippte zur Seite. Der Mann zog ein Stethoskop hervor und horchte sie ab. Dann hielt er Durán die offene Handfläche entgegen und deutete damit in Emilias Richtung. Was heißen sollte: Du kannst weitermachen. Der Knecht war kein Knecht. Er war Arzt. Dafür verantwortlich, dass die Gefolterten nicht zu früh starben."

Aus Karins Gesicht wich die Blässe. Vom Hals aufwärts stieg ein leuchtendes Rot hoch, als würde das Licht eines Schweinwerfers über ihre Züge gleiten. Die Falte über der Nasenwurzel zuckte. Sie ballte ihre Hände zu Fäusten, bis das Weiß der Knöchel sichtbar wurde.

„Emilia war nur für wenige Momente bewusstlos. Als sie wieder die Augen öffnete und der Schmerz zurückkam, verkrampfte sich ihre rechte Hand. Aus ihrem Mund tropfte roter Speichel. Durán beugte sich zu mir herunter und kraulte mich im Nacken. ‚Na, meine Kleine, denkst du, das würde Joaquinito gefallen? Vielleicht wäre er sehr böse, weil du das Leben deiner Schwester nicht rettest.‘ Ich schaute zu Emilia, sie wollte mir etwas sagen, aber ihre Kiefer gehorchten ihr nicht. So schaffte sie nur ein einziges Wort: *nein*. Durán begann zu strahlen wie ein übermütiger kleiner Junge, und mit feierlicher, höhnischer Geste nahm er die Zange vom Tablett. In diesem Moment ging mein Verstand langsam davon. Wie schön er doch ist, dachte ich, dieser Mann mit der Zange. Diese Augen. Diese blutvollen Lippen. Feingliedrige Hände. Ich bin mir nicht sicher, aber ich glaube, ich habe begonnen zu kichern."

Saras Augenlider begannen zu flackern.

„Er hält die Zange auf seinem ausgestreckten Arm in die Höhe. Dann lässt er sie langsam niedersinken. Seine Hand dreht Kreise in der Luft, wie ein Raubvogel, der auf den richtigen Augenblick wartet, um herabzustoßen."

Jetzt war es die erwachsene Sara, die kicherte. Ich rutschte von meinem Stuhl und umfasste ihre Knie. Von allen möglichen Reaktionen war es die lächerlichste.

„Er setzt die Spitzen der Zange an den Nagel des Ring-fingers", sagte Sara. „Ich sehe, wie die Zange sich schließt. Emilia hat immer lange, schön gefeilte Nägel geliebt. Durán beginnt zu ziehen, Emilia wirft den Kopf in den Nacken. Dann lässt er von ihr ab, kommt zu mir. Die Zange hält er in der Rechten, mit der Linken fährt er meine Schlüsselbeine entlang. ‚Ein Wort von dir‘, sagt er, ‚und deine Schwester ist frei. Es wird ihr wieder gut gehen, ich verspreche es.‘ Ich breche in Tränen aus und will etwas sagen. Doch dann höre ich wieder, wie ein Echo aus der Hölle, Emilias ‚nein‘. Ich schluchze und bleibe stumm."

Sara kratzte sich so heftig am Handrücken, dass die Haut an einer Stelle aufriss. Sie schien es nicht zu spüren.

„Ich denke an Joaquín, als wir Kinder waren. Ich sehe ihn, für Bruchteile von Sekunden. Emilia liegt in seinen Armen, mit nassen, zerzausten Haaren, er hat sie aus dem Fluss gefischt, sie ist an einem feuchten Stein abgerutscht und hineingefallen. Sie wirft ihren Kopf in den Nacken, wie jetzt unter der Folter. Joaquín tröstet sie und küsst sie auf die Stirn."

Ich hockte noch immer zu Saras Knien. Sie schob mich sanft zur Seite, ich stand auf und setzte mich wieder hin.

„Durán reißt mit einem Ruck die Zange zurück. Zwischen den eisernen Kopfteilen steckt ein ovales Stück Fingernagel und ein Fetzen Haut. Emilia schreit nicht, nein, so kann man es nicht nennen, es ist kein Schrei, etwas Wildes, Empörtes, Verzweifeltes bricht aus ihr heraus, und zum letzten Mal höre ich ihre Stimme: ‚Dafür wirst du sterben!' Aus dem Nagelbett spritzt Blut. Durán lacht, sein ganzer Oberkörper vibriert. ‚Ich weiß, wo mein Bruder ist', sage ich. Durán klatscht in die Hände, küsst die Zange, hebt sie noch einmal zum Himmel und lässt sie auf den Boden fallen. Die zwei Knechte, nein, der Arzt und der Knecht, heben mich mitsamt meinem Stuhl auf und tragen mich aus dem Raum. Wir sind in einem Korridor. Eine Tür wird aufgestoßen, nicht weit weg von unserem Folterzimmer. Dahinter befindet sich ein Raum, der genauso aussieht. Die Tür fällt ins Schloss. Nach ein paar Sekunden öffnet sie sich wieder, und Durán steht vor mir. ‚Nun', fragt er, und ich antworte sofort. Ich sage ihm, wo mein Bruder sich aufhält. Er lacht auf, notiert sich die Adresse und schreit sofort einen Befehl in den Korridor."

Sara drückte ihre Handballen mit aller Kraft gegen die Schläfen. Damit es ihren Schädel nicht zerreißt, dachte ich.

„Durán verlässt den Raum. Zuerst herrscht Stille. Ich bin aufgewühlt, ich stelle mir vor, wie sie in Joaquíns Versteck eindringen und ihn festnehmen. Doch ich habe das Leben meiner Schwester gerettet. Dann höre ich die Schreie. Sie fangen leise an und werden immer lauter. Es ist Emilia."

„Sie haben sie nicht –", begann ich und stockte.

„Nein", sagte Sara. „Sie haben sie nicht freigelassen. Ich habe jedes Zeitgefühl verloren. Aber es muss Stunden gedauert haben, bis die Schreie endlich verstummt sind. Die unerträglichsten Stunden meines Lebens. Ich habe meinen Bruder umsonst verraten. Irgendwann kommt Durán herein. Sein Hemd ist mit Blut bespritzt. Er spuckt mir ins Gesicht und sieht zu, wie der Speichel meine Wange hinunterrinnt. Dann löst er meine Fesseln. Zwei Militärs betreten das Zimmer und fordern mich auf, zu gehen. Doch ich kann meine Beine nicht mehr bewegen. Also zerren sie mich hinaus, den Korridor entlang und werfen mich vor die Tür des Gebäudes. Weder Joaquín noch Emilia habe ich je wiedergesehen. Sie waren unter den *desaparecidos*, den Verschwundenen. Ihre Leichen wurden nie gefunden."

Karin rannen die Tränen über die Wangen und tropften ihr auf den Hals, doch sie schien es nicht zu bemerken. Ich verspürte den Impuls, Sara in den Arm zu nehmen, schreckte aber davor zurück. Ich befürchtete, ich könnte sie dabei zerdrücken. So rührte ich mich nicht vom Fleck.

Wieder war es Karin, die die Stille nicht ertrug.

„Müssen wir diesen Mann nicht sofort verhaften lassen?" Sie stand auf und suchte das Handy in ihrer Tasche.

„Das wird nicht gehen", sagte Sara.

„Warum nicht? Weil er Chilene ist und wir uns auf spanischem Territorium befinden? Da muss es doch eine Lösung geben, ein Auslieferungsverfahren, irgendetwas, das mit dem Völkerrecht zusammenhängt –"

„Es gibt keine Lösung", sagte Sara.

„Das musst du mir erklären."

„Heute nicht. Ich hab keine Kraft mehr. Ich muss schlafen."

„Natürlich. Entschuldige bitte. Komm, Adrian."

Als wir schon in der Tür standen, sagte Sara noch: „Vielen Dank für alles."

Die Verschwundenen

*Bei diesem Gegenstand komme ich auf die schlimmste Aus-
geburt des Herdenwesens zu reden: auf das mir verhasste
Militär! Wenn einer mit Vergnügen in Reih und Glied zu einer Musik marschieren kann, dann verachte ich ihn schon;
er hat sein großes Gehirn nur aus Irrtum bekommen,
da für ihn das Rückenmark schon völlig genügen würde.*

Albert Einstein

EINS

Alles war anders geworden, alles war neu und unübersichtlich.

„Wir müssen etwas unternehmen", sagte Karin, nachdem wir Sara allein gelassen hatten.

„Aber was denn?"

„Ihn anzeigen. Ihn verhaften lassen. Wir können doch nicht so tun, als sei nichts passiert."

„Du hast doch gehört, was Sara gesagt hat."

„Adrian, du bist so ein Zauderer! Willst du wirklich, dass dieser Verbrecher weiter frei herumläuft?"

„Warten wir zumindest, bis Sara uns erklärt hat, was sie meint."

Stunden später, Karin schlief schon, öffnete ich den Laptop und suchte nach Informationen über den Putsch und seine Opfer. Aus der Zeit, in der ich politisch noch engagiert war, hatte ich nur in Erinnerung, dass der demokratisch gewählte Präsident Salvador Allende von General Augusto Pinochet gestürzt worden war und sich kurz vor seiner Festnahme erschossen hatte. Auch die Bilder von zehntausenden im Stadion von Santiago zusammengetriebenen Menschen waren mir im Kopf geblieben. Nun saß ich vor dem Bildschirm und entdeckte nach und nach die grauenerregenden Fakten. Amnesty International schätzte schon 1974 die Zahl der Folteropfer auf bis zu dreißigtausend. Das Estadio Nacional wurde zu einem der größten Folterlager seit dem Ende des Zweiten Weltkriegs. Bis März 1990 setzten sich die Folterungen fort – fast siebzehn Jahre lang wurde gequält und getötet, wer nicht bedingungslos auf der Seite der Putschisten stand. Die Valech-Kommission, von der Transitionsregierung 2001 ins Leben gerufen, nannte 2011 die aktualisierte Zahl von

38.283 anerkannten Fällen von Folter. Anfang des aktuellen Jahres veröffentlichte die chilenische Regierung eine Liste mit 3065 Menschen, die von den Militärs ermordet worden oder spurlos verschwunden waren. Und das waren nur belegte Fälle (durch Aussagen vor Gericht oder eidesstattliche Erklärungen), also eine Mindestzahl.

Schon vor Allendes Wahl 1970 hatte die CIA systematisch gegen ihn und die *Unidad Popular* agiert. „Sobald Allende an der Macht ist", hatte der US-Botschafter in Chile, Edward M. Korry, verkündet, „sollten wir alles in unserer Macht Stehende tun, um Chile und alle Chilenen zu äußerster Entbehrung und Armut zu verdammen." Unter Richard Nixon, US-Präsident seit 1969, wurden die Geheimdienstaktivitäten in ganz Lateinamerika ausgeweitet. Treu an seiner Seite: der allmächtige „Sicherheitsberater" Henry Kissinger. „Ich sehe nicht ein", sagte er, „warum wir nichts tun und zusehen sollten, wie ein Land durch die Unverantwortlichkeit seines eigenen Volkes kommunistisch wird. Die Angelegenheiten sind viel zu wichtig, als dass sie den chilenischen Wählern zur Entscheidung überlassen werden könnten." Auf Wunsch Nixons („Bringt die chilenische Wirtschaft zum Schreien!") und unter der Leitung von CIA-Chef Richard Helms wurde der Putsch Schritt für Schritt geplant. Bis 1973 investierte die CIA für Unterstützung, Vorbereitung und Umsetzung des Staatsstreichs dreizehn Millionen Dollar. Einer anderen Quelle entnahm ich, die Agency hätte alles so perfekt in die Wege geleitet, dass sie sich bei der Durchführung des Umsturzes die Finger nicht mehr schmutzig machen musste. Dementsprechend wuschen auch Nixon und Kissinger ihre Hände in Unschuld. Nach der Machtergreifung Pinochets ließ sich die CIA auch durch die Gräueltaten der Militärregierung nicht abschrecken und kooperierte sogar mit Manuel Contreras, dem Chef der brutalen, von der Junta gegründeten Geheimpolizei DINA (*Dirección Nacional de Inteligencia*), auf deren Konto tausende Folterungen und Morde gingen. Contreras wurde in der *School of the Americas* ausgebildet, einem Trainingscamp der US Army in Panama. Dort standen auch „Verhörtechniken" auf dem Stundenplan. Zahlreiche lateinamerikanische Diktatoren und Juntagenerale lernten in der SOA das kleine Einmaleins der Unterdrückung. Noch 1976 erhielten die Putschisten eine direkte Finanzspritze von den USA: zweihundertneunzig Millionen Dollar.

Auch die beiden deutschen Staaten bekleckerten sich nicht nur mit Ruhm: Zwar nahmen die BRD viertausend und die DDR etwa zweitausend Flüchtlinge auf. Doch schon im Oktober 1973 hielt ein Mitarbeiter des Ministeriums für Staatssicherheit der DDR fest, die Regierung habe beschlossen, den Handel mit Chile weiterzuführen. Vier Jahre später beehrte Franz Josef Strauß den Diktator mit einem offiziellen Staatsbesuch. Bei einer Pressekonferenz rechtfertigte Strauß den Putsch und betonte seine Unterstützung der Diktatur. „Es gibt eine wirklich erschreckende Lügen- und Verleumdungsmaschinerie." Sein Kommentar zu Pinochet: „Ich habe von ihm den Eindruck gewonnen, dass man mit ihm sehr offen reden kann – dass man ihm alles sagen kann, ob lobende oder tadelnde Bemerkungen."

Eines der düstersten Kapitel deutscher Beteiligung an den Menschenrechtsverletzungen während der Diktatur schrieb die Colonia Dignidad, eine obskure Sektensiedlung im Süden Chiles. Paul Schäfer, der Führer der Sekte, arbeitete eng mit Contreras zusammen. Die Colonia stellte sich ganz in den Dienst der Militärs. Sie diente als Haftzentrum, als Vernichtungslager, als Schule für Foltertechniken und als Versuchslabor für Giftgas. Schäfer hing dem Ideal einer Wiedergeburt des Volkes durch Austreibung des Bösen an, was ihn aber nicht daran hinderte, sämtliche Jungen der Siedlung sexuell zu missbrauchen. Ein idealer Verbündeter für Pinochet. Als Zeichen großer Hochachtung schenkte die Sekte dem Diktator einen Mercedes 600. Aber auch Franz Josef Strauß war der Colonia Dignidad zugetan und besuchte sie mehrmals. Bis in die Mitte der Neunzigerjahre hing ein signiertes Porträt des bayerischen Politikers im Eingangsbereich der Siedlung.

Ich stieß auf eine Anfrage an den deutschen Bundestag vom 13. Dezember 2001, aus der hervorging, dass Simon Wiesenthal überzeugt gewesen war, Josef Mengele habe sich 1979 in der Colonia Dignidad aufgehalten. Hier erfuhr ich auch, dass die Anlage der Sekte zu einem Stützpunktsystem des Projektes „ANDREA" gehörte, in dessen Rahmen das Giftgas Sarin in großen Mengen gegen Gegner der Junta eingesetzt werden sollte. Die damalige Ehefrau eines beteiligten Agenten schrieb, das Gas sei zuerst an politischen Gefangenen ausprobiert worden.

Ein Beitrag des Fernsehsenders *n-tv*: Der deutsche Arzt Hartmut Hopp, der zum inneren Kreis der Sekte gehörte, hatte unter anderem medizinische Versuche mit Psychopharmaka an Kindern durchgeführt.

Er lebt heute unbehelligt in Krefeld.

Es war eigenartig, das alles zu lesen. Ich spürte einen Zorn in mir aufsteigen, wie ich ihn seit dreißig Jahren nicht mehr empfunden hatte. Gleichzeitig misstraute ich dieser Emotion. War meine Entrüstung nicht die pure Heuchelei? Seit meiner Studentenzeit war ich kaum mehr politisch aktiv. Ein paar Demos gegen die schwarzblaue Regierung 2000, hin und wieder eine Unterschrift auf einer Petition, das war's. Selbst mein gelegentlicher Ärger über gesellschaftliche Missstände hatte etwas beamtenhaft Gemütliches.

War diese neue Wut nicht einfach eine Art Gefühlsumleitung, die Transformation einer ungehörigen, unpassenden Zuneigung? Karin könnte das sicher stringent analysieren.

Doch die Erschütterung blieb. Wenn ich mir, erschöpft von den vielen Informationen, die Augenlider massierte, sah ich deutlich das Bild eines fünfzehnjährigen Mädchens auf einem Folterstuhl. Und ich sah einen Mann, der sich über sie beugte und ihre Wange streichelte. Einen Mann, der mittlerweile ein beschauliches Leben führte und eine Arbeit hatte, um die ich ihn beneidete.

Während ich am kleinen Arbeitstisch meine Recherchen betrieb und meinen Gedanken nachhing, hörte ich, wie sich Karin nebenan unruhig im Bett hin- und herwälzte.

Viel Schlaf war uns nicht vergönnt in dieser Nacht.

Am folgenden Morgen klopfte Karin schon früh an Saras Tür. Mit zerzausten Haaren und geröteten Lidern kam sie zu uns und trank mit uns Kaffee. Wir waren alle drei nicht in der Lage, etwas zu essen.

Karin hatte dunkle Ringe unter den Augen, die Hand, die die Tasse hielt, zitterte.

„Magst du uns heute sagen, warum wir diesen Mann nicht verhaften lassen können?"

Sara betrachtete ihre Fingernägel und ich ahnte, woran sie dachte.

„Es tut mir so leid, dass ich euch da mithineingezogen habe."

„Das ist keine Antwort."

„Die Antwort ist eine lange Geschichte."

ZWEI

Wir beschlossen, einen kleinen Ausflug zu unternehmen. Sara wollte raus aus dem Zimmer, raus aus dem Hotel, irgendwo auf einem Felsen am Wasser sitzen, um uns in Ruhe zu erzählen, was wir noch wissen mussten.

„Im Nordosten ist das Meer am schönsten", sagte sie.

So fuhren wir über Puntallana, La Galga und Los Galguitos in Richtung Barlovento, bis wir die Abzweigung nach San Andrés erreicht hatten. Es war eine schmale Straße mit Schlaglöchern. Wenn uns ein Auto entgegenkam, mussten wir komplizierte Ausweichmanöver durchführen. An den Hängen auf beiden Seiten der Piste erhoben sich majestätische Drachenbäume. Vereinzelte Häuser schmiegten sich an die Felsen. In San Andrés ließen wir den Wagen stehen. Wir flanierten durch das Gewirr der kopfsteingepflasterten Gassen, über den Kirchenplatz mit seinen hoch aufschießenden Palmen, dem Brunnen inmitten der Rosenbeete, vorbei an Häusern, deren Putz bereits bröckelte. Es schien, als würden die Bougainvilleen direkt aus den Mauern wachsen; in den ein wenig verwahrlosten Gärten blühte der Hibiskus.

Sara leitete uns über Steintreppen, die zwischen den Klippen hindurchführten, hinunter ans Meer. Auf einer Betonmauer – einer Art Begrenzung zwischen einem Naturschwimmbecken und der offenen See – ließen wir uns nieder. Die Wellen waren hier viel stürmischer und wilder als in Santa Cruz. Die Gischt bildete ein weißes, dicht gewobenes Netz, in dem einzelne Felsen hockten wie bizarre Spinnen.

Wir zogen Schuhe und Socken aus und tauchten die Füße ins Wasser.

„Charco Azul", sagte Sara. „Hier bin ich oft."

„Seit wann bist du eigentlich auf La Palma?" Diesmal war ich ungeduldiger als Karin.

„Seit einem Monat."

„Und seit wann weißt du, dass er ... dass dieser Durán auf dem Roque arbeitet?"

„Sieh an", sagte Sara, „das Verhör hat begonnen."

Ich spürte, wie ich errötete.

„Nein", stammelte ich, „so war das natürlich nicht gemeint, ich wollte nur –"

„Ist schon gut", unterbrach mich Sara. „Ihr habt ein Recht darauf, mehr zu wissen."

Sie planschte mit den Füßen im Meer, spritzte uns Wellenschaum in die Gesichter. Jetzt hatte sie etwas von einem ungezogenen kleinen Mädchen.

„Ich weiß es schon länger. Aber erst hatte ich nicht den Mut, hierherzufahren. Dann starb mein Mann, und ich fühlte, dass ich es ihm irgendwie schuldig war. Nach dem, was er für mich getan hatte. Nach meinem Versagen. Ich nahm all meine Kühnheit zusammen. Kam nach Santa Cruz. Ich brauchte den Beweis, dass Durán wirklich Durán war. Vielleicht hatten wir uns ja geirrt."

„Wir?", fragte Karin.

„Mein Mann. Ich. Unsere chilenischen Freunde in Hamburg."

„Ihr habt ihn verfolgt, vierzig Jahre lang?"

„Nicht ganz." Sara nahm einen Stein von der Mauer und warf ihn in hohem Bogen ins Wasser.

„Mein Vater ist auch gestorben." Ein unpassender Kommentar, ich bemerkte es sofort.

„Das tut mir leid."

„Mir tut es auch leid."

Sara schwieg, und wir wagten es nicht, sie weiter zu bedrängen.

Sie zog ihre Beine hoch, stützte die Fersen auf die Mauer. Eine Möwe stieg senkrecht vor uns in die Höhe und rief uns etwas zu. Durch Saras Fesseln hindurch sah ich deutlich die Gespinste der Gischt.

„Es ist der Tod, der uns umtreibt, nicht wahr?" Bei diesem Satz schaute mir Sara direkt in die Augen. Ich wusste keine Antwort. Also redete sie weiter.

„Ich bin wochenlang in Santa Cruz geblieben, gelähmt vor Angst, ihn wiederzusehen. Dann kamt ihr und habt mich gerettet."

„Gerettet?" Es kam selten vor, dass Karin und ich etwas gleichzeitig sagten.

„Ja. Sonst wäre ich wohl nie zum Observatorium gefahren. Ich hatte solche Furcht davor, ihn eindeutig zu erkennen. Und noch mehr davor, mir nicht sicher zu sein. Ich konnte mir einfach nicht vorstellen, wie es sein würde, ihm leibhaftig zu begegnen. Mit euch habe ich mich beschützt gefühlt."

„Schon seltsam", murmelte ich. „Da kommen zwei Menschen aus unterschiedlichen Ländern auf eine abgelegene Insel, um in zweieinhalbtausend Metern Höhe in die Vergangenheit zu blicken."

Karin seufzte leise auf, wie immer, wenn ich pathetisch wurde.

„Und das mit der Vogelkunde war also nur Tarnung?", fragte sie.

„Nicht ganz", antwortete Sara und ihre Mundwinkel zogen sich ein wenig nach oben.

„Ich bin wirklich Ornithologin. Und ich dachte, wenn ich schon einmal hier bin, kann ich mich auch um den Bläulichen Buchfink kümmern."

Karin lachte, wurde aber sofort wieder ernst.

„Jedenfalls hast du nun deine Gewissheit. Das heißt, du kannst jetzt handeln."

„Ja."

„Gut. Also: Warum zeigst du ihn nicht an?"

„Es hätte keinen Sinn. Die spanischen Behörden könnten nichts unternehmen."

„Aber warum nicht? Es muss doch so etwas wie ein Auslieferungsabkommen geben. Immerhin geht es um ein Verbrechen gegen die Menschlichkeit."

„Ne bis in idem", sagte Sara.

„Wie bitte?"

„Das ist ein juristischer Grundsatz. Das Subsidiaritätsprinzip. Ein Verbot der Doppel- oder Mehrfachbestrafung."

„Das verstehe ich nicht." Karin verscheuchte eine Fliege, die sich auf ihrem Knie niedergelassen hatte. „Wieso Mehrfachbestrafung? Was hat das mit unserem Mann zu tun?"

„Der Grundsatz gilt", Sara sprach jetzt leise und eindringlich, „wenn der Verdächtige bereits in einem anderen Land vor Gericht gestanden ist."

Manchmal freilich huschte ein seltsamer Schatten durch deine Augen.

DREI

Es ist für mich eine große Erleichterung, dass ich mein Tagebuch noch habe. Es steckte beim zweiten Ereignis in meiner Jackentasche. Man hat es mir nicht abgenommen. Mehr noch: Mir wurde sogar ein neuer A4-Block zur Verfügung gestellt. Eine freundliche Geste. Trotzdem müsste ich natürlich auf der Hut sein. Alles, was ich hier schreibe, kann auch gegen mich verwendet werden. Möglicherweise bin ich gerade dabei, ein Beweisstück gegen mich selbst zu verfassen. Doch ich habe die Vorsicht satt. Sie hat schon zu viele Jahre lang mein Leben bestimmt.

Ich versuche, das Chaos meiner Erinnerungen zu ordnen. An jenem Tag am Charco Azul erzählte uns Sara so viele Details aus ihrem Leben, dass ich mir vorwarf, sie nicht unterbrochen zu haben. Ich fürchtete, dass sie sich letztlich doch wie in einer Verhörsituation vorkam, in die wir sie hineinmanövriert hatten, ohne es zu wollen. Die verschiedenen Elemente dieser Geschichte wirbeln heute in meinem Kopf durcheinander, ich kann nicht mehr exakt unterscheiden, was Saras Bericht entstammt und was meine Einbildung in den Wirrnissen der vergangenen Tage hinzugefügt hat. So bewege ich mich entlang der Wegmarken meiner Notizen und folge dem banalsten Ordnungsprinzip: der Chronologie.

Saras Vater Miguel war Universitätslehrer für lateinamerikanische Literatur in Santiago. Als sich 1969 das Wahlbündnis *Unidad Popular* gründete, ein Zusammenschluss aus Sozialisten, Kommunisten, Sozialdemokraten, der Christlichen Linken Partei und diversen kleineren Gruppierungen, schloss sich Miguel auf Seiten der Sozialisten ihm an. Wenige Monate später kam er bei einem mysteriösen Verkehrsunfall ums Leben. Gabriela, Saras Mutter, war untröstlich und schlitterte in eine tiefe Depression. Joaquín und Emilia kümmerten sich um ihre elfjährige Schwester und die kranke Mutter. Joaquín war in der UP rasch aufgestiegen und zum Zeitpunkt des Putsches ein Mitarbeiter in Allendes Büro. Als die Generäle losschlugen, befahl ihm Allende, den Präsidentenpalast La Moneda zu verlassen und sich so rasch wie möglich in Sicherheit zu bringen. Das einzige Versteck, das ihm einfiel, war ein kleines Haus außerhalb der Stadt, in das sein Vater sich gerne zurückgezogen hatte, um seinen Studien nachzugehen. Sara und Emilia wussten, dass er dort war. Das war das Todesurteil für ihn und für Emilia. Sara konnte sich ihr ganzes Leben lang nicht verzeihen, Durán Joaquíns Aufenthaltsort verraten zu haben. Den Einwand, dass sie damit ja versucht hatte, das Leben ihrer Schwester zu retten, ließ sie nicht gelten.

„Wenn ich geschwiegen hätte", sagte sie, „hätten sie Emilia und mich getötet. Aber Joaquín wäre noch am Leben."

Joaquín hatte geahnt, dass die Militärs einen Staatsstreich versuchen würden.

„Wenn sie gegen uns putschen", hatte er gesagt, „kümmert euch nicht um mich. Ich werde bleiben und kämpfen. Doch ihr müsst sofort weg von hier. Wir haben gute Kontakte zu Deutschland. Flüchtet in die Botschaft."

Daran dachte Sara, als sie nach der Folter vor das Gebäude geworfen worden war. Sobald sie sich wieder bewegen konnte, lief sie auf schnellstem Weg zur deutschen Botschaft. Auch ihre Mutter hatte den Rat ihres Sohnes befolgt. Sie wartete schon vor dem Eingang, als Sara ankam. Die Knechte Pinochets hatten sie nicht erwischt.

Womit Joaquín nicht gerechnet hatte: Der deutsche Botschafter reagierte gar nicht erfreut auf die Asylsuchenden und verweigerte ihnen den Zutritt. Die Begründung:

Das in Lateinamerika praktizierte diplomatische Asyl sei nicht weltweit anerkannt, so auch nicht in Deutschland. Der Mann verwies sie an die Botschaften von Kolumbien und Mexiko. Der pure Hohn: Diese Vertretungen waren von Soldaten umstellt. Sara und ihrer Mutter blieb nichts anderes übrig, als in ihre Wohnung zurückzukehren. Dort verbrachten sie die folgenden Wochen, schreckten beim kleinsten Geräusch hoch und kauerten sich nachts eng aneinander.

Während Sara überzeugt vom Tod ihrer Geschwister war, begann sich bei Gabriela eine verzweifelte Hoffnung zu regen. Schon am dritten Tag verließ sie die Wohnung und suchte nach Joaquín und Emilia. Sie fragte auf Polizeistationen nach, zeigte paradierenden Offizieren die Fotos ihrer Kinder. Es war ein Wunder, dass man sie nicht einfach verhaftete.

Erst nach sechs Wochen änderte die Bundesrepublik Deutschland ihre Politik und öffnete die Botschaft. Sara konnte ihre Mutter nicht überzeugen, mit ihr zu kommen.

„Ich muss weitersuchen", sagte Gabriela. „Und hier sein, wenn sie nach Hause kommen."

Sara wurde Asyl gewährt, doch sie musste weitere sieben Wochen in der überfüllten Botschaft verbringen. Am 7. Dezember 1973 landete sie mit der ersten Gruppe der Flüchtlinge in Berlin.

Ein junges Ehepaar aus Valparaíso, das mit der gleichen Maschine nach Deutschland gekommen war, nahm Sara auf. Die beiden hatten Kontakte zu Verwandten in Hamburg und kamen so rasch zu einer kleinen Wohnung in Altona. Obschon sich das Paar fürsorglich und liebevoll um Sara kümmerte, entstanden bald unüberbrückbare Differenzen. Der Mann und die Frau wollten um keinen Preis mehr über den Putsch sprechen. Sie fürchteten, Pinochets Geheimpolizei könnte sie selbst in Deutschland noch erwischen. Bei Sara verhielt es sich genau umgekehrt: Der Staatsstreich, die Folterungen und die Ermordung ihrer Geschwister waren die einzigen Themen, die sie umtrieben. Mit sechzehn nahm sie sich ein eigenes Zimmer im Stadtteil St. Georg und arbeitete als Kellnerin in Restaurants und Cafés. Von Anfang an suchte sie Kontakte zu Exilchilenen in Hamburg und fragte nach Joaquín und Emilia. Doch niemand kannte sie. Von Telefonaten mit ihrer Mutter wusste sie, dass Gabriela lange alles daran gesetzt hatte, ihre verschwundenen Kinder zu finden, jedoch zunehmend die Hoffnung verloren hatte, sie wiederzusehen.

An einem bestimmten Punkt ihrer Nachforschungen geschah etwas mit Sara. Zum ersten Mal entdeckte sie ein Gefühl in sich, das ihr bisher nicht bekannt war. Von einer schwarzen Kammer in ihrem Herzen tropfte es langsam, aber stetig in ihren Blutkreislauf. Es dauerte eine Weile, bis sie es benennen konnte: Lust auf Rache. Es verbarg sich in einem anderen, edleren Gefühl, der Sehnsucht nach Gerechtigkeit. Von nun an wollte sie alles unternehmen, um die Mörder ihrer Schwester zu identifizieren, vor Gericht zu bringen und ihrer verdienten Strafe zuzuführen.

Mit achtzehn begann sie, Biologie zu studieren. Sie weitete ihre Suche nach Personen, die dem Pinochet-Regime entrinnen konnten, auf ganz Deutschland aus. In Berlin traf sie zwei junge Männer, Ignacio und Carlos, denen die Flucht über Argentinien geglückt war und die in der BRD Asyl erhalten hatten. Sie waren die ersten von Saras Kontakten in Deutschland, die Joaquín kannten. Sie beschrieben ihn als mutigen, klugen, herzlichen Freund und Mitstreiter. Nur zögerlich rückten sie mit der Wahrheit heraus: Es bestand für sie kein Zweifel daran, dass er es nicht geschafft hatte. Auch wenn sie niemanden kannten, der seine Leiche gesehen hatte.

„Das war der Tag", sagte Sara, „an dem ich meinen Bruder endgültig in meinem Herzen begraben habe. Erst in diesem Moment ist mir schmerzlich bewusst geworden, wie sehr ich immer noch gehofft habe, Joaquín eines Tages wieder in die Arme schließen zu können, gegen jede Vernunft."

Rasch schloss sie Freundschaft mit den beiden. Es stellte sich heraus, dass sie mit den Zellen, die in Chile noch Widerstand leisteten, in regem Austausch standen. Ignacio war Mitglied der Sozialistischen Partei PS, Carlos stand der Radikalen Partei (Partido Radical) nahe. Doch die ideologischen Unterschiede zwischen den beiden verloren in dieser Situation jegliche Bedeutung. Gemeinsam wollten sie von Deutschland aus etwas unternehmen, obwohl ihr Aktionsspielraum gering war. Sie organisierten Kundgebungen und Diskussionsveranstaltungen, Infoabende und Pressekonferenzen. Carlos suchte über seine Freunde in Chile nach den Verschwundenen aus seiner Familie, ohne Erfolg. Ignacio hingegen hatte anderes im Sinn: Er wollte möglichst viele Folterer und Mörder identifizieren. Irgendwann würde das Volk die Militärregierung stürzen, und dann mussten die Verbrecher zur Rechenschaft gezogen werden. Vorausgesetzt, man wusste, wer sie waren. Was Ignacio damals nicht ahnen konnte: dass die Junta siebzehn Jahre lang an der Macht bleiben würde.

Ignacios Ziele deckten sich mit Saras Wünschen. Sie unterstützte ihn, begann, eine umfangreiche Datensammlung anzulegen, nannte ihm die Namen von Joaquíns engsten Freunden, und Ignacio versuchte, sie zu kontaktieren. Ein gefährliches Unterfangen, die Geheimpolizei hatte ihre Augen und Ohren überall, und ein belauschtes Gespräch mit einem Exilchilenen konnte ein Todesurteil bedeuten. Doch Ignacios Freunde in Chile waren vorsichtig und entschlüpften immer wieder den Häschern Pinochets.

Die Mitstreiter Joaquíns konnten sie allerdings nicht ausfindig machen. Aller Wahrscheinlichkeit nach gehörten auch sie zu den Verschwundenen.

Sara verschwieg Ignacio nicht, dass ihr wichtigstes Anliegen war, den Mörder ihrer Schwester zu finden. Doch über Jahre hinweg blieb die Suche ergebnislos.

Bei einer Diskussionsveranstaltung an der Hamburger Universität lernte sie ihren späteren Mann Albert Hansen kennen. Er war der ideale Partner für ihr Vorhaben: Professor für Völkerrecht, Mitglied im Vorstand von Amnesty International, Lateinamerika-Experte. Und er war vom ersten Augenblick an hingerissen von der jungen, strahlenden Chilenin, die ihn nach seinem Vortrag mit Fragen löcherte.

„Ich bemerkte erst spät, mit welchem Blick er mich ansah", sagte Sara. „Und obwohl es für euch so wirken könnte, als hätte ich ihn nur für meine Zwecke missbraucht, wurde er in Wahrheit die Liebe meines Lebens."

Albert lernte Carlos und Ignacio bald kennen, und sie verstanden sich auf Anhieb.

Auch Albert hatte Verbindungen zum Untergrund in Santiago, mit Feuereifer unterstützte er die Bemühungen der drei Exilchilenen.

Die Datenbank wuchs, über mehrere Täter enthielt sie bereits Anfang der Achtzigerjahre detaillierte Informationen. Gleichzeitig schwand die Hoffnung auf einen raschen Systemwechsel. Auf Fotos und in Dossiers, die von Chile nach Deutschland geschickt wurden, suchte Sara vergebens nach ihrem Peiniger.

„Es war eine seltsame Form der Resignation", sagte Sara. „Ein langsames Erkalten. Ich hatte das Gefühl, mit jedem Bild, auf dem er nicht zu sehen war, sank meine Körpertemperatur um ein paar Zehntelgrade."

Doch im März 1987 wendete sich das Blatt.

Auf einem Foto aus den späten Siebzigerjahren, das drei fröhliche Männer zeigte, erkannte sie ihn.

„Ein glühender Dolch mitten ins Herz", sagte Sara.

Die Dateien hatte ein Freund Ignacios geschickt. Einer der wenigen, die die systematische Ausrottung der Linken durch die DINA und ihre Nachfolgeorganisation CNI überlebt hatten.

Sara las zum ersten Mal den Namen des Mannes, den sie so lange gesucht hatte: Osvaldo Durán Cárdenas. In diesem Moment erhielt ihr Folterer eine Identität.

Mithilfe des Freundes in Chile und dank Alberts Kontakten gelang es, Duráns Werdegang teilweise zu verfolgen. Er durchlief eine ungewöhnliche Karriere. Nach einem Studium der Astronomie in Santiago arbeitete er an verschiedenen Observatorien in Chile, zuletzt in leitender Funktion. Anklage hatte er keine zu befürchten: Pinochets Amnestiegesetz von 1978 stellte sicher, dass die Verbrechen der Diktatur von 1973 bis 1978 nicht geahndet werden konnten. Durch dieses Gesetz wurden Menschenrechtsverletzungen in diesem Zeitraum für die Justiz nicht mehr verfolgbar.

Im Herbst 1988 zeigte sich ein neuer Hoffnungsschimmer am Horizont: Pinochet verlor überraschend eine Volksabstimmung über seinen Verbleib an der Macht.

„Der Sieg des NO", sagte Sara, „hat uns alle zum Tanzen gebracht."

Doch die Euphorie war nur von kurzer Dauer. Schon neun Tage nach dem verlorenen Referendum verkündete Pinochet: „Wenn sie auch nur einen meiner Männer anrühren, ist der Rechtsstaat beendet." Das Amnestiegesetz blieb unangetastet.

Am 14. Dezember 1989 fanden freie Präsidentschaftswahlen statt, die ersten seit 1970. Die Wahlbeteiligung lag bei über neunzig Prozent. Gewinner war der Christdemo-

krat Patricio Aylwin, der schon kurz nach dem Putsch
Pinochet seine volle Unterstützung erklärt hatte.

In den Monaten zwischen der Wahl und dem Amts-
antritt des neuen Präsidenten im März 1990 platzierte
Pinochet seine Verbündeten in zentrale Positionen des
Machtapparats.

„Aylwin hat zumindest versucht, die Verbrechen auf-
zudecken", sagte Sara, „aber er hatte keine Chance. Pinochets Leute saßen schon überall. Die Gerichte waren von
seinen Freunden besetzt. Durán und seine Folterkollegen
konnten weiterhin ihr beschauliches Leben führen."

Auch der Einsatz der „Wahrheitskommission" unter
Raúl Rettig brachte nur symbolische Wiedergutmachung.
Auf zweitausend Seiten fasste der Rettig-Bericht von 1991
minutiös die Recherchen über die Menschenrechtsverlet-
zungen zusammen. So wurde zwar die monströse Wirk-
lichkeit der Diktatur offengelegt, doch die Namen der
Täter wurden verschwiegen. Es kam zu keiner einzigen
Anklage.

„Einige von uns freuten sich, weil damit zumindest
Teile der Untaten öffentlich wurden. Sie hofften auf die
langsame Entmachtung der Militärs durch die *transición*,
den Übergang", sagte Sara. „Aber ich gestehe, ich habe nur
wenig Trost darin gefunden. Allein die Vorstellung, dass
der Mörder meiner Schwester auf irgendwelchen Bergen
saß und ungerührt seine Scheißsterne beobachtete, machte mich krank. Entschuldige, Adrian."

Aufregend wurde es für Sara und ihren Mann 1998.
Albert unterhielt gute Beziehungen zu dem spanischen
Untersuchungsrichter Baltasar Garzón. Mit Ignacios
Hilfe konnte er ihm wichtige Unterlagen über die Ab-
scheulichkeiten des Regimes zuspielen. Garzón sammel-
te in Kooperation mit dem Madrider Anwalt Juan Garcés
schon seit Jahren Dokumente und Fakten über Verbre-

chen, in die Pinochet direkt involviert war. Anfang September rief Garzón Albert an und bat ihn, nach Madrid zu kommen.

„Wir reisten zu dritt", erzählte Sara, „Ignacio, Albert und ich. Carlos blieb in Deutschland. Wir trafen uns mit Garzón in einem Hinterzimmer des Restaurants *Viridiana* in der Calle Juan de Mena. Nie werde ich diese Begegnung vergessen. Der Mann sah auf den ersten Blick bieder aus, trug einen grauen Anzug und Krawatte, seine Haare waren mit Gel zurückgekämmt. Doch hinter den randlosen Brillengläsern spuckten zwei kleine Vulkane unentwegt Feuer. Er hatte eine ungewöhnlich hohe, nicht zu seiner Erscheinung passende Stimme und ein Lachen, das den ganzen Raum erzittern lassen konnte. Er fragte Albert, ob er Ignacio und mir trauen könne. Mein Mann nickte, und Garzón weihte uns in seinen Plan ein. Es war ein spektakulärer Coup: Der Richter wollte einen Haftbefehl gegen Pinochet erwirken, sobald dieser seinen Fuß auf ausländischen Boden setzen würde. Seine Argumentation: Unter den Opfern befänden sich auch spanische Staatsbürger. Albert sollte im Falle einer Anklage Amnesty International dazu bewegen, als Nebenkläger aufzutreten. Wir waren aufgewühlt und begeistert, mein Mann sagte sofort zu. Bei der Verabschiedung umarmten wir uns, Ignacio weinte und Garzón tätschelte seine Wange."

Als der General zwei Wochen später nach London reiste, um seiner Freundin Margaret Thatcher die Aufwartung zu machen und einen Waffendeal mit British Aerospace einzufädeln, schlug Garzón zu. Am 10. Oktober 1998 wurde ein internationaler Haftbefehl erlassen, Spanien stellte ein Auslieferungsbegehren.

Pinochet, der gerade operiert worden war, wurde sechs Tage später von Scotland Yard in der Klinik besucht und für verhaftet erklärt. Zum ersten Mal in der Geschichte war ein Ex-Diktator in einem anderen Land festgenommen worden. Er berief sich auf seine Immunität, und so begann ein juristisches Tauziehen, das sich über eineinhalb Jahre erstreckte. Der Londoner High Court sprach ihm Immunität zu, ermöglichte aber eine Berufung.

An seinem dreiundachtzigsten Geburtstag, dem 25. November, stimmten die fünf Lordrichter ab, einer nach dem anderen. Vor der letzten Stimme stand es zwei zu zwei. Der letzte Richter sprach sich gegen eine Anerkennung der Immunität aus. Im Dezember erklärte der britische Außenminister Jack Straw, dass das Auslieferungsverfahren an Spanien eröffnet werden konnte. Das Madrider Gericht erhob Anklage wegen Folter, Mord und Entführung. Eine Woche später begann die Verhandlung in London. Pinochet präsentierte sich auf Anraten seines Anwalts im Rollstuhl, aber die erhoffte Wirkung blieb aus. Das Gericht entschied, dass Pinochet in Haft bleiben musste. Er wurde unter großzügig interpretierten Hausarrest gestellt und durfte uneingeschränkt Besuch empfangen.

Wegen angeblicher Befangenheit eines der Richter musste im März 1999 ein neues Urteil gefällt werden. Wieder wurde Pinochets Immunität nicht anerkannt.

Einer Fortsetzung des Verfahrens stand nichts mehr im Wege.

„Wir wagten es nicht, uns richtig zu freuen", sagte Sara. „Obwohl Albert immer wieder darüber sprach, dass es bald ein Urteil geben werde, glaubte er selbst nicht recht daran. Er telefonierte oft mit Garzón, dessen Optimismus ungebrochen war."

Doch dann trat die Politik auf den Plan. Margaret Thatcher hielt auf dem Parteitag der Konservativen eine Brandrede für Pinochet. Premierminister Blair wandte sich an den chilenischen Präsidenten Eduardo Frei. Dessen Vorschlag: Man solle doch Pinochet für krank erklären und aus humanitären Gründen zurück nach Chile reisen lassen. Das war allerdings nicht so einfach. Der Diktator erfreute sich trotz seines hohen Alters bester Gesundheit, und obwohl die Ärzte eindeutige Aufträge erhalten hatten, konnten sie kein körperliches Gebrechen feststellen. Also blieb nur ein Ausweg: der Geisteszustand. Ärzte, Politiker und Pinochets Anwälte einigten sich auf die Diagnose Demenz.

Jack Straw verkündete im März 2000, dass die britische Regierung dem Auslieferungsantrag Spaniens nicht entsprechen werde. Fluchtartig verließen Pinochet und seine Entourage London. Bei der Landung in Santiago sorgte der Diktator für unsterbliche Momente.

„Es waren Bilder unserer Niederlage, die sich eingebrannt haben", sagte Sara. „Er kam im Rollstuhl aus dem Flugzeug. Kaum stand er auf dem Rollfeld, erhob er sich und ging mit stolzgeschwellter Brust seinen Anhängern entgegen."

„Und Durán?", fragte Karin unvermittelt.

Sara stand auf und klopfte den schwarzen Sand von ihrer Hose.

„Gehen wir ein paar Schritte", sagte sie.

Wir balancierten mit ausgestreckten Armen die schmale Mauer entlang. Die hochspritzenden Wellen durchnässten unsere Kleidung. Über die Steintreppen gelangten wir zum Charco de los Guardias, einem höher gelegenen Becken. An seinen Rändern hatte das Tuffgestein groteske Formen gebildet. Ich sah geschundene Kreaturen, verwitterte Kinderleichen, eine verbrannte Frau, auf dem Rücken liegend. Mit dem Handballen drückte ich mir die Bilder aus den Augen.

„Mit Duráns Laufbahn ging es rasant bergauf", fuhr Sara fort. „Ab 1999 arbeitete er in führender Position auf dem Berg Cerro Paranal in der Atacamawüste."

„Am *Very Large Telescope*?", rief ich begeistert, hielt mir aber sofort die Hand vor den Mund. Saras Blick konnte ich nicht deuten. Abschätzig? Nachsichtig?

„Es gibt ein Foto von ihm, auf dem er stolz in den Himmel blickt, die rechte Hand am Gürtel. Als ich es zum ersten Mal sah, dachte ich, gleich zieht er die Zange heraus."

Karin nahm sie spontan in die Arme, Sara sträubte sich kurz, dann ließ sie die Arme fallen und nahm die Geste hin, ohne sie zu erwidern.

Wir stiegen weiter die Stufen hinauf. Unter uns glitzerte wellenumtost der Charco Azul, er schien von innen zu leuchten. Im Nachmittagslicht war die Farbe des Wassers eher smaragdgrün als blau.

Sara setzte ihren Bericht fort, sie redete jetzt ruhig und ohne sichtbare Emotionen, beinahe gelassen. Doch ihr Körper war angespannt, nach vorne gebeugt, im Kampf gegen einen Sturm, der ihr entgegenwehte und den Karin und ich nicht wahrnahmen. Ein Engel der Geschichte, dem von einer höheren Instanz nur ein Tag Zeit gewährt wurde, vierzig Jahre vor uns auszubreiten.

Obwohl die chilenische Regierung London versprochen hatte, von nun an Menschenrechtsverletzungen vor Gericht zu bringen, bewegte sich in der Praxis wenig. Auch unter dem sozialistischen Präsidenten Lagos hatten die Mörder wenig Grund zur Sorge. Zwar wurden mehrere Ermittlungsverfahren noch einmal aufgenommen, der Oberste Gerichtshof verschleppte sie jedoch wieder.

Erst ab 2006 gab es für die Täter Anlass, nervös zu werden. Mehrere Anklagen erfolgten. Doch rasch stellte sich heraus, dass die chilenischen Gerichte eine dubiose Strategie entwickelten: Zwar gab es vereinzelt Schuldsprüche, doch die Verurteilten mussten die Haftstrafen oft nicht antreten. Die meisten verließen die Gerichte als freie Männer. *Überwachungsmaßnahmen ohne Freiheits-*

entzug nannte das die Justiz. Begründung: *prescripción gradual*, graduelle Verjährung. Pinochet starb im Dezember 2006, ohne sich je für seine Taten verantwortet zu haben.

Sechs Jahre später kamen weniger befangene Richter an den chilenischen Supreme Court. Doch da war es für Saras Fall schon zu spät.

„Osvaldo Durán Cárdenas", sagte sie, „wurde bereits 2010 vor Gericht gestellt."

„Oh nein", rief Karin, „das heißt, sie haben ihn verurteilt, aber nicht bestraft?"

„Viel schlimmer", antwortete Sara. „Er wurde freigesprochen."

Und jetzt brach ihre Stimme.

Am Ende hockten wir in der Bar *Rompecabos* auf filigranen Bambusstühlen um einen Tisch, der gerade einmal für drei Tassen und drei Gläser Platz bot, hatten zahllose *cafés solos* und *copas de vino* in uns hineingeschüttet und waren uns unermesslich nah und fern zugleich. Die Dämmerung war heraufgezogen, in ihrem Zwielicht verwandelten sich die Klippen in Schattenrisse unter zerfledderten Wolken.

„Drei schlafende Drachen", sagte Karin müde, „die Köpfe friedlich nebeneinander in die Brandung gebettet."

Wie furchtbar banal war doch im Vergleich zu all dem mein Leben, dachte ich, und fast im selben Moment: Wie ekelhaft eitel ist dieser Gedanke. Böte mir jemand an, mein Schicksal mit dem Saras zu tauschen, ich würde doch keine Sekunde zögern, nein zu sagen. Ich war durch und durch jemand, der lieber im Schatten der Geschichte blieb.

Als wir nach Santa Cruz zurückfuhren, war ich so naiv, zu glauben, dieses traurige Kapitel sei damit abgeschlossen, Karin und ich würden weiterhin versuchen, Sara zu trösten und aufzuheitern, in gut einer Woche würden wir uns verabschieden, und wenn ich Glück hätte, bekäme ich bis dahin sogar eine zweite Chance, das *GranTeCan* zu sehen.

Ich hatte Sara gewaltig unterschätzt.

In der Nacht fand ich Zahlen. Vielleicht lag es an den Budgetabrechnungen der geförderten Künstler, die ich in meiner Arbeit in der MA 7 Tag für Tag überprüfen musste, dass mir Ziffern eine Art von Normalität, von Kontrollierbarkeit vorgaukelten. Sie stammten von einer Internetseite, die sich *amerika 21* nannte. 1045 gerichtliche Fälle von Menschenrechtsverletzungen während der Diktatur waren noch offen. 1073 Ex-Agenten der Geheimdienste standen unter Anklage. Jedoch wurden nur 281 bisher verurteilt und nur 75 davon saßen eine Haftstrafe ab. Für die restlichen Täter wurden Bewährungsstrafen zwischen einem Tag und fünf Jahren verhängt.

Aktueller Stand: Februar 2014.

VIER

Um sieben Uhr früh läutete mein Handy.

„Du hast dich gar nicht gemeldet." Roland, der Morgenmensch. „Wie war es denn? Ich hoffe, du hast mich nicht blamiert!"

„Hab ich nicht", sagte ich schlaftrunken.

„Na dann erzähl!"

Mit einem Schlag wurde mir klar, dass ich Roland nicht die volle Wahrheit sagen konnte. Doch belügen wollte ich ihn auch nicht. Plötzlich war ich hellwach.

„Wir sind nicht weit gekommen. Es gab ein gesundheitliches Problem."

„Oje! Geht es Karin nicht gut? Oder dir?"

„Mit uns beiden ist alles in Ordnung. Wir haben eine Freundin mitgenommen."

„Eine Freundin?", feixte Roland. „Sag bloß, du entwickelst dich auf deine alten Tage noch zum Schwerenöter."

„Spar dir deine Witze für deine Gespielinnen", antwortete ich unfreundlicher als nötig.

„Ist ja gut. Sei doch nicht so empfindlich. Ich weiß doch, dass du der treueste Ehemann der Welt bist. Also: Wer ist sie?"

„Eine gemeinsame Freundin von Karin und mir. Wir haben sie hier kennengelernt. Sie heißt Sara."

„Und? Lass dir doch nicht alles aus der Nase ziehen."

„Sie ist ohnmächtig geworden. Vor dem Eingang zum Observatorium. Aber sie fühlt sich schon wieder besser."

Ich hörte glucksende Geräusche. Roland bemühte sich, ein Lachen zu unterdrücken. „Du bist wirklich ein Pechvogel, Adrian. So knapp vor dem Ziel. Hast du die Kuppel wenigstens von außen genossen? Ist sie nicht herrlich?"

„Ja."

„Ich könnte für euch an einem der nächsten Tage einen neuen Termin vereinbaren. Was hältst du davon?"

„Nein, Roland, warte lieber noch, ich meine, ich würde sehr gerne, das ist wirklich nett von dir, aber ..."

„Muss ja nicht sein", sagte Roland gekränkt.

Kurz bevor das Schweigen unangenehm wurde, sagte ich:

„Roland, kennst du eigentlich den Mann, der uns das Teleskop zeigen sollte? Er heißt Osvaldo Durán Cárdenas."

„Nicht persönlich. Ich kenne nur den Chef. Den Namen hat er aber schon mal erwähnt. Soll ein guter Astronom sein. Ist er nicht Argentinier?"

„Chilene."

„Dann habt ihr euch ein wenig angefreundet?"

„So kann man das nicht sagen."

„Hat er euch etwa schlecht behandelt?"

„Nein, wir haben kaum ein Wort mit ihm gesprochen. Du weißt also nicht mehr über ihn?"

„Adrian, was ist los?"

„Ich kann dir das jetzt nicht erklären, Roland. Ich will dich da nicht mit hineinziehen. Außerdem wäre es ein Vertrauensbruch."

„Und was ist mit deinem Vertrauen zu mir?"

„Darum geht es nicht, glaub mir. Ich berichte dir alles, sobald es mir möglich ist."

„Na ja, wie du meinst. Wir Astronomen sind es ja gewöhnt, im Dunkeln gelassen zu werden. Alles dunkle Materie und dunkle Energie."

Er unterbrach die Verbindung.

Vorsichtig öffnete ich die Schlafzimmertür. Rolands Anruf hatte Karin nicht geweckt, sie schlief tief und fest. Ich kochte mir mit der alten silbernen Espressokanne in der

Küche einen starken Mokka. Deutlich erinnerte ich mich an die erste Lehrstunde, die mir Roland erteilt hatte, über die Dunkelheit im All. Wir standen vor dem großen Refraktor der Kuffner-Sternwarte, Roland suchte mit dem Astrografen extra für mich Jupiter und die Galileischen Monde. Währenddessen erzählte er mir, wie der Besitzer der Ottakringer Brauerei die Sternwarte errichtet hatte und 1938 von den Nazis vertrieben worden war. Moriz Kuffner gelang es im letzten Augenblick, in die Schweiz zu entkommen, wo er, deprimiert und verarmt, bereits ein Jahr später starb.

„Er war ein echter Pionier, und ohne ihn könnte ich dir heute das nicht zeigen." Er winkte mich heran und ließ mich durch das Okular schauen. Da war er, mein Lieblingsplanet, deutlich konnte ich die charakteristischen Wolkenbänder und den berühmten „Großen Roten Fleck" erkennen. Daneben Io, Europa, Ganymed und Kallisto, zwischen Gelb und Blau oszillierend, flackernd an den Rändern.

„Schön", sagte ich ergriffen.

Roland freute sich, dass ich beeindruckt war.

„Ja", rief er, „es geht eben nichts über die Schönheit der sichtbaren Materie! Auch wenn sie im Universum fast nicht vorkommt."

„Das verstehe ich nicht."

„Wie hoch schätzt du den Anteil dessen, was du siehst, an dem, was existiert?"

„Keine Ahnung."

„Fünf Prozent!", frohlockte Roland. „Mickrige fünf Prozent! Das hättest du nicht erwartet, oder?"

Ich schüttelte den Kopf. Das war Signal genug für Roland, mit seiner privaten Vorlesung fortzufahren.

„Tja", sagte er, „die Kosmologen sind schon ein seltsames Völkchen. Erst entwickeln sie die Relativitätstheorie, postulieren den Urknall und entdecken, dass der Kosmos expandiert, und das auch noch beschleunigt. Das heißt: Je weiter ein Objekt von uns entfernt ist, desto schneller bewegt es sich von uns fort. Alles klar bis jetzt?"

„Ich denke schon."

„Gut. Doch dann kommen sie drauf, dass die Materie, die wir sehen und messen können, über keine ausreichende Gravitation verfügt, um Galaxien zusammenzuhalten. Die Fliehkräfte wären viel zu groß, sie müssten die verklumpte Materie auseinanderreißen. Also erfinden sie flugs etwas Neues: die *Dunkle Materie*. Sie ist unsichtbar, unmessbar, niemand weiß, woraus sie bestehen soll, aber mathematisch muss sie existieren."

„Ich fürchte, das ist mir zu kompliziert."

„Moment, ich bin noch nicht fertig. Die Welterklärer sind nicht lange zufrieden mit ihrer Dunklen Materie. Sie rechnen weiter und erkennen, dass die beschleunigte Ausdehnung des Alls nicht möglich wäre, wenn es nicht eine Kraft gäbe, die die Welt auseinandertreibt. Eine Art Anti-Gravitation, die der Schwerkraft entgegenwirkt. Das ist die Geburtsstunde der *Dunklen Energie*. Du ahnst es schon, lieber Adrian: Sie kann nicht gemessen werden, wir wissen nichts über sie, doch ohne sie funktioniert das Standardmodell der Kosmologie nicht. Und damit nicht genug: Die Kollegen behaupten sogar, die Anteile der neuen Kräfte exakt berechnen zu können. Also: Dunkle Energie: achtundsechzig Prozent. Dunkle Materie: siebenundzwanzig Prozent. Gewöhnliche Materie: fünf Prozent. Was schließen wir daraus?"

„Dass die Naturwissenschaft meinen Verstand übersteigt."

„Falsch!", rief Roland. „Wir folgern daraus, dass das Universum zu fünfundneunzig Prozent mit etwas völlig Unerklärlichem gefüllt ist!"

„Gehen wir auf einen Kaffee", sagte ich.

„Alles in Ordnung, Adrian?"

Ich schreckte hoch und warf die Kaffeetasse um. Karin stand hinter mir. Ich hatte sie nicht kommen sehen. Der Kaffee tropfte vom Tisch auf den Boden.

„Roland hat angerufen." Ich suchte im Küchenschrank nach einem Tuch und begann, die Tischplatte abzuwischen. Karin betrachtete mich mit einem gewissen Blick, ihre Augen schimmerten. Es war dieses Schimmern, nach dem ich in den ersten Jahren unserer Ehe so süchtig war. Nein, das ist eine Lüge. Auch wenn es seltener geworden ist, ich bin immer noch verrückt danach.

Behutsam nahm mir Karin das Putztuch aus der Hand.

„Das kannst du mir alles nachher erzählen", sagte sie und zog mich sanft aus der Küche.

So oft haben wir, uns die Augen küssend, gesehn, wie der Morgenstern erglühte

und über unseren Köpfen die Dämmerungen als kreisende Fächer sich entfalteten.

Mittags bekamen Karin und ich gleichzeitig einen Heißhungeranfall. Wir wollten Sara zum Essen mitnehmen, Karin klopfte an ihre Tür, doch sie öffnete nicht.

Wir gingen hinunter in die Stadt. Karin nahm meine Hand, was sie selten tat. In der Avenida Marítima fanden wir ein kleines Restaurant mit Terrasse. Es hieß *La Lonja;* aus der offenen Tür strömte der Duft von gebratenem Fisch. Die Fensterläden waren frisch gestrichen, lavendelfarben, und zwischen den Tischen standen Töpfe mit mannshohen Pflanzen. Wir setzten uns unter einen Sonnenschirm. Es war ein strahlender Mittag, jemand hatte mit einem Riesenbesen selbst die winzigsten Wolkenreste weggefegt. Fast eine Idylle. Jenseits der Hauptstraße sah man einen schmalen Streifen Meer, hinter Gittern.

„Dann wird er also da oben bleiben", sagte Karin.

„Sieht ganz so aus."

„Ich glaube, Sara gibt sich damit nicht zufrieden."

„Es wird ihr nichts anderes übrig bleiben", sagte ich.

Karin öffnete die Speisekarte, aber ich sah, dass sie nicht las.

„Weißt du eigentlich, wie die österreichische Regierung auf den Putsch reagiert hat?"

Karin blickte auf.

„Nein. Aber ich ahne nichts Gutes."

Ich nickte. „Zuerst Empörung, Protest, Petitionen. Aber schon im Juli 1980 hat Kreisky mit Unterstützung der sozialistischen Gewerkschaften die Lieferung von einhundertzwölf österreichischen Panzern an die Militärjunta genehmigt."

„Einfach so?"

„Nicht ganz. Kreisky hat von Pinochet das Versprechen gefordert, die Panzer *ausschließlich zum Zwecke der Landesverteidigung, nicht aber für innere Auseinandersetzungen* zu verwenden."

„Wie schön."

„Der *Spiegel* hat Kreisky gefragt, ob er denn sicher sein könne, dass sich die Militärs im fernen Chile daran hielten. Möchtest du seine Antwort wissen?"

„Lieber nicht."

„Ich sag sie dir trotzdem: *Man kann ja immer getäuscht werden.*"

Karins Antwort war ein bitteres Lachen.

„Reden wir lieber über Durán. Ich verstehe immer noch nicht, was bei dem Prozess passiert ist. Wie konnte er freigesprochen werden? Es gab doch Zeugen."

„Fragen wir Sara."

„Fragen?" Karin knallte die Karte so heftig zu, dass es die Servietten vom Tisch wehte. „Also ich frage sie nichts mehr. Ende des Verhörs. Du siehst ja, dass es ihr reicht. Sonst hätte sie aufgemacht."

„Vielleicht hat sie nur geschlafen. Oder sie war schon unterwegs."

Wir bestellten die Fischplatte für zwei Personen. Aßen dann lustlos, trotz des Hungers. Der Kellner sah uns mit finsterer Miene dabei zu, er hielt uns wohl für verwöhnte Snobs, die die Küche seines Hauses nicht zu schätzen wussten. Ein längliches, verfaultes Blatt segelte von den Pflanzen über unsere Köpfe hinweg in den Salat. Ich spießte es mit meiner Gabel auf, führte es zum Mund, kaute und schluckte. Es schmeckte nach Schimmel, deswegen erinnere ich mich jetzt daran. Der Schimmel, mein täglicher Begleiter.

„Was mache ich mit Roland?", fragte ich.

„Was hast du ihm erzählt?"

„Nichts. Ich meine, ich habe den Namen Durán genannt. Er kennt ihn nicht."

„Gut. Dann belass es dabei."

„Aber er wird weiterbohren. Er will wissen, was da oben los war. Schließlich haben wir es seiner Vermittlung zu verdanken, dass uns die Führung angeboten wurde."

Geistesabwesend goss Karin Unmengen von Olivenöl über ihren Fisch. Als sie es bemerkte, kippte sie den Teller zur Seite und ließ das Öl auf den Boden tropfen.

„Wenn du Roland alles erzählst", sagte sie, „wird er einen ordentlichen Wirbel machen. Du kennst ja sein Temperament. Und das würde Durán nur warnen."

„Warnen? Vor wem?"

„Vor uns."

„Das klingt, als hättest du einen Plan."

Karin seufzte. „Nein, hab ich nicht. Ich denke nur nach."

„Ich auch. Aber wir haben nicht den geringsten Handlungsspielraum. Und ich möchte einen zweiten Versuch unternehmen, das *GranTeCan* zu sehen."

Karin nickte. „Das hab ich befürchtet."

Wieder im Hotel, packte Karin wortlos ihre Sporttasche.

„Es nützt niemandem, wenn ich nicht hingehe", sagte sie zum Abschied.

„Erzähl ihm nichts", sagte ich.

Ab sechzehn Uhr wartete ich auf Sara. Sie kam nicht.

Stunden später hörte ich das Motorengeräusch von Ricardos Geländewagen näher kommen und bereitete mich innerlich darauf vor, ihn wieder höflich zu empfangen. Nein, ich war kein Flegel. Doch Karin kam allein zurück. Mit gerötetem Gesicht. Wir setzten uns auf den Balkon. Karin war außer Atem.

„Zu viel trainiert heute?", fragte ich.

Karin hatte die Gabe, manche Bemerkungen von mir durch komplettes Ignorieren zu entschärfen. Das hatte uns schon so manchen unnötigen Streit erspart.

„Ich hab Ricardo gefragt", sagte sie.

„Was? Wegen Durán?"

„Nein. Ich wollte wissen, warum er diese Tätowierung hat."

„Aha. Und?"

„Stell dir vor", sagte Karin, „sein Großvater hat gegen Franco gekämpft. Auf Seite der Anarchisten. Nach dem Sieg der Faschisten wurde er hingerichtet."

„Interessant", murmelte ich. Ein Held in Ricardos Familie, auch das noch.

„Seine Großmutter war bei den *Mujeres Libres*. Sie konnte entkommen. Als Ricardos Vater noch ein Baby war, floh sie nach Mexiko."

„Wie schön."

Karins Enthusiasmus war nicht zu bremsen. Nicht von mir jedenfalls.

„In Mexiko hat Ricardos Vater eine deutsche Diplomatentochter kennengelernt und ist mit ihr nach Berlin gegangen. Ricardo ist in Berlin geboren worden. Deshalb spricht er so wunderbar Deutsch."

Wunderbar, na ja. Fehlerfrei ist noch lange nicht wunderbar. Wenigstens bewies seine Herkunft, dass sein geringer Akzent nicht einer überdurchschnittlichen Sprachbegabung zuzuschreiben war.

Ich drehte meinen Oberkörper in Karins Richtung.

„Fragt sich nur, warum er dann mit Sara Spanisch spricht. Will er uns etwas verheimlichen?"

„Sicher nur aus Nostalgie", sagte Karin unbeirrbar.

„Wenn du meinst."

„Sollten wir ihn nicht einweihen? Vielleicht hat er eine Idee."

„Diese Entscheidung sollten wir Sara überlassen."

Als es zu dämmern begann und die ersten Lichtpunkte über dem Hafen aufblitzten, beschlossen wir, noch einmal Sara aufzusuchen. Doch sie kam uns zuvor. Behängt mit einer riesigen Kamera, die sie noch zierlicher wirken ließ, stand sie in der Tür. Ihre Hose war bis hinauf zu den Knien von Erde bedeckt. Unter dem Arm hielt sie ein silbernes Notebook. Die Haare fielen ihr wild ins Gesicht, an einer Strähne hing ein winziger Zweig. Ihr Lächeln war breit und strahlend. Sie ist von Sinnen, dachte ich.

„Ich war bei ihm!", verkündete sie.

„Oh Gott", entfuhr es Karin, „du warst wieder oben!"
„Wieso oben?"

„Na bei deinem ... bei diesem ... bei Durán."

Erst jetzt verstand Sara. Ihr Lachen schien befreit.

„Aber nein! Ich war in den Lorbeerwäldern. Bei meinem Bläulichen Buchfink."

Sie warf ihre Kamera auf die Couch, ging zum Küchentisch und klappte das Notebook auf. Karin war anzumerken, dass sie sich ebenfalls Sorgen um Saras Geisteszustand machte.

„Kommt", rief Sara, „schaut doch!"

Ich trat an Saras Seite, Karin rührte sich nicht von der Stelle.

Auf dem Bildschirm sah ich das gestochen scharfe Foto eines Vogels mit blauem Rücken und ockerfarbener Kehle.

„Das sind meine Bilder von heute", erklärte Sara.

„Gratuliere!" Ich versuchte, so überzeugend wie möglich zu wirken.

„Danke! Es waren vier besonders schöne Exemplare. Zwei Pärchen. Ich konnte sie den ganzen Nachmittag lang beobachten. Hab hunderte Fotos gemacht."

Jetzt hatte ihr Überschwang auch Karin angesteckt. Sie kam zu uns und beugte sich über das Display. Sara klickte in rasendem Tempo durch die Fotos. Zwei Vögel, drei Vögel, dann wieder einer. Manchmal vier.

„Da!", rief sie bei einem Bild und vergrößerte einen Ausschnitt. „Seht ihr die Halme zwischen den Blättern? Das Männchen baut ein Nest!"

„Wie rührend!" Das war Karins Therapeutinnentonfall. Sara ließ sich nicht täuschen. Wortlos klappte sie den Computer wieder zu.

„Gehen wir aufs Dach", sagte ich. „Heute ist der Himmel so klar."

Ich zeigte Sara den Gürtel des Orion, den roten Überriesen Beteigeuze und Aldebaran, das Auge des Stiers.

Sie legte ihren Kopf in den Nacken. Gelöst, ohne Angst, ein wohlbehütetes Kind, das neue Entdeckungen machte. Ihr Missmut wegen unserer mangelnden Vogelbegeisterung war verflogen. Und Durán schien für sie nicht mehr zu existieren.

Ihr Hals schillerte weiß, ich bildete mir ein, das Blut durch die Schlagadern fließen zu sehen. Dunkle pulsierende Ströme in Röhren aus Milchglas.

„Wie wohl alles endet?"

„Na ja", begann ich, „dazu gibt es verschiedene Theorien ..."

„So hat Sara das sicher nicht gemeint", sagte Karin.

Diesmal war es an mir, einen Kommentar zu ignorieren.

„Die unwahrscheinlichste ist der *Big Crunch*", fuhr ich fort und bemühte mich, einen von Rolands kleinen Vorträgen möglichst korrekt wiederzugeben. „Dazu müsste die Masse des gesamten Universums aber größer sein, als die neuesten Daten vermuten lassen. Die Ausdehnung des Alls würde gemäß dieser These eines Tages enden und die gesamte Materie wieder auf einen Punkt zusammenstürzen. Die Umkehrung des Urknalls."

Aus den Augenwinkeln sah ich, dass Sara immer noch zum Himmel blickte. Gut.

„Das zweite Szenario ist realistischer. Die Expansion setzt sich fort, die Galaxien driften auseinander, es wird dunkler und kälter, ein langsames Vergehen der Dinge. Irgendwann geht den Sternen der Brennstoff aus, die Temperatur liegt nur noch knapp über dem Nullpunkt. Alle Materie zerfällt in Strahlung, die immer schwächer wird. Nichts geschieht mehr, die Zeit verliert ihren Sinn. Die Kosmologen nennen das den *Big Chill* oder *Big Whimper*."

„Ein langsames Vergehen der Dinge", wiederholte Sara.

Ich wappnete mich für eine Rüge von Karin, doch sie zog es vor, zu schweigen. Also weiter.

„Die spektakulärste Variante ist der *Big Rip*. Wenn die *Dunkle Energie*, die die kosmischen Massen auseinandertreibt, mit der Zeit zunimmt, kann die Materie diesem

Druck irgendwann nicht mehr standhalten. In einem gewaltigen Endknall wird alles auseinandergerissen, Galaxien, Sonnen, die Erde, selbst Atome."

„Ja", flüsterte Sara, „man muss dem Druck standhalten, sonst wird man zerrissen." Abrupt wandte sie sich von den Sternen ab und schaute mich an. Auf ihren Augen glänzte ein dünner, feuchter Film.

„Wisst ihr eigentlich, was sie mit Victor Jara gemacht haben?"

„Mit wem?", fragte ich, obwohl ich auf diesen Namen in der ersten Nacht im Netz schon gestoßen war.

„Victor Jara. Unser größter Sänger. Er hätte am 11. September an der Universität auftreten sollen. Sie haben ihn und die Studenten ins Stadion verschleppt. In einer winzigen Zelle haben sie ihn fünf Tage lang gefoltert. Er hat noch ein Lied geschrieben, es heißt *Somos cinco mil,* Wir sind fünftausend. Dann haben sie ihm mit Gewehrkolben die Finger zerquetscht. Und die Handgelenke gebrochen. Damit er nicht mehr Gitarre spielen konnte. Sing doch, haben sie gesagt. Er hat noch einmal seine Stimme erhoben. *Venceremos*, die ersten paar Takte. Daraufhin haben sie ihn niedergemäht. Vierundvierzig Kugeln steckten in seinem Leib."

Ich wusste nicht, wie ich reagieren sollte. Schon dass ich darüber nachdachte, kam mir verlogen vor, egozentrisch und gefühllos. Eine Sternschnuppe zog eine gebogene Spur, parallel zur Achse zwischen Aldebaran und Beteigeuze. Zwei rote Augen, darunter ein schiefes Grinsen. Das Firmament, mein Firmament, verspottete mich. Oder nein. Schon wieder zu selbstbezogen. Die Natur ist gleichgültig, würde Sara sagen, das Leid ihrer Kreaturen berührt sie nicht.

Karin atmete laut und schnell. Ich spürte, wie sie um Worte kämpfte. Sie hob eine Hand, um Sara zu berühren, wagte es aber nicht, die Bewegung zu Ende zu führen. Da stürzte Sara auf Karin zu, umklammerte sie und begann zu schluchzen.

„Ich war nicht dort", brach es aus ihr heraus, „ich bin nicht hingegangen. Ich war nicht dort. Ich war zu feige."

Karin streichelte Saras Hinterkopf und warf mir einen fragenden Blick zu. Doch ich hatte auch keine Ahnung, was Sara meinen könnte.

Mit einem Ruck löste sich Sara aus der Umarmung und wischte sich die Tränen aus dem Gesicht.

„Entschuldigt bitte. Das war unverzeihlich."

„Red keinen Unsinn", sagte Karin. „Besprechen wir lieber, was wir tun können."

„Ja. Ja, das ist gut."

Ich verspürte den Drang, etwas Hilfreiches von mir zu geben, trotz meiner Verlorenheit.

„Du kennst doch Ricardo, Karins Surflehrer?"

„Ja, warum?"

„Karin meint, wir sollten ihn informieren. Darüber, was vorgefallen ist."

„Er weiß es bereits", sagte Sara leise. „Und er wird mir helfen. Wie du. Jeder auf seine Weise."

Wir schwiegen. Das Licht der Straßenlaternen warf Fratzen auf die Klippenwand, Totenmasken. Ein Hund begann zu bellen. Dann mehrere, bald eine ganze Meute. Ein anschwellendes Getöse, ein Winseln, markerschütternd. *The Big Whimper*. Gefangene Hunde. Sie mussten direkt unter uns sein, zwischen Hotel und Hauptstraße. Ein Tierheim vielleicht. Seltsam, dass wir das Gebell bis zu diesem Moment nie wahrgenommen hatten.

Sara nahm mein Kinn zwischen Daumen und Zeigefinger, mit sanftem Druck. Die andere Hand zeigte nach oben.

„Du willst doch sicher noch einmal dort hinauf? Du musst ihn sehen, den großen Spiegel, oder?"

„Ja", gab ich zu.

„Ausgezeichnet", sagte sie. „Und das wirst du. Gemeinsam mit mir. Zu gegebener Zeit."

Mehr war ihr nicht zu entlocken und ich hielt mich an Karins Vorgabe: keine Fragen mehr.

Als Sara mit uns von der Terrasse nach unten stieg, bildete ich mir ein, das Klirren ihrer Rüstung zu hören.

FÜNF

Ab Mitternacht wieder vor dem Computer. Ziellos, ich ließ
mich treiben. Hörte Victor Jara sein *Manifiesto* singen, im
Hintergrund fielen Bomben auf den Präsidentenpalast La
Moneda. Fand eine Übersetzung seines letzten Gedichts:

> *Wie schwer fällt einem das Singen,*
> *wenn man vom Grauen singen muss.*
> *Das Grauen, das ich durchlebe,*
> *das Grauen, das ich durchsterbe.*

Es gab einen Mitschnitt eines Konzerts vom Juli 1973. Mir
gefiel seine Stimme, sein Lachen. *Te recuerdo Amanda*, das
Lied über die Liebe einer Frau zu einem Arbeiter, der ermordet wird. Es war unheimlich, Victor Jaras Hände über
die Gitarre gleiten zu sehen. *Victor Jara's Hands*, ein Song
von Calexico, *Fences that fail and fall to the ground, bearing
the fruit from Jara's hands*. Bruce Springsteen in Santiago,
am 13. Dezember 2009. Er redete auf Spanisch, ich verstand nur Bruchstücke, aber es ging um die Verschwundenen. Als er Jaras *Manifiesto* anstimmte, ebenfalls auf Spanisch, wurde der Beifall so laut, dass der Song fast nicht
mehr zu hören war. Und dann plötzlich Stille.

Via Santiago kam ich zum Amnesty-Konzert im Stadion, neunzehn Jahre zuvor. Zwischen den Musikern
der chilenischen Gruppe Inti-Illimani (deren Mitglieder,
wie ich später herausfand, den Putsch nur überlebt hatten, weil sie im September 1973 durch Italien getourt waren) stand Peter Gabriel in einer weißen Hose und einem
furchterregenden Hemd mit breiten Streifen. Er sprach
über Victor Jara, sein Spanisch verstand ich besser als das
von Springsteen. „Solange wir seine Lieder singen, wird
er leben", sagte Gabriel, und etwas in mir sperrte sich so-

fort gegen das Pathos dieser Ansage. Doch dann begann er zu singen, *El arado*, Der Pflug, und mein Widerwillen löste sich langsam auf. Es war 1990, Pinochet hatte die Volksabstimmung verloren, das Stadion, in dem Tausende gequält und getötet worden waren, hatte sich in einen Ort des Aufbruchs verwandelt. Und Gabriels Stimme schien über der begeisterten Menge zu schweben wie die Taube in Jaras Lied.

Genau in diesem Moment vernahm ich ein Geräusch, ganz nah an meinem Ohr. Erst war es eine Art Räuspern, dann unverkennbar der Bass meines Vaters.

„Sei nicht so rührselig", sagte er. „Das bringt dich noch in Teufels Küche."

„Dort bin ich schon", antwortete ich. Sanft schlug ich mir mit den Handflächen auf die Wangen, wie ein Autofahrer, der gegen das Einschlafen kämpft.

„Ich bin nicht verrückt. Das ist nur eine akustische Halluzination. Tritt bei Stress häufig auf." Hatte ich das jetzt gedacht oder gesagt? Ich hörte ein Lachen. Aber was, wenn der Geist meines Vaters tatsächlich existierte? Ich stellte ihn mir vor, im Wartezimmer zur Ewigkeit, schlecht gelaunt, weil hier niemand nach seiner Pfeife tanzte. Endlich kam ein Mann in weißem Kittel. Er musterte meinen Vater, nickte ihm freundlich zu und sagte:

„Wen haben wir denn hier?"

„Doktor Hermann Rauch", knurrte mein Vater.

„Ah ja." Der Mann im Kittel lächelte und blätterte seinen Notizblock durch. „Also, folgender Beschluss ist gefasst worden: Sie dürfen zwischenzeitlich wieder auf die Erde, um Ihren Sohn zu belästigen. Aber aufgrund Ihres Lebenswandels auf Erden können wir Ihnen leider keinen Leib mit auf den Weg geben."

„Keinen Leib? Was soll das heißen?"

„Er kann Sie nur hören."

„Nein!", schrie mein Vater und der Schrei zog sich in die Länge, bildete Schlieren und war bald im offenen Himmel über dem Wartezimmer zu sehen, von grünleuchtenden Fäden durchsponnen wie der Omeganebel im Schützen, M 17.

Die Szene zerrann, ich massierte meine Schläfen, surfte weiter und stieß auf einen erstaunlichen Clip. Laut YouTube-Kommentar war er 1988 aufgenommen worden, ebenfalls im Estadio Nacional. Sting und Peter Gabriel (diesmal in blauem Sakko und weißem Rollkragenpullover – er musste einen Feind in den eigenen Reihen haben, der seine Bühnenkostüme entwarf) intonierten eine spanische Version von *They Dance Alone*, einer Hommage Stings an die chilenischen Frauen, die sich während der Diktatur auf Chiles Plätzen versammelten und allein, nur mit den Fotos ihrer verschwundenen Väter, Söhne oder Ehemänner die *cueca* tanzten. „Ellas danzan solas", hauchten Gabriel und Sting abwechselnd ins Mikrofon, sie sangen von den *desaparecidos*, man sah Bilder von Frauen in Kopftüchern, die sich an den Händen hielten, sie bildeten einen Halbkreis auf der Bühne, zwischen dem Schlagzeug und den Sängern, das Publikum stimmte in den Gesang ein, hielt brennende Feuerzeuge in die Höhe. Ihr aller Leben war in Gefahr. 1988 war Pinochet noch an der Macht.

Ein wildes, widersprüchliches Gefühl strömte durch mich hindurch. Es war vielleicht falsch, nicht angemessen, aber unwiderstehlich. Mir fehlte jeder Begriff dafür. Verehrung fremden Mutes? Mitleid mit meinem eigenen, bedeutungslosen Leben? Die Euphorie, der Angst trotzen zu können, wenn man es nur versucht? Ich wäre gern dabei gewesen bei diesem Ereignis. Oder nein. Sicher hätte ich es nicht gewagt.

„Seit wann hörst du Sting?" Karin stand neben mir, ich hatte sie nicht kommen hören. „Ich dachte, du hältst ihn für einen singenden Englischlehrer."

„Tu ich ja auch. Aber schau dir das an. Und entschuldige, dass ich dich geweckt habe."

Karin legte mir die Hand in den Nacken, beugte sich über den Bildschirm, massierte meinen Hals mit Daumen und Zeigefinger.

„Un día danzaremos", sang Sting, „sobre sus tumbas, libres", eines Tages werden wir tanzen, frei auf ihren Gräbern. Dann Gabriel: „Un día cantaremos", eines Tages werden wir singen. Die Frauen kamen nach vorne an den Bühnenrand, immer noch Hand in Hand, und defilierten an den hochgereckten Armen unter ihnen vorbei.

„1988", sagte ich ergriffen. „In Santiago. Ein Jahr vor dem Referendum."

„Unmöglich." Die Stimme der Aufklärung gegen die Romantik.

„Lass mich schauen."

Dieselbe Hand, die meine Nackenmuskeln eben noch liebkost hatte, zog meinen Kopf behutsam, aber bestimmt nach oben. Schon stand ich, und Karin saß auf meinem Stuhl. Sie ließ es ein paarmal klicken, schüttelte den Kopf, las die Ergebnisse, suchte weiter, bis sie schließlich ihren Oberkörper triumphierend zurückkippen ließ.

„Siehst du", sagte sie, „der Mann, der das ins Netz gestellt hat, hat sich geirrt. Das Konzert fand zwar 1988 statt, aber nicht in Chile, sondern in Argentinien. Dort war die Militärdiktatur schon seit 1983 zu Ende."

War das jetzt ein Trost? Oder eine Enttäuschung? Meine Empfindungen drehten sich im Kreis.

„Und die Frauen?", fragte ich.

„Die Madres de Plaza de Mayo, Mütter des Platzes der Mairevolution. Diese Bewegung gab es auch in Argentinien."

Karin stand auf. „Ich versuche, wieder zu schlafen." Sie öffnete die Schlafzimmertür, hielt inne und drehte sich noch einmal zu mir um.

„Was hat Sara heute wohl gemeint?"

„Womit?"

„Als sie sagte, *ich war nicht dort*. Wo war sie nicht, wofür war sie zu feig?"

„Keine Ahnung."

„Das dachte ich mir. Nimm jetzt bitte die Kopfhörer."

Karin weckte mich wie immer, wenn sie beabsichtigte, mich schnell aus dem Schlaf zu holen: Sie hielt mir zärtlich die Nasenlöcher zu, ein paar Sekunden lang.

Wie immer saß ich sofort aufrecht im Bett, hellwach.

„Was ist los?"

„Wir haben Post bekommen."

„Hier? Aber wir haben die Adresse niemandem –"

„Von Sara. Ein Brief. Unter der Tür durchgeschoben."

Karin legte ihn auf die Bettdecke. „Mach ihn auf!"

Ich schnappte noch ein wenig nach Luft und rieb mir die Augen.

„In Ordnung. Aber du liest ihn vor."

Karin nickte, riss den Brief mit dem Zeigefinger auf und begann zu lesen.

Liebe Karin, lieber Adrian,

vielleicht findet ihr es befremdlich, dass ich mich auf diesem Weg an euch wende, nach all den Gesprächen, die wir geführt haben. Doch es gibt etwas, das ich euch nicht einfach erzählen kann. Es belastet mich so sehr, dass mich selbst das Schreiben große Mühe kostet.

Ich habe in meinem Leben zwei große Fehler gemacht. Den ersten kennt ihr bereits, auch wenn ihr ihn anders bewertet: Ich habe meinen Bruder verraten. Der zweite hängt damit zusammen.

Ich habe euch berichtet, dass mein Mann und meine Freunde mich dabei unterstützt haben, den Mörder meiner

Schwester zu finden. Was ihr noch nicht kennt, sind die Geschehnisse, die darauf folgten.

Im November 2011 wurde Osvaldo Durán Cárdenas verhaftet. Es wurden Zeugen gesucht. Albert, Ignacio und Carlos fieberten der Verhandlung entgegen. Sie waren überzeugt, dass meine Aussage viel dazu beitragen konnte, dass der Mann eine Gefängnisstrafe erhielt, trotz der laschen Praxis der chilenischen Gerichte.

Aber ich – ich fuhr nicht hin. Ich konnte nicht. Meine Freunde hielten es für eine vorübergehende Schwäche, Albert war sicher, dass er mit langen Gesprächen meine Angst lindern und mich dazu überreden konnte, mit nach Chile zu kommen. Schließlich war ich es, die Durán ohne Zweifel wiedererkannt hatte. Albert redete und redete, über sein Verständnis für meine Ängste, die Notwendigkeit der Reise, darüber, dass er nicht von meiner Seite weichen würde. In meinem Innersten fühlte ich, dass er nicht begreifen konnte, was mit mir los war. Jahrzehntelang hatte ich diesen Folterer gesucht, und nun, da es möglich war, ihn hinter Gitter zu bringen, zerstörte ich alles. Albert verstand mich nicht, weil ich mich selbst nicht verstand. Nie hatte ich die Geschehnisse des Septembertages 1973 plastischer vor Augen, nie hatte ich das Gesicht des Mörders so klar gesehen wie von dem Moment an, in dem ich erfuhr, dass er verhaftet worden war. Alles war wieder frisch, als wäre es gestern gewesen. Schon bei der Vorstellung, mich in ein Flugzeug nach Santiago de Chile zu setzen, packte mich das Entsetzen an der Kehle und drückte zu. Angst war dafür der falsche Begriff. Ich fürchtete nicht, dass mir etwas passieren könnte. Er würde mir nichts tun können, nicht in einem Gerichtssaal. Doch die schiere Vorstellung, ihn wieder, nach achtunddreißig Jahren, von Angesicht zu Angesicht zu sehen, legte sich auf meinen Brustkorb wie eine Bleiplatte. Wäre es nur Angst gewesen, hätte ich sie vielleicht überwinden können. Was mich befallen hatte, war eher eine Art unheilbarer Lähmung, eine Katatonie von Körper und Verstand, etwas Unausweichliches. Ich konnte nicht entrinnen. Einmal sagte Albert im Streit, ich solle mich doch zusammenreißen, nach ein paar Tagen sei alles vorbei. Ich probierte es. Riss mich zusammen. Ich arbeitete an meiner Fantasie, versuchte, ihr die Schrecken auszutreiben, wie ein Exorzist den Dämon aus dem Besessenen vertreibt. Ohne Alberts Wissen nahm ich hohe Dosen eines Beruhigungsmittels. Was dazu führte, dass ich das Grauen wie hinter einer getönten Glasscheibe wahrnahm. Aber es ging nicht weg. In den Nächten schreckte ich immer wieder hoch, die Alpträume vermischten sich mit dem wachen Bewusstsein, auch tagsüber war ich vor Visionen nicht sicher. Einmal sah ich, wie Albert sich mit einer Zange im Bad die Fußnägel ausriss. Die Wanne war voller Blut. Er benötigte Stunden, mich zu überzeugen, dass er nur eine Nagelschere in der Hand gehalten hatte.

Irgendwann beschloss ich, aufzugeben. Sofort konnte ich leichter atmen. Ich lud Carlos und Ignacio zum Essen ein. Sie schöpften Hoffnung, vermuteten, dass ich es mir anders überlegt hatte und das bei einem Dinner feierlich verkünden wollte. Doch ich sagte nur: Ihr seid heute hier, weil ich es nur noch ein einziges Mal bekennen will: Ich komme nicht mit. Ich sage nicht aus. Vielleicht bin ich feige. Aber ich kann nicht. Carlos und Ignacio reagierten aufgebracht, bedrängten mich, noch einmal alles abzuwägen. „Das kannst du nicht tun", rief Carlos, „denk doch an unsere gemeinsame Arbeit!" Ignacio war den Tränen nahe, er nahm meine Hände und sagte: „Wir haben ihn, Sara. Weißt du, was das bedeutet? Aber ohne dein Erscheinen vor Gericht kommt er vielleicht wieder frei. Könntest du damit leben?" Ich entzog ihm meine Hände und setzte mich stumm an den Esstisch. Albert verlor den ganzen Abend lang kein Wort mehr über das Thema. Er hatte bereits resigniert. Unsere beiden Freunde tranken in den folgenden Stunden Unmengen von Wein, ihre Gesichter wurden immer röter, sie unternahmen alle nur denkbaren Anstrengungen, wiederholten ihre Argumente, appellierten an mein Pflichtgefühl, an mein Gewissen, sie flüsterten und schrien, beschworen mich, beknieten mich, doch am Ende schwiegen auch sie.

Einen Monat nach der Verhaftung Duráns begann der Prozess. Albert, Carlos und Ignacio waren vom ersten Tag an dabei. Ich klammerte mich an einen Strohhalm: Es mussten andere Zeugen existieren, sonst wäre Durán ja gar nicht vor Gericht gekommen. Albert und ich telefonierten mehrmals täglich. Natürlich gab es weitere Zeugen, aber nur zwei, einen Mann und eine Frau. Die Frau hatte Durán im Gerichtssaal lange betrachtet, berichtete Albert, und mit einem Mal war sie sich nicht mehr sicher. Der Mann erkannte ihn einwandfrei wieder, doch als ihn der Verteidiger in die Zange nahm, brach er in Tränen aus. Der Einspruch des Staatsanwalts wurde abgelehnt.

Am dritten Tag präsentierte der Staatsanwalt einen Akt mit zahlreichen Dokumenten, die Duráns Schuld beweisen sollten. Der Richter blätterte darin herum wie in einer Illustrierten. Jeder im Saal wusste, dass er Sympathien für das Pinochet-Regime gehegt hatte und ein Befürworter der Verjährung von Verbrechen gegen die Menschlichkeit war. Er zitierte den Staatsanwalt mehrmals zu sich, zeigte mit dem Finger auf einzelne Stellen im Dossier, schüttelte den Kopf.

Der Staatsanwalt verlor die Beherrschung, wurde laut. „Das sind Beweise!", schrie er, doch der Richter lächelte nur milde und wies ihn an, wieder Platz zu nehmen.

Zwei Tage später präsentierte der Staatsanwalt dem Supreme Court eine neue Zeugin. Albert beschrieb sie mir als robuste, stämmige Frau mit beachtlicher Oberarmmuskulatur und kurzen roten Haaren. Sie berichtete ruhig und gelassen davon, wie sie 1973 von Durán und einem zweiten

Mann in der Villa Grimaldi gefoltert worden war. Elektroschocks, Schläge, Vergewaltigung, ausgerissene Fingernägel. Sie muss damals in Emilias Alter gewesen sein, sagte Albert. Der Richter vergrub während ihrer Erzählung mehrmals das Gesicht zwischen den Händen. Carlos und Ignacio waren so aufgeregt, dass Albert sie beschwichtigen musste.

„Ist das der Mann", fragte der Richter, „der Ihnen das angetan hat?", und zeigte auf den Angeklagten. Die Frau ging langsam auf Durán zu, musterte ihn von Kopf bis Fuß. Sie streckte ihre flache Hand in seine Richtung aus und bewegte sie behutsam von oben nach unten, als wollte sie ihr Gegenüber scannen. Durán wurde unruhig, er grinste, ein Schweißfilm bildete sich auf seiner Stirn.

„Ja, ohne Zweifel", antwortete die Frau.

Im Gerichtssaal wurde es unruhig. Ignacio wollte etwas rufen, aber Albert hielt ihm den Mund zu.

Der Richter nickte, fuhr sich mit der Hand durch die grauen Stoppelhaare, seufzte.

Vielleicht war ihm die Wahrheit doch nicht völlig egal.

Das war der Moment, erzählte mir Carlos später, in dem wir alle drei für ein paar Sekunden an die Gerechtigkeit glaubten.

Doch dann änderte sich der Gesichtsausdruck der Zeugin. Etwas lief in Wellen durch ihren Körper. Sie öffnete ihren Mund, atmete tief ein, als kämpfte sie um die letzte Luft der Welt, und spuckte Durán ins Gesicht.

„Nein", flüsterte Albert.

„Das ist der Hund!", schrie die Frau, drehte sich um und lief auf den Richter zu. „Ich erkenne ihn! Aber was bringt das schon? Ich kenne eure Urteile! Verjährung! Amnestie! Keine eindeutige Beweislage! Überall in diesem Land laufen die Mörder frei herum, weil ihr das so wollt! Immer noch!"

Sie zog einen Schuh aus, hielt ihn hoch über ihren Kopf und bewegte den Arm nach hinten. Dann schienen sie ihre

Kräfte für einen Moment zu verlassen. Die Hand mit dem Schuh verharrte in der Luft.

Ein Tennisschuh, sagte Albert am Telefon, blendendweiß, wie der Flügel eines Engels. Da musste ich lachen. Verstehst du das, Karin?

Auf einen Wink des Richters erschienen zwei Polizisten. Bevor sie die Zeugin festhalten konnten, vollendete sie ihre Bewegung. Der Schuh flog knapp am Kopf des Richters vorbei. Als sie abgeführt wurde, knickten ihr die Knie ein. Die Polizisten schleiften sie über den Boden. Der Staatsanwalt klebte an seinem Stuhl fest. Mit alldem hatte er offensichtlich nicht gerechnet. Carlos stampfte auf und schlug mit der Faust gegen die Lehne des Stuhls vor ihm.

Wie in Zeitlupe erhob sich der Staatsanwalt.

„Ich beantrage ...", begann er.

„Was?", fragte der Richter.

Der Staatsanwalt schwieg.

Duráns Rechtsanwalt trat hinter seinen Mandanten und legte ihm die Hand auf die Schulter. Alle sahen das Siegeslächeln des Folterers.

Bei der Urteilsverkündung konnte Ignacio seine Tränen nicht mehr unterdrücken. Er sollte mir nie mehr verzeihen, dass ich sie im Stich gelassen hatte.

Freispruch wegen Mangels an Beweisen. Unruhe im Saal, vereinzelte Protestrufe, manche klatschten. Der Richter erhob sich, es war vorbei. Und ich war schuldig geworden, zum zweiten Mal.

Bei ihrer Rückkehr holte ich die drei vom Flughafen ab. Sie kamen als Letzte durch die Schiebetür. Ignacio hatte immer noch ein verquollenes Gesicht. Carlos war seine Wut anzumerken, er trat gegen den Koffer, als die Rollen an einer Bodenunebenheit hängen blieben. Beide konnten mir bei der Begrüßung nicht in die Augen schauen, ihre Umarmungen waren flüchtig und kalt.

Doch damit hatte ich gerechnet. Ich hatte es verdient. Wer mich erschreckte, war Albert. Seine Gesichtsfarbe war weiß – nicht bleich oder blass, weiß. Seine Augen schienen sich in ihre Höhlen verkrochen zu haben. Er kam langsam auf mich zu, schlang seine Arme um mich und drückte mich so fest, als müsste er sich vergewissern, dass es tatsächlich ich war, die da stand, und nicht ein Trugbild. Er schluchzte, sein ganzer Körper bebte. Minutenlang standen wir so da. Bis ich keine Luft mehr bekam. Da ließ er von mir ab. Er trat einen Schritt zurück und schaute mich an. Immer noch zitterte er. Dann sagte er einen ungeheuerlichen Satz:

„Sei nicht traurig, Sara.“

Er *tröstete* mich! Mich, die ich an allem schuld war. Etwas breitete sich in meinem Brustkorb aus und dehnte ihn. Wie Gas, das in einen Ballon gepumpt wird. Dieses Gefühl Liebe zu nennen, wäre wohl angemessen gewesen. Doch ich gab ihm einen anderen Namen: Dankbarkeit.

Albert verabschiedete sich noch am Flughafen von Carlos und Ignacio. Seine Treffen mit ihnen wurden in der Folge seltener, ich selbst bekam sie kaum noch zu Gesicht. Erst viel später würden sie wieder für mich da sein. Ich hatte unsere Freundschaft zum Stillstand gebracht, wie jemand, der eine Stange zwischen die Speichen eines fahrenden Rades steckt.

Zu Hause ließ Albert den Koffer im Flur einfach fallen, legte sich angezogen ins Bett und schlief sofort ein. Ich saß in der Küche und starrte die Wände an. Gegen Mitternacht rief er mich. Ich kam zu ihm und wir umschlangen uns, nervös und fahrig, verzweifelt drängend, als könnten unsere Körper unsere Seelen retten.

Das folgende Jahr ist in meiner Erinnerung verblasst. Wir sprachen noch manchmal über den Prozess, aber nie hörte ich einen Vorwurf. Obwohl wir nichts mehr tun konnten, verfolgten wir doch mithilfe unserer Freunde in Santiago, wie es mit Durán weiterging. Ab Mitte des Jahres 2012 erhielten wir erste Hinweise darauf, dass er plante, Chile zu verlassen. Trotz des Freispruchs war es mit der Beschaulichkeit seines Lebens vorbei. Der Unmut eines Teils der chilenischen Gesellschaft über die skandalösen Urteile wuchs. Viele der freigesprochenen oder wegen Verjährung auf freien Fuß gesetzten Täter sahen sich immer häufiger mit Protesten der Opfer konfrontiert. Mehrmals standen Dutzende Menschen vor Duráns Haus und riefen: „Das ist ein Folterer!"

Er bewarb sich für das Observatorium auf La Palma. Wie wir wissen, hat er den Job bekommen. Seine Vergangenheit war den neuen Arbeitgebern offenbar gleichgültig. Im Winter '12 trat er seine Stelle an. Er war uns näher gekommen. Aber wir wussten nicht, was wir damit anfangen sollten. Es beunruhigte uns. Nein, es beunruhigte mich. Albert machte es krank. Es zerriss ihn. Solange Durán in Chile geblieben war, hatte sich Albert, so schien es mir, mit dem Scheitern des Prozesses abgefunden. Er hatte mir meine Feigheit verziehen. Doch sobald er den Mann, der unser beider Leben auf je eigene Weise geprägt hatte, in Santa Cruz wusste, ergriff ihn eine quälende Unrast. Er traf sich mit Völkerrechtsexperten, recherchierte nächtelang im Netz, ob es nicht doch eine Möglichkeit gab, Durán auf spanischem Territorium anzuklagen. Nur um endgültig zu erfahren, was er ohnehin schon vorher gewusst hatte. Nein. Das Subsidiaritätsprinzip, ihr erinnert euch? Albert empfand diese Tatsache wider besseres Wissen als erneute Niederlage. Und dann, glaube ich, entwickelte er einen unerwarteten, heftigen Groll gegen mich, den er sich nicht eingestehen konnte. Um keinen Preis wollte er mich verletzen. Den Gram nach außen richten, gegen mich. So zerfraß er ihn von innen.

Eigentlich hätte ich es sein sollen, die innerlich zerrissen wird. Von Scham, Selbstvorwürfen, Schuld. Doch auch wenn das Geschehene, oder besser: das Nicht-Geschehene, meine Seele angriff – mein Körper blieb unversehrt.

Bei Albert begann es mit Bauchschmerzen. Nächtelang wand er sich unter Krämpfen. Endlich konnte ich ihn dazu bewegen, zum Arzt zu gehen. Den 12. März 2013 werde ich nie vergessen. Nach der Untersuchung saßen wir stundenlang im Wartezimmer, während der Untersuchung hatte der Arzt kein Wort gesagt. Erst nachdem er alle anderen Patienten abgefertigt hatte, rief er uns zu sich.

Er hielt sich mit beiden Händen an seinem Schreibtisch fest. Während er sprach, schaute er zwischen uns hindurch. Obwohl er schon ergraut war, benahm er sich, als wäre es das erste Mal, dass er ein Todesurteil zu verkünden hatte. Er sprach von den großen Fortschritten der Chemotherapie. Vom Lebenswillen des Patienten, der so viel zur Genesung beitragen konnte. Am Ende musste er doch die Worte sagen, die er zuvor so lange im Mund hin- und hergeschoben hatte: Magenkrebs in fortgeschrittenem Stadium.

Als wir wieder draußen auf der Straße waren, blies uns ein kalter Wind um die Ohren. Die Menschen hatten sich in Schatten verwandelt. Wir gingen ein paar Schritte, unsicher, wie auf vermintem Gelände. Dann blieb Albert stehen und nahm meine Hände.

„Sei nicht traurig, Sara", sagte er.

Albert kämpfte monatelang tapfer gegen die Krankheit an, aber ich vermute, er tat es nur für mich. Ich fürchte, ich war ihm keine große Hilfe. Meine Selbstbezichtigungen, an seinem Krebs schuld zu sein, machten für ihn alles noch schlimmer.

Das Leid, das ich mit ansehen musste, die Schmerzen, die immer unerträglicher wurden und die er vor mir zu verbergen versuchte, überstiegen mein Fassungsvermögen. Mein Mitleid kam mir lächerlich vor, nutzlos und selbstgefällig. Mehr als einmal wünschte ich, ihm seine Pein abnehmen zu können, sie an seiner Stelle erdulden zu dürfen. Doch davon nicht mehr. Ich möchte euch damit nicht belasten.

Nur so viel: Auf beunruhigende Weise verband sich das Erleben der Qual meines Mannes mit der Erinnerung an die Tortur Emilias. Vor beiden stand ich hilflos, wusste nicht, wie ich handeln sollte. In meinen Träumen erschien wieder öfter – und so klar wie seit Jahren nicht mehr – der Körper meiner Schwester in ihrem Folterstuhl. Doch ihr Gesicht war unscharf, je näher ich ihm kam, desto mehr verschwamm es, und manchmal, wenn ich dicht davor stand, zerfloss es ganz, dann aber formte es sich neu, bis ich deutlich Alberts Züge erkennen konnte.

Im Dezember letzten Jahres starb Albert, und es war kein sanftes Entschlafen, mehr ein Ringen mit einem Dämon, der ihn von innen langsam zerquetschte. Ich konnte nicht mehr weinen, der Tränentank war leer. Eine seltsame Ruhe befiel mich. Erst dachte ich, es sei die Erleichterung, dass das Leiden ein Ende hatte. Doch ich irrte mich. Es war die Klarheit einer Entscheidung, die ich schon längst getroffen hatte und die mir mit einem Schlag bewusst wurde.

Alberts Tod war ein Auftrag. Ich war ihm etwas schuldig.

Endlich, vielleicht zum ersten Mal in meinem Leben, wusste ich genau, was ich zu tun hatte.

Im Januar kam ich hierher.

Den Rest der Vergangenheit kennt ihr schon. Und auch die Zukunft, da bin ich ganz sicher.

SECHS

Karin ließ die Hand mit dem Brief sinken, er entglitt ihr und die Blätter schwebten zu Boden – jene Blätter, die jetzt säuberlich gefaltet in der hinteren Lasche meines Notizbuchs stecken.

Wir saßen nebeneinander auf der Bettkante, unsere Schultern berührten sich. Ich war unfähig zu sprechen.

„Wie ungerecht!", war das Erste, das Karin über die Lippen brachte.

„Der arme Mann", sagte ich.

Karin sah mich von der Seite an.

„Schon gespenstisch. Saras Mann und dein Vater sterben im selben Monat, und kurz darauf trefft ihr euch hier und wollt beide um jeden Preis auf den Roque de los Muchachos."

„Angetrieben vom Tod wollen wir beide in die Vergangenheit schauen."

Schon wieder zu pathetisch. Ich bemerkte es sofort an Karins Blick.

„Sara hat einen Auftrag, und du hast ein Hobby."

Touché! Ich stand auf, ging in die Küche und begann, Kaffee zu kochen. Karin folgte mir und legte die Hand auf meinen Rücken.

„War nicht böse gemeint." Ich nickte und drehte mich zu ihr um.

„Karin, verstehst du, was Sara damit sagen will, dass wir die Zukunft kennen?"

„Schön langsam schon. Und mir schwant nichts Gutes."

„Du denkst, sie will –"

„Laden wir sie doch ein, mit uns Kaffee zu trinken."

Wir standen vor Saras Apartment. Karin klopfte, Sara öffnete sofort. Hatte sie hinter der Tür schon ungeduldig auf uns gewartet? Man sah ihr an, dass sie eine schlaflose Nacht hinter sich hatte.

„Danke für deinen Brief", begann Karin. „Für dein Vertrauen." Es klang förmlich, was Sara nicht davon abhielt, sie fest zu umarmen.

Ich servierte den Kaffee auf unserer Terrasse. Es war ein lichtdurchfluteter Morgen, der Beginn des vierten Tages nach dem ersten Ereignis. Die Autos auf dem Parkplatz glitzerten in der Sonne. Am Kai standen die Kräne in einer Reihe und führten exakt die gleichen Bewegungen aus, als folgten sie einer geheimnisvollen Choreographie.

Sara schwieg und spielte mit den Ärmeln ihres Shirts. Ihre Wimpern kamen mir in diesem Licht besonders lang und glänzend vor, vielleicht hatte sie gerade frische Tusche aufgetragen. Karin hörte nicht auf, den Espresso umzurühren, obwohl sich der Zucker längst aufgelöst haben musste. Das Geräusch machte mich nervös – es bedeutete, dass Karin nicht vorhatte, das Gespräch zu eröffnen. Ich atmete tief ein.

„Sara, warst du eigentlich –" Ich stockte.

Zweiter Anlauf, leise: „Warst du dabei, als Albert ... als dein Mann gestorben ist? Ich meine, im Augenblick des Todes?"

„Natürlich."

„Und hast du da ... hast du auch einen Vogel gesehen?"

„Ich denke nicht." Sara antwortete, als hätte ich die seriöseste Frage der Welt gestellt. „Du etwa?"

„Nein. Ja. War wohl eine Halluzination."

„Wie sah er denn aus, der Vogel?"

„Ich erinnere mich nicht mehr genau. Vielleicht ein Raubvogel. Seine Flügel waren gelb."

„Als Ornithologin kann ich dir da nicht weiterhelfen."

Sara spürte, dass noch etwas in der Luft hing, auf halbem Weg zwischen uns.

„Das war nicht alles, was du wissen wolltest, oder?"

Ich nahm all meinen Mut zusammen.

„Spricht dein Mann noch manchmal mit dir?"

„Nein. Jedenfalls nicht so, dass ich es verstehe." Sie lachte kurz auf.

„Und dein Vater?"

„Nein, nein."

„Nein?" Jetzt hörte ich deutlich die vertraute tiefe Stimme in meinem Ohr.

„Du verleugnest mich? Was ist das? Vaterweglegung?"

„Verschwinde!", sagte ich laut. Und dann, als ich in Saras irritiertes Gesicht blickte: „Nein, nicht du."

„Adrian ist manchmal nicht ganz bei Trost", sagte Karin, „das darfst du nicht zu ernst nehmen."

Unten auf der Straße schrie ein Kind. In seinen Atempausen, als Kontrapunkt, hörte man das dunkle, beruhigende Organ seines Vaters. Je mehr er auf das Kind einredete, desto lauter schrie es. Ein verzweifeltes Duett, auf dem Weg zum finalen Crescendo. Ein Sportwagen fuhr in halsbrecherischem Tempo die Serpentine hinauf, in jeder Kurve quietschten die Reifen.

Karin hielt inne, die kreisförmige Bewegung ihrer Hand kam zum Stillstand. Sie steckte sich den Kaffeelöffel in den Mund, schleckte ihn ab und legte ihn neben die Tasse. Jetzt war sie bereit.

„Sara, wenn ich deinen Brief richtig verstanden habe, möchtest du mit uns über eine Entscheidung diskutieren, die du getroffen hast."

Sara fischte ein Haarband aus der Hosentasche und band sich die Locken zu einem Pferdeschwanz zusammen.

„Das stimmt nicht ganz."

„Nein?"

„Nein. Ich möchte euch nur etwas mitteilen. Es gibt nichts mehr zu diskutieren. Ich habe so lange gebraucht für diese Entscheidung. Jetzt ist sie unverrückbar."

„Und wie sieht sie aus, deine Entscheidung?"

„Fragst du dich das wirklich immer noch?" Das kam beinahe vorwurfsvoll. Karin kippte ihren Stuhl nach vorne, legte die Arme auf die Brüstung und bettete ihren Kopf auf die Hände. Von der Seite sah sie Sara an. Ihre Lippen zitterten kaum merkbar.

„Vielleicht möchte ich sie nur aus deinem Mund hören."

„Er muss sterben."

Sara sprach sehr ruhig, ohne jede Aufregung. Ich kann mich nicht mehr genau erinnern, ob ich überrascht war in jenem Moment. Natürlich hatte ich es schon gewusst, aber auch wieder nicht. Vielleicht hatte sich das Wissen in verschiedenen Tiefen des Bewusstseins abgelagert. Jetzt war es jedenfalls an die Oberfläche gestiegen.

Karin richtete sich auf und starrte Sara an. Hatte sie damit nicht gerechnet? Doch. Sicher. In Karins Kopf wirbelten die Gedanken durcheinander. Man konnte das von außen sehen, wenn man sie lange genug kannte.

„Er muss sterben, damit ich leben kann", sagte Sara.

„Aber wie ... wie stellst du dir das vor?" Karins Frage flatterte von ihrem Mund hoch, ein aufgescheuchter kleiner Vogel.

„Ganz einfach. Ich werde zu ihm gehen und ihn töten."

Karin warf mir einen hilfesuchenden Blick zu. Keine Ahnung, was sie von mir erwartete. Wie ein Idiot sagte ich:

„Hast du dir das auch gut überlegt?"

In Saras Lachen lag keine Bitterkeit.

„Wenn ich mir je etwas gut überlegt habe, dann das."

„In Ordnung", sagte ich, ganz Stimme der Vernunft. „Ich verstehe deinen Zorn. Aber glaubst du wirklich, du kannst dich einfach vor ihn hinstellen und ihn ermorden?"

„Mit Zorn hat das nichts mehr zu tun. Und, ja, ich glaube, das kann ich."

„Es muss doch eine andere Lösung geben!", rief Karin.

„Ach ja? Ich höre." Saras Nasenflügel blähten sich.

Ich schenkte uns Kaffee nach, die *reinste Übersprungs-handlung* würde Karin das nennen.

„Ich weiß nicht, die Polizei verständigen, ihn verhaften lassen ..."

„Karin! Bitte!" Die Schärfe in Saras Stimme war ungewohnt. „Ist es dir immer noch nicht klar, dass das nicht geht?"

Karin nickte schwach, sie wirkte verlegen wie ein beim Schummeln erwischtes Schulkind.

„Na eben. Weitere Lösungsangebote?" Das ging an mich, aber mir fiel auch nichts ein. Ich versuchte es anders.

„Sara, es gibt, wie soll ich sagen, Konstellationen der Wirklichkeit, die lassen einen vor Ungerechtigkeit aufschreien. Doch man kann sie nicht ändern, sie sind Geschichte."

„Hast du mir nicht zugehört?"

„Doch."

„Dann weißt du: Ich kann sie ändern. Diese *Konstellation*."

„Aber was genau gedenkst du zu tun? Kaufst du dir ein Messer, fährst nach oben, trittst ihm gegenüber und stichst ihm ins Herz?"

„Nicht ganz." Sie stand auf, stellte sich vor mich hin und schaute auf mich herab. Ich blieb sitzen. Ihr Kopf verdeckte die Sonne, eine kleine, private Finsternis. Das Licht umfloss ihre Haare, formte einen leuchtenden Kreis. Eine Gloriole. Santa Sara. Heilige Mörderin in spe.

„Das Messer ist falsch, aber der Rest stimmt."

„Du gehst also einfach zu ihm und tötest ihn."

„Genau."

Wir bildeten ein anmutiges Tableau auf der Terrasse. Ein Mann und eine Frau, sitzend, eine zweite Frau, stehend. Ein Szenario für eine Römerquelle-Werbung. Karin hatte sich während des Dialogs zwischen Sara und mir nicht bewegt. Jetzt erwachte das Leben wieder in ihrem Körper. Sie griff nach Saras Hand und ließ sie nicht los.

„Sara, selbst wenn du das alles tatsächlich fertigbringst, diese ... diese Tat wirklich begehst, wird dir das nur kurzfristige Erleichterung verschaffen. Es wird dir auf Dauer nicht helfen. Glaub mir."

„Warum sollte ich? Ich kenne meine Seele besser als du." Sara zog ihre Hand zurück. „Du denkst, du bist Expertin, aber du irrst dich."

Karin vollführte diese spezielle Drehbewegung ihrer Schultern, die ich nur an ihr beobachtet hatte, wenn sie nicht weiterwusste. Äußerst selten also.

„Du kannst das nicht machen", rief sie, „wir werden das nicht zulassen!"

Saras Körper versteifte sich. Die Adern an ihrem Hals traten hervor, wurden transparent, wie auf einem Bild von Lucian Freud.

„Was willst du dagegen unternehmen? Mich einsperren?"

Karin ließ ihren Kopf sinken. Der Hieb hatte sie getroffen. Mehr würde von ihr nicht kommen.

„Sara", begann ich, „wir werden dich nicht von deinem Vorhaben abhalten können. Niemand wird dir im Weg stehen, wenn du aufbrichst. Doch du vergisst eines: Es besteht die Möglichkeit, den Mann zu warnen. Mein bester Freund steht in gutem Kontakt zum Leiter des Observatoriums. Ein Anruf von mir, und Durán verschwindet. Irgendwohin, wo du ihn nicht finden kannst."

Die Hunde fingen an zu bellen. Zum ersten Mal hörte ich sie bei Tag.

Sara hob langsam ihren linken Arm. Er funktionierte noch.

„Ihn warnen", wiederholte sie.

„Ja."

„Das könntest du. Aber das wirst du nicht."

Wie konnte sie da so sicher sein? Schon bald würde ich Roland anrufen, um ein Attentat zu verhindern. Um Sara zu retten, nicht Durán.

Ich sah etwas aus ihren Augen kommen. Es bewegte sich wellenartig, wie Tentakel von Feuerquallen, die ich einmal in einer Dokumentation gesehen hatte. Als sie meine Haut erreichten, spürte ich sofort das Gift. Es brannte. Trennte die Brustmuskeln auf, schnitt durch die Rippen. Drang vor bis zur eingekapselten Gallertmasse der Seele. Das war wohl das, was man einen durchdringenden Blick nannte.

„Du wirst niemanden anrufen."

„Nein."

Mit Karin hatte ich nicht mehr gerechnet. Plötzlich hörte ich ihre Stimme.

„Sara, sag mir nur noch, bist du dir bewusst, welchen Preis du dafür bezahlen musst?"

„Preis?" Wieder das Echo.

„Das wäre vorsätzlicher Mord. Du kämst für viele Jahre ins Gefängnis."

„Mein schlimmstes Gefängnis bin ich selbst", sagte Sara.

Damit waren wir still, alle drei.

Um die Mittagszeit klopfte es. Wir erwarteten niemanden. Vor der Tür stand Ricardo. Etwas an seinem Erscheinungsbild hatte sich verändert, aber ich kam nicht sofort darauf, was es war. Ich vermutete, er wollte Karin einen Überraschungsbesuch abstatten, doch er lief an ihr vorbei auf die Terrasse zu Sara. Wir folgten ihm.

„Hier bist du also", sagte er. Sara umarmte ihn flüchtig, voller Ungeduld.

„Und?"

„Heute Abend bekommst du, was du suchst."

Sara stieß ein Jauchzen aus und machte einen Luftsprung.

„Was suchst du denn?" Karin konnte sich nicht zurückhalten.

„Das wirst du dann schon sehen", sagte Sara verschwörerisch.

Ricardo schaute Sara an, entgeistert, dann Karin, dann mich.

„Sind die beiden etwa – eingeweiht?" Ein Vater, der die verlorene Tochter in Gesellschaft zwielichtiger Gestalten vorfindet.

„Moment", rief ich, „die Frage muss doch sein: Hast du etwa diesem Surflehrer auch alles erzählt?" Ich erntete einen herablassenden Blick von Ricardo.

„Keinen Streit, bitte!" Sara stellte sich zwischen uns. „Ihr führt euch ja auf, als ginge es darum, mich zum Abschlussball zu begleiten. Aber es ist kein Ball, niemand wird mich begleiten." Und, an Ricardo gewandt: „Das hier sind meine Freunde, du kannst ihnen vertrauen. Und umgekehrt ebenso."

Ich beruhigte mich wieder ein wenig.

„Wie lange weißt du schon Bescheid?", fragte Karin Ricardo mit sanfter Stimme.

„Seit ein paar Tagen." Ricardo klang sehr gelassen.

„Und du hast nicht versucht, Sara umzustimmen?"

„Doch." Er lächelte. Selbstgefällig, fand ich. „Ich habe aber schnell bemerkt, dass es keinen Sinn hat. Diese Frau ist eine Löwin."

„Eine Löwin, die im Zwinger endet!", rief Karin.

„So, Schluss jetzt!" Sara klatschte in die Hände. „Ich mag es nicht, wenn man über mich redet, als wäre ich nicht im Raum. Außerdem gibt es nichts mehr zu diskutieren. Alles ist gesagt."

„Zu Befehl!", sagte Ricardo und salutierte. Er schien blendender Stimmung zu sein, ohne jedes Vorstellungsvermögen für die Auswirkungen von Saras Plan. Es war mir ein Rätsel, wie er sie und Karin ständig zum Lachen bringen konnte.

Ich holte eine Tasse, hielt sie Ricardo hin und wollte ihm Kaffee einschenken. Die Kanne war leer.

„Macht nichts", sagte Ricardo, „ich bin ohnehin auf dem Sprung. Aber für heute Abend habe ich noch eine Überraschung für euch. Ihr interessiert euch doch für Sterne, hab ich recht?"

Sara und Karin zeigten mit simultaner Handbewegung auf mich.

„Er", sagten sie wie aus einem Mund.

Ricardo musste lachen. Jetzt erst wurde mir klar, was sich an seinem Äußeren verändert hatte. Er trug einen Zweitagebart. Nein, eher einen Flaum. Er verlieh ihm das Aussehen eines Jung-Guerilleros im Anfängerkurs.

„Gut", sagte er. „Dann also eine Überraschung nur für Adrian. Die Damen werden uns aber begleiten, hoffe ich?"

Die *Damen* nickten.

„Ich hole euch um einundzwanzig Uhr vom Hotel ab", sagte Ricardo noch, ehe er uns wieder verließ.

Den Nachmittag verbrachten wir getrennt. Ricardo sagte die Windsurfstunde ab, er hatte ja *noch etwas zu besorgen*. Sara zog es wieder zu ihrem *Bläulichen Buchfink*.

Karin und ich versuchten, einen klaren Kopf zu bewahren und die neue Lage nüchtern zu analysieren. Doch wieder einmal drehten wir uns im Kreis. Karin wollte mich davon überzeugen, dass es das einzig Vernünftige sei, Roland anzurufen und ihn zu informieren, sodass Durán in Sicherheit gebracht werden konnte. Genau das nicht zu tun, hatte ich allerdings Sara versprochen.

„Du hast gar nichts versprochen", sagte Karin. „Und
selbst wenn, in einem Notfall wie diesem kann man ein
Versprechen auch überdenken."

„Ich nicht", sagte ich trotzig.

„Das heißt, du wirst nichts unternehmen? Zusehen, wie
sie sich selbst ins Gefängnis bringt?"

„Hast du eine bessere Idee?"

„Ja. Hab ich eben formuliert."

„Das kann ich aber nicht machen. Auch *eben formuliert*."

„Dann ruf *ich* Roland an!"

„Das wirst du nicht tun."

„Du bist so ein ... so ein ... sturer Hund!" Karins berühm-
ter innerer Balance war es zu verdanken, dass sie mich
nicht mit einem weit schlimmeren Ausdruck bedachte.

„Außerdem hat er es verdient."

Karin raufte sich die Haare. Was wie immer zu dem
Ergebnis führte, dass sie in alle Richtungen vom Kopf ab-
standen. Ein hinreißender Anblick.

„Darum geht es doch nicht! Er hat es hundertmal verdient! Aber Sara hat es nicht verdient, zehn Jahre hinter
Gittern zu verbringen!"

„Dann musst du sie eben überzeugen, ihn nicht zu töten.
Du bist doch die Psychologin!"

Jetzt reichte es Karin, sie knallte die Balkontür zu und
verschwand für die nächsten Stunden im Badezimmer.

Um fünf vor halb neun stand Sara bei uns im Zimmer. Die
Ringe unter den Augen waren verschwunden. Über ihrem
immergleichen Shirt trug sie eine gefütterte schwarze Lederjacke.

„Oben wird es kalt."

Sofort sah ich sie vor mir, wie sie im Gittergestänge des
Observatoriums hinter ihrem Peiniger nach oben kletterte,
bis sie die Plattform erreicht hatten. Unter dem gewaltigen

Spiegel, den ich noch immer nicht gesehen hatte, zog sie ein rasiermesserscharfes japanisches Schwert und schlug Durán den Kopf ab. Er sprang über die Stufen nach unten wie ein Ball. Mehrere Männer stürmten auf sie zu und warfen sie zu Boden. Eine blitzschnelle Gerichtsverhandlung. Zehn Jahre. In einem verrotteten Gefängnis ohne Heizung auf einem Hügel über der Stadt. Eisregen im Februar. Das wird kalt. Oben wird es kalt.

Karin schreckte mich mit einem sanften Rippenstoß aus meinen Bildern hoch.

„Geht es dir gut?", fragte sie Sara.

„Warum sollte es mir nicht gut gehen?"

Wir hörten lautes Hupen vom Hotelparkplatz.

„Also los!", sagte Sara fröhlich. Karin nahm eine warme Jacke aus dem Kleiderschrank, ich schlüpfte in einen Pullover.

„Hast du den immer noch?" Karin zupfte am Saum herum. „Total ausgeleiert. Und an den Ellbogen schon durchsichtig. Kann man nicht mal mehr der Volkshilfe spenden."

Vor dem Hotel lehnte Ricardo lässig an der Motorhaube seines Geländewagens. Arme vor der Brust verschränkt, edel abgewetzte Fliegerjacke, Sonnenbrille ins Haar gesteckt, obwohl es schon dämmerte. Als er uns kommen sah, verneigte er sich spöttisch, wie ein Chauffeur vor seinen Chefs. Sara lief auf ihn zu, Ricardo begrüßte sie überschwänglich.

„Hast du –?", fragte Sara.

„Später. Erst die Safari."

„Safari? Jagen wir wilde Tiere?" Ich wollte witzig sein, aber niemand lachte.

„Sterne", antwortete Ricardo kühl.

Er öffnete Karin und mir die hinteren Autotüren, Sara setzte sich zu ihm nach vorne. Wir fuhren die Calle La

Portada hoch, bogen ab Richtung Meer und folgten der Avenida Bajamar nach Süden. Nach einer Viertelstunde nahm Ricardo die Straße ins Ortszentrum von Los Cancajos. Wir hielten vor dem Hotel *Taburiente*, einem Betonungetüm mit teuren Autos auf dem Parkplatz.

„Wir holen noch jemanden ab", sagte Ricardo und stieg aus.

Vor dem Hotel stand eine junge Frau in einem grünen Parka und rauchte. Sie empfing Ricardo mit einem kurzen Kuss auf den Mund, was mir gefiel, Karin aber leider entging.

Die Frau öffnete die Tür zum Fond und hielt mir ihre Hand entgegen. Eine einzelne rotgefärbte Strähne verdeckte ihre Nase. Riesige Augen, dunkelbraun, soweit man das in diesem Licht erkennen konnte.

„Ana", sagte sie.

„Sie ist unser Guide für heute Nacht", sagte Ricardo, bevor ich antworten konnte. „Sie weiß alles über Sterne."

„Er muss immer übertreiben." Ana setzte sich neben mich und schüttelte auch Karin die Hand.

„Encantada", sagte Karin. Sie lernte viel in den Surfstunden.

Ana legte Sara von hinten die Hände auf die Schultern.

„Alles gut bei dir, Sara?"

Offensichtlich hatte Ana keine Lust, Spanisch zu sprechen. Vielleicht wollte sie uns mit ihrem tadellosen Deutsch beeindrucken.

Was nun folgte, kann ich nur als Höllenritt bezeichnen. Ob Ricardo mich absichtlich ins Inferno schickte, um mir zu zeigen, wer hier der wahre Vergil war, ob er schlicht vor den Frauen mit seinen Fahrkünsten angeben wollte oder ob das alles bloß der übliche Fahrstil der Inselbewohner war, weiß ich bis heute nicht.

Vom Hotelparkplatz rollten wir auf die Hauptstraße, auf der wir aber nur kurz blieben. Nach ein paar hundert Metern bog Ricardo in eine enge Seitenstraße ein, die steil bergauf führte. Anfangs war das Tempo noch angemessen, doch nach zwei, drei Kurven offenbarte uns Ricardo das Geheimnis der Beschleunigung. Manchmal rasten wir nur um Zentimeter an Häuserwänden vorbei. Dass uns die Fliehkraft nicht von der Fahrbahn schleuderte, war ein Wunder der Natur. Physikalisch unmöglich, hätte Roland gesagt. Wäre uns ein Mensch auf dieser Straße entgegengekommen, auf dem Nachhauseweg von seinem Nachbarn vielleicht, der Wagen hätte ihn zermalmt. An Gegenverkehr wagte ich gar nicht zu denken. In meinen Eingeweiden bildete sich eine Art gärende Flüssigkeit, zuerst nur ein winziger Tümpel auf dem Grund meines Magens, der in den Kurven hin- und herschwappte, dann aber umflutete der Sud die gesamte Magenwand und stieg allmählich durch die Speiseröhre nach oben.

„Halt bitte an!", rief ich in höchster Not. „Ich muss –", aber Ricardo schien es nicht zu hören.

Seltsamerweise nahmen es auch die Frauen nicht wahr, dass wir uns auf unserer letzten Reise befanden. Wenn die Reifen zum Gotterbarmen aufjaulten, Fassadenstücke hinter uns her bröckelten, unterbrachen sie nur kurz ihre angeregten Gespräche.

Karin hasste es, wenn ich zu schnell fuhr, was aber ohnehin fast nie vorkam. In wenigen Tagen Windsurfkurs hatte sie offenbar diese Scheu überwunden.

Gut, niemand teilte meine Erfahrung, niemand machte Anstalten, mir zu helfen. Zwischen mir und dem Fenster saß Ana. Sie lachte gerade hellauf über einen Witz von Sara. Ich tastete an ihr vorbei nach der Fensterkurbel an der Autotür, aber da war nichts. Wahrscheinlich gab es auf der ganzen modernen Welt nur mehr eine einzige Fensterkurbel, die in meinem alten Peugeot. Meine Finger fanden dann doch noch einen Schalter, der die Scheibe nach unten fahren ließ. Ich warf mich über Ana, steckte den Kopf in die klare Nachtluft und übergab den Inhalt meiner Verdauungsorgane einer frisch getünchten Wand, an der wir gerade im Zentimeterabstand vorbeibretterten.

Erst jetzt bemerkte Karin, dass etwas mit mir nicht in Ordnung war.

„Bleib stehen!", rief sie nach vorne, „Adrian ist schlecht geworden."

Ricardo stieg so abrupt auf die Bremse, dass die beiden Frauen durch den Fond gewirbelt wurden und ich mit dem Hinterkopf gegen den Fensterrahmen krachte.

„Sorry", sagte Ricardo lachend, stieg aus und half mir aus dem Wagen. Auf den Knien, umgeben von Einsamkeit und Finsternis, vollendete ich meine demütigende Entleerung.

„Wieder besser?", fragte Ricardo. Ich nickte, er zog mich hoch. Sara war auch ausgestiegen, sie stand neben mir und deutete auf den Vordersitz.

„Nimm den", sagte sie, „da wird dir nicht so schnell übel."

Mit Ricardos Hilfe kletterte ich auf den Beifahrersitz, Sara stieg hinten ein und reichte mir eine Packung Taschentücher nach vorn.

„Danke", sagte ich schwach.

Als wir wieder losfuhren, hegte ich die vage Hoffnung, Ricardo könnte Erbarmen mit der geschundenen Kreatur neben sich haben. Wie blauäugig von mir. Bald glühten wieder die Reifen. Da ich keinen Tropfen mehr in mir hatte, wurde mir ein bisschen weniger schlecht. Ricardo freute sich über den neuen Nachbarn, er wurde gesprächig und erzählte mit leuchtenden Augen, welch große Fortschritte Karin in ihren Windsurfstunden machte. Es war an der Zeit, das Thema zu wechseln.

„Du hast Karin vom Hintergrund deiner Tätowierung erzählt. Das fand ich sehr interessant."

„Ach ja?" Er konnte seinen Argwohn nicht verbergen.

„Ja, und wie! Die Geschichte mit deinem Großvater und der anarchistischen Gewerkschaft, die ist doch sehr ... spannend."

„Spannend ...", wiederholte er und machte dabei ein Gesicht, als hätte er ein besonders abscheuliches Bonbon im Mund.

„Das ist nicht der erste Begriff, der mir dazu eingefallen wäre."

„Entschuldige. Ich meine nur ... du musst doch sehr stolz sein auf ihn."

„Ich wäre lieber weniger stolz und er hätte die Faschisten überlebt."

„Natürlich, wie dumm von mir."

Ricardo betrachtete mich eine Weile, was mir unangenehm war. Nicht nur wegen des Gefühls, taxiert zu werden, sondern viel mehr wegen der Kurven, die vor uns lagen. Es dauerte ein paar Minuten, bis er wieder zu sprechen begann.

„Mein Großvater Manuel war ein Held wie viele, die gegen die Falangisten gekämpft haben. Tausende sind ermordet worden. Aber Manuel haben sie hingerichtet, als der Krieg schon vorbei war. Mit der Garrotte. Franco höchstpersönlich hat es angeordnet."

Ich schluckte.

„Weißt du, was eine Garrotte ist?"

„Nicht genau."

„Du sitzt gefesselt auf einem Holzstuhl. Der Henker bindet dir ein Metallband um den Hals. Mit einem Stock dreht er es von hinten langsam zu. Dir wird die Luftröhre zugepresst. Es kann lange dauern, bis du erstickst."

Jetzt wurde mir wieder übel, doch es lag nicht mehr an Ricardos Fahrstil.

„Das tut mir leid", sagte ich leise.

„Warum dir?"

Darauf wusste ich keine Antwort.

„Großvater war in der Kolonne Durruti", sagte Ricardo ein paar Kurven später. „Buenaventura Durruti, schon einmal von ihm gehört?"

„Gelesen."

„Muss ein toller Mann gewesen sein. Warmherzig, leidenschaftlich, strategisch schlau. Bis heute weiß niemand mit Sicherheit, wer ihn ermordet hat, die Faschisten oder die Stalinisten."

Ricardo hatte jetzt nur mehr eine Hand am Lenkrad, mit der anderen fischte er sich eine Zigarette aus der Innentasche seiner Jacke.

„Ich war sechzehn", sagte er, „als mir mein Vater die Geschichte erzählt hat. Da ließ ich mir die Tätowierung machen. CNT. *Confederación Nacional del Trabajo*. Ich las alles, was ich darüber in die Finger kriegte. Mit achtzehn ging ich nach Barcelona, um Geschichte zu studieren. Ich wollte alles über den Spanischen Bürgerkrieg erfahren. Und weißt du was?"

Ich schüttelte den Kopf, behutsam. Schnelle Bewegungen musste ich vermeiden.

„Ich war zu faul!"

„Was?"

„Ja! Zu faul! Diese Studiererei war nichts für mich. In den Nächten lernen, dafür war mir das Leben zu schade."

„Du hast ... abgebrochen?"

„Klar. Und habe es nie bereut."

Er hatte sein Studium nicht abgeschlossen. Wie ich. Er war ein *compañero*. Gleich kam mir sein Bart viel schneidiger vor. Eine überraschende Gefühlswallung durchlief mich. Kein Zweifel: Ich mochte ihn.

Karin beugte sich zu uns nach vorn.

„Fein, dass ihr euch so gut versteht. Es geht dir besser, Adrian, oder?"

„Ein bisschen."

„Hat Ricardo dir schon erzählt, was wir vorhaben?"

Hatte er nicht. Und auf wen bezog sich dieses *wir*?

„Er wird mir das Fliegen beibringen."

Meine Sympathie ebbte langsam wieder ab.

„Ah ja? Mit Wachs und Federn?"

„Mit dem Gleitschirm", sagte Karin feierlich.

„Mach dir keine Sorgen." Ricardo legte mir die Hand mit der Zigarette auf die Schulter. „Ich passe schon auf. Sehr hoch kann eine Anfängerin hier ohnehin nicht fliegen. Die Winde sind viel zu unberechenbar."

Wie tröstlich.

„Am Anfang machen wir einen Tandemflug, nicht wahr, Ricardo?"

Der Höllenreiter nickte. Ohne Vorwarnung überfiel mich ein Bild: Karin, fest an Ricardo geklammert, oder vielmehr an ihn geschmiegt, unter einem feuerroten Gleitschirm, hoch in den Lüften.

„Haben wir momentan nicht andere Sorgen?", fragte ich.

„Man kann immer mehrere Dinge gleichzeitig tun", antwortete Ricardo.

Der Wagen bäumte sich auf und blieb mit einem Ruck stehen, der uns nach vorne schleuderte. Hatten wir etwas überfahren? Oder jemanden?

„Wir sind da", sagte Ricardo. „Mirador Llano de La Venta."

Mit noch etwas zittrigen Knien stieg ich aus. Es war beruhigend, festen Boden unter den Füßen zu spüren. Ricardo und Ana hoben etwas aus dem Kofferraum, das in eine

Plastikfolie gehüllt war. Ana wickelte es aus: ein Teleskop. Und was für eines. Ich schätzte es auf doppelt so groß wie meines. Ana zog das Schiebegestänge auseinander und stellte das Okular ein.

„Ist es nicht schön, unser Baby?"

„Dreihundert Millimeter?", fragte ich.

„Exakt. Sie kennen sich aus mit Teleskopen?"

„Ein wenig." Ich hoffte, nicht allzu stolz zu klingen. „Ich habe selber eines. Aber ein viel kleineres."

Erst in diesem Augenblick wurde mir wieder bewusst, weshalb wir diese lebensgefährliche Anfahrt unternommen hatten.

Ich legte den Kopf in den Nacken.

So einen Himmel hatte ich noch nie gesehen.

Schon die schiere Anzahl der Sterne war überwältigend. Die Milchstraße war kein blasses Band, sondern ein hell gleißender Fluss, der sich zu bewegen schien. Ein Lavastrom, über dem violette Dunstfetzen hingen. Eine Sternschnuppe zog ihre Spur, sie querte den halben Himmel, eher sie erlosch. Den Orionnebel konnte ich mit bloßem Auge erkennen.

„Ist wegen der fehlenden Lichtverschmutzung", sagte Ana.

„Was?"

„Der Himmel. Die Helligkeit der Sterne. Auf La Palma gibt es ein Lichtschutzgesetz, seit 1988. Alle müssen sich daran halten, selbst die Konzerne. Sogar die Straßenbeleuchtung ist erneuert worden."

„Wie wunderbar!" Ich war aufrichtig ergriffen.

„Da haben sich ja die Richtigen gefunden", sagte Karin, die mit einem Mal hinter uns stand. Dieser Satz enthielt alles, was ich an ihr so schätzte: ihre Ironie, ihr Kokettieren mit der Eifersucht, ihre Großzügigkeit. Ihre sanfte Überlegenheit.

Zumindest denke ich das heute, wenn ich die schmutzigen Wände betrachte. Ich würde alles dafür tun, bald wieder mit ihr unter einem Dach zu leben.

„Wollen Sie einmal durchschauen?", fragte Ana Karin und deutete auf das Teleskop.

„Nein, danke. Ich kenne das. Adrian, schau du."

Ich gehorchte und beugte mich über das Okular. Sah den Andromedanebel, grünlich verschattet, die Spiralarme dünne Linien. Zwei offene Sternhaufen im Perseus, funkelnd wie die Kronjuwelen eines Himmelskönigs. Die Ringe des Saturn blitzten auf und verschwanden wieder, von einer Sekunde auf die andere.

Etwas Eisiges kroch meinen Nacken hinunter, über den Rücken die Arme entlang bis in die Fingerspitzen. Es war so schön, hier oben zu sein, aber mein Gewissen regte sich. Durfte ich mich diesem Hochgefühl hingeben? Ich musste doch Sara retten, auch wenn ich keine Ahnung hatte, wie.

„Sagt mal, ist euch nicht kalt?" Ohne eine Antwort abzuwarten, holte Ricardo eine Thermoskanne aus dem Kofferraum. Er drückte jedem von uns einen Plastikbecher in die Hand und schenkte ein. Ich spürte, wie meine klammen Finger wieder warm wurden. Ein süßlicher Duft stieg mir in die Nase.

„Heiße Schokolade!", rief Sara. „Du bist der Beste, Ricardo."

Ich kostete einen Schluck und verbrannte mir fast die Lippen. Aber schon nach wenigen Sekunden hatten die eisigen Winde die Schokolade ein wenig abgekühlt. Sie schmeckte nach Rum. Eine wohlige Wärme breitete sich in meinem Magen aus.

„Wenn Sie so ein Experte für Astronomie sind", sagte Ana zu mir, „müssen Sie natürlich unbedingt das Observatorium auf dem Roque de los Muchachos besuchen."

Schnell schaute ich Sara an, aber sie senkte den Blick. Ich wusste nicht, was ich antworten sollte. Das Schweigen dauerte zu lange. Es war wieder Karin, die mich rettete.

„Ja, das haben wir auch vor. An einem der nächsten Tage."

„Ich würde empfehlen", sagte Ana, „dass Sie sich für eine der Führungen anmelden. Die sind erst seit kurzem wieder öffentlich, und das Observatorium hat hervorragende Guides."

Mein erster Gedanke war: Wenigstens sie weiß von nichts. Wenigstens *eine* Unbedarfte unter so viel Eingeweihten.

„Ich kann für Sie einen Termin vereinbaren, wenn Sie wollen." In Anas Stimme lag nichts als Freundlichkeit. Ich leerte meinen Becher in einem Zug.

„Danke, Ana, das ist sehr nett von dir", sagte Ricardo. „Aber es ist nicht nötig. Ich kenne die Leute auch, ich kümmere mich darum."

Sara spielte mit dem Reißverschluss ihrer Lederjacke, als ginge sie das alles gar nichts an. So standen wir da, mit den Bechern in der Hand, unter dem strahlendsten Himmel der Welt. Außer vielleicht dem in der Atacamawüste. Wir, ein Team von Verschworenen im Dienst der Gerechtigkeit. Oder doch nur eine Bande angehender Krimineller?

Ana schaute auf die Uhr.

„Gleich werden wir Zeugen eines Spektakels."

Sie zeigte auf eine langgezogene Klippe am Horizont. Und tatsächlich, an ihrem oberen Rand zeigte sich ein schmaler Lichtstreifen. Er schien aus dem Fels zu wachsen, bald war eine zusammengequetschte Halbkugel erkennbar. Ihre Konturen flimmerten; das Licht, das sie aussandte, war von überirdischem Weiß. Die Oberfläche überzogen von Kratern, die man sonst in dieser Schärfe nur durch ein Fernglas beobachten konnte. Als sich die ovale Scheibe vollständig von der Klippe gelöst hatte, musste ich mich beherrschen, um nicht nach ihr zu greifen. Auf der dunklen Oberfläche des Meeres glitzerte ein langer silberner Streifen, wie ein Spiegelbild der Milchstraße.

So nahe sah ich den Mond zum ersten Mal.

„Schön, nicht?", sagte Ana.

Karin seufzte. Berührt, gelangweilt? Unmöglich für mich, das zu deuten.

„Weißt du eigentlich", fragte ich Sara, „was Alan Bean gemacht hat, nachdem er vom Mond wieder zurück war?"

„Wer?"

„Alan Bean. Von Apollo 12. Der vierte Mann, der den Mond betreten hat."

Sara zuckte die Achseln. „Seine Kinder mit NASA-Anekdoten gequält?"

„Er hat Bilder vom Mond gemalt. Für den Rest seines Lebens."

„Armer Mann", sagte Sara.

„Es waren schöne Bilder", sagte ich.

SIEBEN

Als wir wieder in den Wagen stiegen, fürchtete ich, noch einmal eine wilde Jagd miterleben zu müssen. Doch Ricardo fuhr langsam, beinahe übertrieben vorsichtig. In Zeitlupe schlichen wir um die Häuserecken. Ich glaube nicht, dass er das tat, damit ich mich nicht wieder aus dem Autofenster erbrach. Von der Seite sah ich, dass er tief in Gedanken versunken war. Er dachte über Saras Plan nach, ich war mir sicher. Hatte er eine Idee, wie wir das Schlimmste verhindern konnten? Oder war er mit Saras Entscheidung einverstanden?

Vor dem Hotel *Taburiente* verabschiedeten wir uns von Ana. Sie küsste uns alle auf die Wangen, auch Ricardo.

„Ihr müsst mir erzählen, wie es euch im Observatorium gefallen hat!", sagte sie noch.

Auf dem Parkplatz des *El Galeón* wartete Ricardo, bis wir alle ausgestiegen waren. Dann zog er ein braunes Päckchen unter dem Fahrersitz hervor und klemmte es sich unter den Arm.

„Ich komme noch mit."

Oben sperrte Sara die Tür zu ihrem Apartment auf und ließ uns eintreten. Augen hatte sie aber nur für Ricardo. Wir setzten uns an den Küchentisch.

„Gib her!", befahl Sara.

„Langsam, langsam!" Ricardo legte das Päckchen vor sich auf den Tisch. Behutsam löste er die Klebestreifen vom Papier. Er faltete es auf, und zum Vorschein kam: eine Pistole.

„Na bravo", sagte Karin.

Ricardo legte ihr kurz die Hand auf den Arm.

„Wir bleiben jetzt alle ganz ruhig", sagte er.

Es war die erste Waffe, die ich aus der Nähe sah. Der Lauf glänzte silbrig, der Griff war schwarz und geriffelt. An seinem oberen Ende prangte ein Stern in einem Kreis.

„Das ist eine Star 30M", erklärte Ricardo. „Wird unter anderem von der spanischen Marine verwendet, teilweise auch von der Guardia Civil. Hergestellt in Spanien. Kaliber neun Millimeter. Nicht ganz neu, aber funktioniert tadellos."

Sara berührte die Pistole. Ganz sanft, als wäre sie zerbrechlich.

„Du weißt, wie man damit umgeht?", fragte Ricardo.

Sara nickte.

„Sie hat einen Double-Action-Abzug", sagte Ricardo. „Wenn eine Patrone im Lauf ist, brauchst du den Hahn nicht vor dem Schuss zu spannen. Abdrücken genügt."

„Wovon redet ihr hier eigentlich?", rief Karin.

„Das weißt du doch", sagte Sara.

„Nein, das weiß ich nicht!", zischte Karin. „Ich sehe nur ein paar schlechte Schauspieler, die in einem Gangsterfilm mitspielen wollen."

„Ich spiele nicht", sagte Sara.

„Dann ist ja alles in bester Ordnung!" An Karins Schläfe pochte eine Ader. „Wir haben eine angehende Mörderin, eine Tatwaffe, einen Beihelfer und zwei Mitwisser. Großartig!"

„Was ist denn mit dir los?", fragte Sara.

„Was mit mir los ist?" Karin wurde laut. „Ich frage mich, was mit euch los ist! Ricardo, was denkst du dir eigentlich? Nimm das Ding und verschwinde!"

„Das ist *mein* Apartment", sagte Sara leise. „Ich entscheide, wer hier verschwindet. Ich kenne mich aus mit dem Verschwinden."

Karin beugte sich über den Tisch und griff nach Saras Hand.

„Bitte, Sara, mach das nicht."

„Es tut mir leid, Karin."

Ricardo stand auf, stellte sich hinter Karin und stützte sich auf die Lehne ihres Stuhls. Ganz nahe an ihrem Ohr sagte er nur: „Du musst sie lassen."

Sara nahm die Pistole vom Tisch. Sie umfasste mit der rechten Hand den Griff, schloss ein Auge und zielte auf den Boden. Dann öffnete sie eine Küchenlade und legte die Waffe hinein, als handelte es sich um ein belangloses Haushaltsgerät.

Ich brauchte dringend Sauerstoff, öffnete die Balkontür und trat hinaus. Erst gesellte sich Karin zu mir, bald darauf folgten Ricardo und Sara. Die Luft war mild, hier unten auf Meereshöhe gab es keine Eiswinde mehr. Hoch über uns steckte der Mond, eine fette Perle, in einem blauschwarzen Samtkissen. Die Sterne leuchteten für unsere Augen nur schwach, zu hell hatten wir sie in Erinnerung.

Sara strich über die Brüstung und hielt ihre Hand ins Mondlicht.

„Staub", sagte sie und lachte.

In diesem Spiel kam ich mir immer verlorener vor. Hatte ich nichts zu seinem Verlauf beizutragen? Keine Finte, keinen Schachzug? Karins Reaktion auf die furchteinflößende Gegenwart der Pistole rührte mich. Noch nie hatte ich sie flehen gehört. Ich verspürte den Impuls, ihr beizustehen. Obwohl mir klar war, dass Argumente Sara nicht mehr zum Überdenken ihrer Entscheidung bewegen konnten, suchte ich doch fieberhaft nach einem rationalen, logischen Einwand. Doch was mir einfiel, waren nur Versatzstücke einer zweifelhaften Moral. Ohne jeden Wert.

In zwei, drei Stunden würde Jupiter auftauchen, samt seinen Trabanten. Ich nahm mir vor, wach zu bleiben.

Ricardo ließ sich in einen der Liegestühle fallen und streckte die Beine aus. Er wirkte zufrieden, es war ein erfolgreicher Tag für ihn. Mordinstrument besorgt, schöne Touristin zum Fliegenlernen animiert.

Sein Anblick stachelte mich an.

„Sara", begann ich und gab mir Mühe, so beiläufig wie möglich zu klingen, „hast du nie daran gedacht, dass du dich mit Durán auf eine Stufe stellst, wenn du ihn einfach erschießt? Du tust dasselbe, was dein Feind getan hat, du tötest einen wehrlosen Menschen. Am Ende bist du nicht viel besser als er."

Sara versteinerte, doch ihre Augen schossen Blitze. Karin hob ihre Hand, als müsste sie etwas aufhalten. Einen fahrenden Zug. Ihre Miene konnte ich nicht enträtseln. Sie konnte Verärgerung ausdrücken über meine Anmaßung oder Dankbarkeit für meine Schützenhilfe. Nur Ricardo blieb gelassen.

„Ach das", sagte er. „Der alte bürgerliche Ehrenkodex. Hat noch nie funktioniert."

„So bürgerlich finde ich den gar nicht." Ich hoffte, dass man mir nicht anmerkte, auf welch dünnem Eis ich mich bewegte. „Hat nicht auch die Linke immer gepredigt, dass sie ethisch höher stehe als der Klassenfeind?"

„Hört, hört", sagte Ricardo und schlug die Beine übereinander.

„Und war es nicht gerade Allende, der eine demokratische, unblutige Revolution wollte? Der gerade *nicht* mit Gewalt gegen die *Patria y Libertad* vorging, obwohl ihn die extreme Linke dazu gedrängt hat?"

Irgendjemand musste jetzt antworten: „Und was hat es ihm gebracht?" Doch Sara war immer noch erstarrt, und Karin wusste nicht recht, wie ihr geschah. Solche Töne hatte sie von mir noch nie gehört.

Ricardo erhob sich und stellte sich mir gegenüber. Nicht, um mich einzuschüchtern; nur, um mir in die Augen schauen zu können.

„Was würdest du denn an Saras Stelle tun?", fragte er ruhig. „Wenn du einen Mann vor dir hättest, der deine Schwester zu Tode gefoltert hat? Der nie dafür büßen musste?"

Jetzt durfte ich mir keinen Fehler erlauben.

„Ich würde ihn jedenfalls nicht töten."

„Und warum nicht? Aus Angst vor den Folgen?" Ricardo ließ nicht locker. „Aus Bequemlichkeit vielleicht?"

„Nein. Weil er damit gewonnen hätte."

Langsam begann sich Sara zu rühren, wie eine Statue, die vor ihrem fassungslosen Schöpfer zum Leben erwacht.

„Es ist völlig gleichgültig, was jemand von euch an meiner Stelle tun würde. Ihr seid nicht an meiner Stelle. Niemand ist an meiner Stelle."

„Damit hast du recht", sagte ich schnell. Sie ruhte so fest in ihrem Entschluss. Konnte ich sie denn mit gar nichts verunsichern?

„Du folgst also nur deinem Gefühl?"

„Wem oder was sollte ich sonst folgen?"

„Und eine Kategorie wie Ethik beschäftigt dich nicht?"

Sara wischte sich den Staub von der Brüstung an ihrer Hose ab.

„Das Wort klingt wie aus einer anderen Welt. Es enthält keine Schmerzen."

„Ich frage mich bloß: Ist es nicht einfach feig, was du vorhast?"

Karin umschloss mit beiden Händen meinen Oberarm. Um mich zum Schweigen zu bringen oder um mich zu unterstützen?

„Feig ist nur", sagte Sara, „die Welt so zu belassen, wie sie ist."

Oben am Himmel leuchtete der Kopf des Stiers. Aldebaran funkelte in hellem Rot.

„Das klingt sehr heldenhaft", sagte ich. „Doch einen Unbewaffneten zu erschießen, ist keine Heldentat."

Sara betrachtete die Spitzen ihrer Schuhe.

„Ich werde nie eine Heldin sein. Darum geht es nicht.“

„Worum denn dann?“

Sara hob den Kopf und schaute mich an.

„Du hast leicht reden, Adrian. Ihr verbringt hier einen angenehmen Kurzurlaub, dann setzt ihr euch wieder ins Flugzeug. Zu Hause kehrt ihr in euren Alltag zurück. Alles wird sein wie immer. Außer dem Tod habt ihr nichts zu fürchten. Bei mir ist das anders.“

„Das mag sein.“ Karin ließ meinen Arm los. „Vielleicht führen wir tatsächlich nur ein armseliges bürgerliches Leben. Ohne Höhepunkte und ohne Abgründe.“

„Na ja“, sagte ich, doch Karin hob kurz ihren Finger.

„Und daher ist es möglicherweise vermessen, dich mit Ratschlägen zu belästigen. Nichts von dem, was wir erlebt haben, ist mit deiner Erfahrung vergleichbar. Also sollten wir besser den Mund halten.“

„Das ist sehr einsichtig –“, begann Ricardo. Karin brachte ihn ebenfalls mit einer kleinen Handbewegung zum Schweigen.

„Aber eines solltest du nicht vergessen. Wie dir sicher schon aufgefallen ist, haben wir dich sehr ... gern.“

Kurze Stille. Das gelbe Licht der Laternen, die die Straße Richtung Süden säumten, schimmerte nur matt. *Ley del Cielo*, Himmelsgesetz.

„Und niemand“, sagte Karin, „den ich gern habe, kann von mir verlangen, ihn ins offene Messer laufen zu lassen.“

Schwer und dunkel lag die Bärentatze vor uns. Der Vorbau des Tunnels, der durch den Felsen führte, kam mir vor wie eine in der Mitte abgeschnittene hohle Kralle. Die Scheinwerfer der Fahrzeuge, die sich ihr näherten, verschwanden spurlos.

Ein paar Strahlen Mondlicht verfingen sich in Saras Schopf. Für einen Moment lang umwob ein Netz aus perlmuttfarbenen Fäden ihren Kopf. Als würde sie das spüren, fuhr sie sich mit den Fingern mehrmals durch die Haare. Sie trat einen Schritt auf Karin zu.

„Wenn ihr mich so gern habt, wie du sagst, dann helft ihr mir."

„Aber wie sollen wir –"

„Darf ich jetzt bitte allein sein?"

Karin nickte und zog mich sanft von der Terrasse.

Ricardo machte keinerlei Anstalten, sich zu bewegen.

„Das gilt für alle", sagte Sara.

ACHT

In unserem Apartment flimmerten wir lautlos aneinander vorbei, zwei Pantoffeltierchen mit ausgestreckten Wimpern, zu ängstlich für eine Berührung.

Ich setzte mich auf die Couch, nahm die Fernbedienung des TV-Geräts, hielt sie hoch und ließ sie wieder sinken. Karin beobachtete die hilflose Bewegung aus den Augenwinkeln, lächelte und setzte sich zu mir.

„Wann gehst du morgen fliegen lernen?", fragte ich und versuchte dabei, möglichst unbeteiligt zu wirken.

„Das gefällt dir nicht, stimmt's?"

„Warum sollte mir das nicht gefallen?"

„Gegenfragen sind immer Ausweichmanöver."

„Ich bin kein Klient."

„Das betonst du öfter, als es nötig ist. Ich weiß das."

Überraschend für mich selbst, nahm ich ihre Hand und drückte sie fest.

„Hab keine Angst", sagte Karin. „Es ist nur ein Tandemflug."

Hätte ich jetzt geschwiegen, wir wären uns vielleicht nähergekommen.

Aber nein.

„Also wann?"

„Um drei."

Allein auf der Terrasse erwartete ich Jupiter. Eine Laterne an der Straße, die die Klippe hinaufführte, begann zu flackern. Ihr Widerschein warf wächserne Gesichter an die Flanke des Felsens, Totenmasken.

Jupiter kam hinter einer schmalen Wolke hervor, die in seinem Licht bleich schimmerte. Heute war er ein Schlafgott, Morpheus in seinem Bett aus Elfenbein. Von einer Sekunde auf die andere fielen mir die Augen zu.

Am folgenden Morgen weckte mich der Duft von Kaffee. In der Küche stand Karin und summte ein Lied. Ich umarmte sie sanft von hinten, sie legte den Kopf in den Nacken und lachte.

Seit langem liebte ich deinen Leib aus sonnenbeglänztem Perlmutt.

„Denkst du nicht", flüsterte ich, „dass wir wieder einmal etwas zu zweit unternehmen sollten?"

Karin drehte sich um, ihre Miene war plötzlich ernst.

„Schon. Aber momentan möchte ich Sara nicht allein lassen. Sie hat uns gebeten, ihr beizustehen. Das würde ich gerne tun. Zumindest bis ... bis zum ..."

„Bis zum Mord, meinst du."

„Bis wir es geschafft haben, sie zu überzeugen."

Ich löste meine Arme von Karin und setzte mich auf die Arbeitsplatte.

„Wovon? Dass sie ihr Vorhaben aufgibt? Das glaubst du doch nicht im Ernst."

Karin seufzte und strich sich eine Haarsträhne aus der Stirn.

„Holen wir sie ab und überreden wir sie, etwas mit uns zu machen. Eine Spritztour, eine Wanderung, etwas in der Art. Was meinst du?"

„Von mir aus."

Dieses Mal mussten wir öfter klopfen, bis jemand die Tür aufmachte. Es war allerdings nicht Sara, sondern Ricardo.

Ein rüdes „Was machst du hier?" lag mir auf der Zunge, aber ich schluckte es hinunter. Ein Anflug von Röte überzog Karins Wangen.

In Ricardos Gesicht zeigte sich keine Spur von Verlegenheit. Sara tauchte hinter ihm auf, sie freute sich offenkundig, uns zu sehen. Als sie Karins Blick wahrnahm, sagte sie: „Wir hatten etwas Wichtiges zu besprechen." Es klang eher belustigt als ertappt.

„Wir wollten ...", sagte Karin. Weiter kam sie nicht. Ich sprang ihr bei.

„Wir würden gerne mit dir ... mit euch ... etwas unternehmen. Irgendwo hinfahren, wo es schön ist, und ein bisschen spazieren gehen. Das Licht ist so herrlich heute."

„Gute Idee", sagte Ricardo und knöpfte an seinem Hemd herum. „Nicht wahr, Sara?"

Sara legte auf ihre unvergleichliche Art den Kopf schief und betrachtete uns.

„Also gut", sagte sie schließlich. „Aber nur unter einer Bedingung."

„Und die wäre?", fragte ich, obwohl ich die Antwort schon wusste.

„Während der Fahrt und während der Wanderung kein Wort über das gewisse Thema. Dann zeige ich euch den schönsten Platz der Insel."

„Einverstanden", sagte Karin, und das galt wie so oft für uns beide.

„Versprochen?"

„Versprochen."

„Schön. Dann auf zur Cumbrecita! Adrian, wir nehmen besser euren Mietwagen. Manche Wege sind zu eng für Ricardos Monstrum."

Wir fuhren mit dem Lift hinunter in die Garage. Ricardo pfiff eine fröhliche Melodie vor sich hin. Ich setzte mich hinter das Steuer, Ricardo hielt Sara die Tür zum Fond auf. Karin kam an meine Seite.

Sara wies mir den Weg. Wir fuhren von der Hafenrotunde direkt in den Tunnel, den man von unserer Terrasse aus sehen konnte. Die hohle Kralle. Vor Los Cancajos nahmen wir die Straße nach El Paso Richtung Westen. Schon bald veränderte sich die Landschaft, die Wälder wurden dichter, das Grün heller, ich kam mir vor wie ein Indio, der in seinem Boot auf dem Amazonas durch den Dschungel gleitet. Hinter dem Túnel de la Cumbre blieb ich auf Saras Anweisung an einem Ausweichplatz stehen und wir stiegen aus. Scharfzackig stachen die Gipfel der Außenwand des Kessels in den Himmel. Ich sah eine riesige, an den Rändern zerbrochene Schale, in der die Riesen von La Palma ihre Zaubertränke brauten. Sara nannte uns die Namen der Erhebungen, *Lomo de los Mestres, Lomo del Caballito, Lomo Guago.*

„Dieser hier", sagte sie mit ausgestrecktem Zeigefinger, „heißt *Lomo de Adorno.* Das habe ich immer sehr schön gefunden, ein kleines Verbindungszeichen zwischen Spanien und Deutschland gewissermaßen." Ricardo lachte und legte ihr einen Augenblick lang die Hand auf die Schulter.

Ein paar Kilometer weiter dirigierte mich Sara zum Besucherzentrum des Nationalparks Caldera de Taburiente. „Wir müssen ein Parkticket buchen", erklärte sie, „oben gibt es nur eine begrenzte Anzahl von Plätzen."

Die Straße wurde schmäler und steiler. Die Baumstämme fächerten das Licht, durch das geöffnete Wagenfenster wehte der Duft der großen Kiefern. Zwischen den Wurzelstöcken flammten rosafarbene Blüten auf. Große Zapfen lagen auf der Fahrbahn, manchmal umkurvte ich sie, als wären sie gefährliche Hindernisse.

Als wir den Parkplatz erreicht hatten, sprang Sara als Erste aus dem Wagen. „La Cumbrecita", rief sie und breitete die Arme aus, „der kleine Gipfel!" Karin und ich versuchten uns von Saras Begeisterung mitreißen zu lassen, obwohl die Sorgenfalten auf Karins Stirn unübersehbar waren.

„Hier entlang!", befahl Sara. Sie zeigte uns einen Weg, der hinter dem Infostand nach unten führte. Er war voller Kiefernnadeln und kleiner Steine, wir mussten aufpassen,

185

nicht abzurutschen. An manchen Stellen ging Ricardo voran, reichte Karin die Hand und stützte sie. Das gefiel mir nicht, aber ich ließ ihn gewähren. Ich wollte auf keinen Fall den Eindruck erwecken, ein konservativer älterer Mann mit peinlichen Besitzansprüchen zu sein. Also konzentrierte ich mich auf die Schönheiten der uns umgebenden Natur. Ich hob Bündel der feinen Nadeln vom Weg auf und bestaunte sie, ich betastete die Rinde einer der Kiefern, kratzte mit den Fingernägeln etwas Harz heraus und roch daran.

„Pinus canariensis", sagte Sara hinter mir, „Kanarische Kiefer. Die gibt es nur auf den Inseln. Die rosa Blumen im Unterwuchs heißen Zistrosen. Und das Gelbe an den Hängen sind die Blüten des Hornklees."

„Ich dachte, du bist Ornithologin", sagte ich.

„Ein bisschen Botanik schadet keinem Vogelforscher."

Kein Unbeteiligter, der ihr Lächeln in diesem Moment hätte sehen können, wäre je auf die Idee gekommen, dass diese Frau kurz davor stand, freiwillig die nächsten Jahre in einer Gefängniszelle zu verbringen.

Am Wegrand tauchten mit einem Mal seltsame Gebilde auf, kleine Türme aus übereinandergelegten Steinen. Karin kniete sich hin und betrachtete sie.

„Ich weiß, was sie bedeuten. Sie sollen an geliebte Tote erinnern. Die senkrechte Form symbolisiert die Verbindung von Erde und Himmel."

Sara bückte sich und berührte die Spitze eines der Türmchen.

„Wir könnten selbst welche bauen", sagte Karin. „Im Gedenken an deinen Vater, Adrian. Und an –"

Sie stockte. „– an Emilia und Joaquín."

Sara richtete sich wieder auf. Sie stieß mit dem Fuß gegen das Steingebilde, das sofort in sich zusammenfiel. Dann ging sie einfach weiter. Kein Blick für Karin, keine Antwort.

Der Weg war jetzt flacher geworden. Als Ricardo Karin vor einer harmlosen Wurzel trotzdem wieder die Hand reichte, konnte ich mich nicht mehr zurückhalten.

„Sag mal, Ricardo", fragte ich in amikalem Ton, „bist du eigentlich verheiratet?"

Karin feuerte kleine Augenblitze auf mich ab. Ricardo ließ den Arm sinken und schaute mich an. Ich erwartete eine ungehaltene Antwort, doch er sagte nur unendlich traurig:

„Ich war es."

Sara hatte den Satz gehört, obwohl sie schon ein paar Schritte voraus war. Sie kehrte um und setzte sich zu Ricardos Füßen auf den Boden, mitten in die Baumnadeln.

„Erzähl."

„Das langweilt euch sicher nur."

„Jetzt mach schon." Sara bedeutete uns mit einer Geste, neben ihr Platz zu nehmen. So saßen wir dann zu viert in stacheligen Nestern.

Fünf Jahre lang hatte Ricardo in Barcelona Geschichte studiert, war aber nur selten zu Prüfungen erschienen. Doch er hatte weiter über den Spanischen Bürgerkrieg und die CNT geforscht. Im Sommer 2006 lernte er bei einem Spaziergang auf den Ramblas eine junge Frau namens Carla kennen, deren Großeltern ein ähnliches Schicksal beschieden war wie seinen eigenen. Ihr Großvater hatte auf Seiten der CNT im Bürgerkrieg gekämpft und wurde ermordet, ihrer Großmutter war die Flucht gelungen. Ricardo war binnen kurzem davon überzeugt, dass das kein Zufall sein konnte. Nächtelang unterhielten sie sich über Geschichte und Politik, verglichen, was sie über das Leben ihrer Großeltern herausgefunden hatten. Carla arbeitete seit einem Jahr als Kellnerin in den Cafés von Barcelona, hatte aber beschlossen, in ihre Heimat zurückzukehren: nach La Palma. Sie war selbst Mitglied der CNT, was Ricardo mindestens ebenso beeindruckte wie ihre ungewöhnliche Schönheit. Im Herbst dieses Jahres verließ er Barcelona und folgte Carla nach Santa Cruz. Seinen Heiratsantrag nahm sie an, die Hochzeit wurde ein rauschendes Fest. Carlas Eltern, Besitzer eines kleinen Kiosks an der Avenida Marítima, der sie mehr schlecht als recht ernährte, schlossen ihren Schwiegersohn auf Anhieb ins Herz. Ricardo nützte seine sportliche Begabung und eröffnete bald die erste Windsurfschule der Insel. Carla arbeitete in einem florierenden Touristenrestaurant. Zusammen konnten sie sich eine kleine Wohnung in der Calle San Telmo leisten. Das Leben war ein Ereignis.

„Doch dann", sagte Ricardo, „verwandelte sich alles, von einem Tag auf den anderen." Er konnte nicht weitersprechen.

„Was ist passiert?" Sara massierte ihre Knöchel.

„Eines Abends kam sie nach Hause und war fahrig, nervös und geistesabwesend. Ich fragte sie, was los sei, und sie antwortete natürlich: *nichts*."

Ein Zapfen löste sich vom Ast einer Kiefer, landete neben Karins Füßen und kollerte den Hang hinunter.

„Schon nach wenigen Tagen hat sie es nicht mehr ertragen und mir alles erzählt. Sie hatte in ihrem Restaurant einen Mann kennengelernt."

„Der Klassiker", sagte ich. Karin stieß mir ihren Ellenbogen in die Rippen. Ein schwarzer Vogel landete neben uns und begann, sein Gefieder zu putzen. Ich wagte nicht, Sara zu fragen, ob es ein endemischer war.

„Mehr als das", sagte Ricardo. Jäh veränderte sich sein Gesichtsausdruck und ich bemerkte, wie etwas aus seinem Bauch in Wellen nach oben stieg. Was dann aus seinem Mund hervorbrach, war ein gleichzeitig heiteres und höllisches Gelächter. Es schüttelte ihn lange. Bis seine Muskeln müde wurden und der Anfall langsam abebbte.

„Er war fünfzig", sagte er beinahe fröhlich, „Offizier der spanischen Marine und Parlamentsabgeordneter für die *Partido Popular*. Rechter Flügel. Carla ging mit ihm nach Salamanca und gebar ihm zwei hübsche kleine Soldaten."

Er stand auf und klopfte sich die Erde vom Hosenboden.

„Warum bist du hiergeblieben?" Karin erhob sich und hakte sich bei ihm unter.

„Schau dich um, dann weißt du es."

Unser Ziel war der *Mirador de los Roques*. „Von hier", sagte Sara, „hat man den besten Blick in die Caldera." In den Wipfeln der riesigen Kiefern flirrte das Sonnenlicht. Wenn man sich zu weit über den niedrigen Zaun beugte, der den Aussichtsplatz umgab, konnte man schnell das Gleichgewicht verlieren. Hier ging es hunderte Meter senkrecht ins Tal. Wie Schildpatt leuchtete die Rinde der Bäume, weiß, schwarz und rosa. Krähenschwärme kreisten über unseren Köpfen. Die tiefer liegenden Flanken der Berge waren noch üppig begrünt, weiter oben schimmerte der nackte Stein in einem verschatteten Blau. Auf den höchsten Gipfeln lag Schnee. Die Schluchten zwischen den Kraterwänden verloren sich im Bodenlosen, sie schienen zum Mittelpunkt der Erde zu führen. In einer unsichtbaren Leitung gluckste Wasser. Von steil abfallenden Felsen wuchsen blühende Kakteen fast waagrecht in die Luft. Zitronenfalter taumelten durch den Wind. Es roch nach Süden.

„Ich verstehe", sagte Karin.

„Der Kessel", sagte Ricardo, sichtlich froh, das Thema wechseln zu können, „ist übrigens nicht der Einsturzkrater eines einzelnen Vulkans, wie man lange geglaubt hat. Er entstand durch die Erosion von mehreren Gebirgszügen."

Wir fuhren zurück, vorbei an lichtdurchglühten, aus Nadeln gewobenen Teppichen, unter dem Baldachin der Wipfel hindurch. Im Unterholz schwelten kleine Feuerstellen, von Blüten entfacht.

Am Parkplatz des Besucherzentrums blieb ich stehen.

„Und jetzt?"

„Ich bin hungrig", sagte Ricardo.

„Ich auch!", rief Karin.

„Dann zeige ich euch einen netten Ort für ein Mittagessen."

Ricardo wies mir den Weg, wir nahmen die Hauptstraße nach Santa Cruz, bei Buenavista bogen wir ab und folgten einem Seitenweg nach Velhoco. Das Restaurant hieß *Los Almendros*, Die Mandelbäume, und war auf den ersten Blick bestenfalls unscheinbar. Der Außenbereich war eher ein schmaler Gang als eine Terrasse, kleine Tische reihten sich eng aneinander. Der Wirt empfahl uns Kaninchen mit Kartoffeln und Wein aus Fuencaliente, wir vertrauten ihm. Karin machte kurz ihr Salatgesicht, dann nickte auch sie.

Der Blick auf die Küste war spektakulär. Der Horizont hatte sich aufgelöst, das Meer war mit einer flachen Wolkenwand verschmolzen: eine gigantische Woge, in der Luft erstarrt. Zwischen Palmen und Zedern blitzte eine Kirche mit weiß getünchten Wänden, Ziegeldach und einem flachen Glockenturm hervor.

„Unsere Jungfrau vom Schnee", sagte Ricardo. Man hörte an seinem Tonfall, dass er kein Verehrer der Heiligen war.

Während wir aßen, besetzte eine Gruppe älterer Männer einen Tisch am anderen Ende der Terrasse. Sie packten ihre Instrumente aus: zwei Gitarren und eine Art hölzerner Rhythmusbox. Zwei Stimmen ertönten, eine tiefe mit großem Volumen und eine schrille, immer wieder kippende, die wirkte wie ein humoristischer Kontrapunkt zur Melancholie der anderen. Sara hörte zu, manchmal summte sie mit. Sie aß nur wenige Bissen, dann schob sie den Teller von sich weg.

Ein neues Lied erklang – und Sara versteinerte. Ihre Fingernägel gruben sich in die Handballen. Wie in Trance erhob sie sich und ging auf die Musiker zu. Einer der Gitarristen hob die Hand, das Lied brach ab. Sara sprach ein paar Worte auf Spanisch, die ich nicht verstand. Sie wirkte zurückhaltend, fast schüchtern. Der Gitarrist hörte aufmerksam zu, erst ein wenig skeptisch, dann hellte sich seine Miene auf. Er öffnete mit großer Geste seine Arme und drückte Sara an sich. Alle redeten durcheinander. Der Kellner wurde gerufen, ein weiterer Stuhl gebracht. Ein Mann drehte sich zu uns um, winkte und rief etwas. Zahllose Furchen waren in sein Gesicht gegraben, das letzte Aufgebot seiner Haare hing in weißen Federn von seinem Hinterkopf. Er sah aus wie eine Mischung aus indianischem Schamanen und W. H. Auden in seiner letzten Phase. Auf ein Zeichen von ihm verstummten alle. Das Lied begann von neuem.

Ich hörte Sara zum ersten Mal singen. Sie hatte einen klaren, festen Sopran, ein feines Timbre, mühelos meisterte sie die Höhen. Aber da war noch etwas. Etwas Herzzerreißendes schwang in ihrer Stimme mit, eine scharfe Trauer, die durch Betonwände schneiden konnte. Man sah die Erschütterung auf den Gesichtern der beiden Musiker, die in unsere Richtung schauten. Der alte Mann, der uns den Rücken zukehrte, stimmte in das Stück mit ein, doch nicht in dem schrillen Ton, den wir zuvor gehört hatten. Zerbrechlich klang er jetzt, wie unter Schmerzen drang der Gesang aus seinem Mund, als hätte ihm jemand die Kehle zugeschnürt.

Vom Text des Liedes verstand ich wenig. Ein Señor Pérez kam vor, *conciencia*, Gewissen, und *manos*, Hände.

Ricardo war aufgestanden, blieb aber an unserem Tisch und sang leise mit. Karin strich mir mit dem Finger über den Unterarm.

Nach dem letzten Takt herrschte Stille. Erst Sekunden später begannen die Männer, wild zu applaudieren. Einer wischte sich mit dem Hemdsärmel eine Träne weg. Alle sprangen auf, schüttelten Saras Hände, umarmten sie. Der Gitarrist, den sie angesprochen hatte, begann in flehentlichem Tonfall, auf sie einzureden. Offenbar wollte er sie dazu bewegen, noch ein Stück mit ihnen zu singen. Sie schüttelte nur den Kopf, verneigte sich leicht und kam zu uns zurück. Sie sah erschöpft aus, aber auch erleichtert, wie nach der Bewältigung einer schwierigen Aufgabe.

„Bravo", sagte Ricardo nur.

Sara griff in seine Brusttasche, holte ein Päckchen Zigaretten heraus, nahm sich eine und hielt sie in die Luft. Ricardo war überrascht, er zögerte, ehe er ihr Feuer gab. Ich hatte Sara noch nie rauchen gesehen.

„Du hast eine unglaubliche Stimme", sagte Karin.

Sara blies den Rauch durch die Nase aus.

„Danke. Das war Victor Jara."

„Schön", sagte ich.

„Das ist wohl nicht das richtige Wort. Es war *Preguntas por Puerto Montt,* Fragen zu Puerto Montt. Darin geht es um ein Massaker an elf chilenischen Männern, Frauen und Kindern im Jahr 1969. Jara klagt den Minister an, der dafür verantwortlich war."

„Señor Pérez?", fragte ich.

„Genau. Edmundo Pérez Zujovic."

„Ein Christdemokrat", sagte Ricardo, als würde das alles erklären.

„Du hast dein Gewissen in einem Sarg begraben und alle Regenfälle des Südens können deine Hände nicht mehr reinwaschen."

In der Tiefgarage des *Galeón* verabschiedete sich Sara mit flüchtigen Wangenküssen von uns und stieg in den Aufzug. Ricardo schaute auf die Uhr seines Großvaters.

„Es ist schon zwei Uhr", sagte er zu Karin. „Um halb drei sollten wir von hier losfahren. Wir müssen nach Puerto Naos, und später wird die Thermik heute zu gefährlich. Aber sicher ist dir das jetzt zu stressig. Wir können unseren Flug gerne auf morgen verschieben."

„Auf keinen Fall!", rief Karin. „Es sei denn, dir wird es mit den Vorbereitungen zu eng."

„Ist alles schon erledigt."

„Wunderbar! Ich bin dabei!"

„Dann trinke ich einstweilen in der *Casa Indiano's* einen Kaffee und hol dich in einer halben Stunde ab."

NEUN

Etwa eine Viertelstunde nachdem Karin zu ihrem Tandemflug aufgebrochen war, stand Sara vor der Tür. Sie schaute kurz links und rechts auf den Gang und schlüpfte herein. Etwas Heimliches lag in ihrem Auftritt, als dürfe niemand sie unser Apartment betreten sehen. Das irritierte mich, aber ich fragte nicht weiter nach.

Ihr jugendliches Aussehen verblüffte mich aufs Neue. Ihr Gesicht wirkte frisch und glatt, als hätte ihre Haut mit fünfunddreißig beschlossen, das Altern einzustellen. Wer ihr Schicksal nicht kannte, musste denken: Diese Frau hat ein sorgloses Leben gehabt.

„Wo steht dein Computer?", fragte sie.

Ich zeigte ihr den Arbeitstisch in der Ecke des Raumes.

Sie setzte sich auf den Stuhl vor dem Laptop, sprang wieder auf, holte einen Küchenstuhl und stellte ihn daneben.

„Komm schon. Ich muss dir etwas vorspielen."

Ich setzte mich zu ihr, klappte den Computer auf und gab mein Passwort ein.

„Bitte sehr!"

Sara tippte hektisch auf der Tastatur herum. Sie fand schnell, was sie suchte. Ein Video. Der Kopf eines älteren grauhaarigen Mannes erschien auf dem Bildschirm. Sara drückte die Pause-Taste.

„Weißt du, wer das ist?"

Ich schüttelte den Kopf.

„Nein? Ich dachte, du hättest ein wenig recherchiert."

„Einer der Generäle aus der Junta?", riet ich.

„Nein, das ist Manuel Contreras. Chef der Geheimpolizei DINA. Er ist verantwortlich für tausend Morde und zehntausende Folterungen."

„*Das* ist Contreras? Ich hab ihn mir anders vorgestellt. Er wurde nie verurteilt, richtig?"

„Doch", sagte Sara. „Sogar mehrmals. Aber er sitzt seine Strafe in einem Luxusgefängnis des Militärs ab. Bewohnt einen eigenen Bungalow. Es gibt dort einen großen Park, Restaurants und Tennisplätze. Ein Urlaubsresort für Massenmörder."

Ich seufzte und vollführte Handbewegungen, die Empörung ausdrücken sollten.

„Konzentrier dich bitte. Was wir hier sehen, ist ein Interview des Senders CNN, geführt am 17. September 2013 von den Journalisten Daniel Matamala und Mónica Rincón. Es ist natürlich auf Spanisch, ich werde für dich übersetzen. Bist du bereit?"

„Ja."

Sara drückte auf Play. Das Interview begann.

Contreras sah auf den ersten Blick aus wie ein harmloser Pensionist. Er hatte einen etwas schief geratenen Seitenscheitel und trug eine Altherren-Kombination von gelbem Hemd und braunem Pullover. Nur in seinen Augen blitzte vom ersten Moment an etwas Bedrohliches auf.

Sara ließ das Video ein, zwei Minuten laufen, dann stoppte sie es wieder.

„Hast du etwas verstanden?"

„Nein, leider gar nichts."

„Okay. Pass auf. Der Journalist fragt: *Heuer gedenken wir des Putsches in Chile vor vierzig Jahren. Welche Bedeutung hat für Sie der 11. 9. 1973?* Contreras antwortet: *Er hat für mich eine große Wichtigkeit.* Frage: *Für tausende Chilenen bedeutet dieses Datum Verfolgung, Entführung, Verschwundene, Verlust von jemandem, den du liebst. Was sagen Sie den Familien?* Antwort: *Diesen Familien sage ich: Sie dürfen sich nicht weiter belügen lassen. Wir wollten den Leuten nur helfen.*"

Ich fühlte, wie sich Saras Herzschlag beschleunigte. Ihr Atem wurde schneller.

„Weiter", sagte Sara. „Frage: *Die DINA hatte Folterzentren wie die Villa Grimaldi. Was sagen Sie dazu?* Antwort: *Die Villa Grimaldi war nie ein Folterzentrum. Die Richter sagen das nur, weil sie die Wahrheit nicht wissen oder weil sie böse Absichten haben. Die Villa Grimaldi war nur eine Kaserne.* Frage: *Wurden Gefangene verhört?* Antwort: *Ja, natürlich.* Frage: *Welche Methode haben Sie benutzt?* Antwort: *Die normale Verhörmethode.* Frage: *Wenn man elektrischen Strom an einen Körper anschließt, finden Sie das dann eine normale Methode?* Antwort: *Natürlich nicht.* Frage: *Streiten Sie ab, dass es passiert ist?* Antwort: *Ich als Chef der DINA habe das nie gesehen. Wir haben diese Methode nie verwendet. Sie wurde nie angeordnet.*"

Sara lehnte sich zurück und hustete.

„Willst du ein Glas Wasser?", fragte ich.

„Lieber etwas Stärkeres."

Die Minibar war mittlerweile wieder aufgefüllt. Wie in der Nacht ihres ersten Berichts brachte ich ihr ein Fläschchen Whiskey. Aber diesmal nahm ich mir auch eines.

„Beeil dich mit dem Trinken", sagte Sara. „Wir sind noch nicht fertig." Ich stürzte den Whiskey hinunter. Sara beugte sich wieder über den Bildschirm.

„Siehst du, wie er manchmal lächelt?"

„Ja", sagte ich. „Man möchte ihn in diesem Augenblick –"

„Was?"

„Nichts."

„Na dann." Sara betrachtete mich amüsiert. „Also weiter?"

„Ja."

„Horch, jetzt kommt die Journalistin ins Spiel. Mónica Rincón, die Stimme aus dem Off. Sie fragt: *Haben Sie nie Leute verhungern lassen oder ihnen Ratten durch den After eingeführt?* Und jetzt schau dir Contreras an, seine Empörung. Das *No, no, no!* muss ich dir nicht übersetzen. Und jetzt fügt er noch hinzu: *Elektrizität, Schlagen und jede Art von Folter war verboten.*"

„Einfach ungeheuerlich", sagte ich.

„Nicht wahr? Aber es kommen noch ein paar schöne Stellen. Hier zum Beispiel. Matamala fragt: *Streiten Sie ab, dass es Verschwundene gab?* Ja, antwortet Contreras. Frage: *Ist der Rettig-Bericht eine Erfindung?* Antwort: *Der Rettig-Bericht ist eine absolute Lüge. Der Mann hatte einen zweifelhaften Ruf.*"

Ich kämpfte gegen eine Übelkeit an, vergeblich.

„Sara, ich denke, ich weiß, worauf du hinauswillst, aber –"

„Reicht es dir schon? Warte, eine Szene musst du noch sehen. Dann erlöse ich dich."

Sie drückte die Vorlauftaste.

„Da!", rief sie und hielt das Video wieder an. „Achte auf sein Gesicht!"

Es wurde für mich immer unerträglicher, dem Mann zuzusehen. Seine Selbstzufriedenheit dampfte aus allen Poren seines Gesichts. Die Augenbrauen kamen mir vor wie fette schwarze Maden. Neben ihm stand ein Soldat, von dem man nur die rechte Seite des Rumpfes sah.

Sara ließ das Interview weiterlaufen.

„Jetzt sagt Rincón: *Es gab systematische Verstöße gegen die Menschenrechte. Es wurden Kinder, Jugendliche, Männer, Frauen, ja sogar schwangere Frauen gefoltert.* Und in diesem Moment, siehst du das? Er lacht!"

Tatsächlich. Er lachte. Ich musste mehrmals schlucken, um zurückzudrängen, was mir hochkam.

„Rincón fragt: *Warum haben Sie gelacht?* Die Antwort von Contreras: *Immer, wenn wir eine Frau verhaftet haben, war sie im dritten Monat schwanger. Wenn wir sie freigelassen haben, gab es kein Kind mehr.*"

Sara klappte den Laptop zu und lehnte sich zurück.

„Und?", fragte sie.

„Was und? Der Mann ist schrecklich, grauenhaft –"

„Stell dich bitte nicht dümmer, als du bist."

„Du meinst, was ich tun würde, wenn ich ihm ... Wenn ich die Möglichkeit hätte, ihn ..."

„Natürlich, was sonst?"

„Ich dachte, was jemand an deiner Stelle machen würde, spielt keine Rolle?"

„Sei nicht so kleinlich."

„Außerdem habe ich diese Frage gestern schon Ricardo beantwortet."

„Da kanntest du meinen kleinen Film noch nicht."

„Der macht mich wütend, das gebe ich zu. Doch er ändert nichts an meiner Einstellung."

Sara berührte meine Hand. „Stell es dir nur einmal richtig vor. Mach die Augen zu und gib dich der Vorstellung hin. Mir zuliebe."

„Dir zuliebe." Ich schloss die Augen. Und tatsächlich, da war er, der alte Mann mit dem verrutschten Scheitel.

„Siehst du ihn?"

Ich nickte.

„Du stehst ihm gegenüber." Sara sprach wie ein Hypnotiseur. „Du hast eine Pistole in der Hand."

„Ja."

„Gut. Also, ein letztes Mal, ich verspreche es: Was würdest du tun?"

Ich sagte ihr nicht, was ich dachte. Auch nicht, was ich fühlte. Ich log sie an.

„Ich würde ... ihm ... meine Meinung sagen."

Sara lachte bitter. „Du würdest ihm *deine Meinung sagen*? Das glaubst du doch selbst nicht!"

„Doch. Weil ich kein Mörder bin." Die Worte kamen mir nur schwer über die Lippen.

„Aha. Und so etwas wie Gerechtigkeit existiert nicht in deiner moralischen Welt?"

Ich öffnete die Augen. „Die Tötung eines Wehrlosen hat mit Gerechtigkeit nichts zu tun."

Saras Lider begannen zu zucken. Ich sah, wie sich hinter ihrer durchsichtigen Stirn etwas bewegte.

„Wie du meinst", sagte sie dann nur, stand auf und stellte den Küchenstuhl an seinen Platz zurück. Sie stützte sich auf die Arbeitsplatte und senkte den Kopf.

„Hitler hättest du wohl auch nicht aufgehalten, wenn du die Chance dazu gehabt hättest."

„Das kann man nicht vergleichen", sagte ich empört.

„Ach nein? Warum nicht?"

„Da geht es um das Problem des Tyrannenmords. Hier müsste man abwägen, wie viele Leben man retten kann, wenn man eines vernichtet. Eine andere Ebene."

„Abwägen. Aha."

„Dein Durán gefährdet keinen Menschen mehr. Er wird für den Rest seines Lebens auf dem Roque bleiben, ein friedlicher Astronom. Folglich rettest du niemanden, wenn du ihn tötest."

Sara drehte sich um und kam auf mich zu.

„Und was sagt Ihr Herz dazu, Mister Supermoral?" Sie stieß mir ihren Finger sanft zwischen die Rippen.

„Dem würde es reichen, *dein* Leben zu retten."

Sara legte ihre Hand auf meine Wange.

„Das mach ich lieber selbst", sagte sie, drehte sich um und verließ mich.

Wenig später stürmte Karin herein, ihre Wangen waren gerötet. Das Leuchten ihrer Augen versetzte mir einen kleinen Stich. Noch ehe ich mich höflich erkundigen konnte, wie es denn so gewesen sei, rief sie:

„Adrian, du musst das einmal ausprobieren! Versprich es mir. Es ist eine Erfahrung, die man machen muss. Hoch über allem! Ein Traum."

„Setz dich doch erst einmal hin", sagte ich.

Karin ließ sich auf die Couch sinken. Sie öffnete die Bänder ihrer Sportschuhe. Zwei übermütige Bewegungen ihrer Fußgelenke, und die Schuhe landeten irgendwo. Ich ging zum Kühlschrank und holte eine Flasche Weißwein.

„Und – was habt ihr so gemacht – beim Fliegen?"

„Wir haben geredet."

„Geredet?"

„Ja. Ich hab ihm von Wilhelm Reich erzählt."

„Von Wilhelm Reich? In der Luft?"

„Plapper doch nicht alles nach. Ja, Ricardo wollte wissen, ob ich noch andere Helden habe außer dir."

ZEHN

„Sollte man mich umbringen", sagt Salvador Allende in einem Interview mit dem französischen Journalisten Régis Debray, „wird das Volk seinen Weg weitergehen – mit dem Unterschied, dass dann vielleicht alles schwieriger wird, gewalttätiger, denn die Massen haben die Lektion durchaus gelernt, nämlich, dass diese Leute vor nichts haltmachen."

Ich war wieder im Netz. Karin wachte immer wieder auf, kam an meine Seite, trank einen Schluck von meinem Wein und legte sich wieder hin.

Ich sah die Bilder der brennenden Moneda, die Flugzeuge über dem Dach, die flüchtenden Menschen. In einem Buch von Debray las ich:

„Aber der lustigste aller Chilenen war ein Staatsmann: Salvador Allende. In seinem Haus an der Avenida Tomás Moro zelebrierte er beim Abendessen oder an Sonntagen seine Lebensfreude. Er begann mit Witzen und komischen Geschichten, ging nach dem Essen zum Schachspiel über und beschloss den Abend mit einigen Gläsern Chivas Regal. Er war spöttisch, großzügig, direkt, duzte seine Gäste immer sofort, ohne überheblich zu sein, und man musste sich immer wieder in Erinnerung rufen, dass er der Präsident der Republik war."

Die Putschisten ließen Allende wissen, dass sie sein Leben verschonen würden, wenn er bedingungslos kapitulierte. „Wir schieben ihn ab", soll Pinochet gesagt haben, „wir bieten ihm an, das Land zu verlassen. Aber sein Flugzeug wird abstürzen." So weit sollte es nicht kommen. Als die Verteidigung des Präsidentenpalastes aussichtslos wurde, wollte Allende zuerst, dass die Frauen die Moneda verließen, „und alle, die nicht wissen, wie man kämpft". Wenig später wies er seine Mitstreiter an, sich zu ergeben. Er setzte sich den Lauf seines Gewehres unter das Kinn und drückte ab. Es heißt, sein ganzer Kopf flog weg.

Carmen Castillo, ehemalige Mitarbeiterin des Präsidenten, berichtet, dass auch der Chef der MIR (*Movimiento de Izquierda Revolucionaria*), Miguel Enríquez, Allende angeboten habe, ihn aus der Moneda zu holen. Er lehnte ab.

Die MIR war die einzige Organisation, die nach dem Putsch in den Untergrund ging, um bewaffneten Widerstand zu leisten. Ohne jede Chance, wider besseres Wissen. Miguel Enríquez wurde am 5. Oktober 1974 in Santiago de Chile auf offener Straße von Contreras' Leuten ermordet. Die Schätzung der von der DINA und ihrer Nachfolgeorganisation CNI getöteten MIR-Aktivisten beläuft sich auf tausendfünfhundert bis zweitausend.

Ich sah die Freudenausbrüche auf der Alameda nach Allendes Wahlsieg. Die Standing Ovations nach seiner Rede vor der UNO. Auf dem Bildschirm erschien eine Szene vom Juni 1973, beim ersten (fehlgeschlagenen) Versuch einzelner Teile des Militärs, die Moneda zu stürmen: Der Journalist Leonardo Henrichsen filmte seine eigene Ermordung. Ich sah die Kriegsschiffe der Marine am 11. September von Valparaíso aus in See stechen. Soldaten auf alles schießen, was sich bewegte. Und hörte die letzte Rede Allendes, gehalten via Radio Magallanes am 11. 9. um elf Uhr in seinem brennenden Amtssitz. *In eine historische Situation gestellt, werde ich meine Loyalität gegenüber dem Volk mit meinem Leben bezahlen. Und ich kann euch versichern, dass ich die Gewissheit habe, dass nichts verhindern kann, dass die von uns in das edle Gewissen von tausenden und abertausenden Chilenen ausgebrachte Saat aufgehen wird. Sie haben die Gewalt, sie können zur Sklaverei zurückkehren, aber man kann weder durch Verbrechen*

*noch durch Gewalt die gesellschaftlichen Prozesse aufhalten.
Die Geschichte gehört uns, es sind die Völker, die sie machen.
(...) Ich glaube an Chile und sein Schicksal. Es werden andere
Chilenen kommen.*

Ich stieß auf die Machenschaften der sogenannten
Chicago Boys. Eine Gruppe von neoliberalen chilenischen
Wirtschaftswissenschaftlern, die großteils an der Univer-
sität Chicago studiert hatten, war schon kurz nach der
Wahl Allendes an der Vorbereitung des Putsches beteiligt.
Jeden Montag trafen sie sich in den Redaktionsräumen
der rechtsextremen, der *Patria y Libertad* nahestehenden
Zeitung *El Mercurio*, die der Präsident, seinen demokra-
tischen Prinzipien folgend, ohne Einmischung gewähren
ließ. Hier wurde in aller Ruhe ein Wirtschaftsplan für die
Zeit nach dem Putsch erstellt. Gemäß den Lehren ihres
Gurus Milton Friedman wurde der Entwurf der Chicago
Boys von den Grundpfeilern Deregulierung des Finanz-
sektors, Privatisierung und Entfesselung der Märkte getragen. Nach dem Putsch, den sie bejubelten, sahen die
Ökonomen ihre Stunde gekommen. Mit Unterstützung
der USA versuchten sie, die Generäle von ihren Ideen zu
überzeugen.

„Friedman höchstpersönlich", schrieb der *Spiegel*,
„machte Pinochet 1975 seine Aufwartung und sprach die
berühmte Diagnose: Schocktherapie oder der Patient
stirbt. Für seine Visite kassierte der Doktor aus Chicago
ein Honorar von dreißigtausend Dollar." Was folgte, war
eine einzigartige Versuchsanordnung für die radikale Variante des Neoliberalismus. Die Löhne wurden gesenkt,
Mindestlöhne abgeschafft, Gewerkschaften verboten. Das
öffentliche Bildungssystem wurde privatisiert. Ein ganzes
Land war zum Labor geworden, eine ganze Bevölkerung
zu Versuchskaninchen. Und das unter dem weltweiten
Applaus von Anhängern der Chicagoer Schule. „Die Be-

reitschaft der Chicago Boys, für einen grausamen Diktator zu arbeiten, war eins der besten Dinge, die Chile je passiert sind", schrieb Nobelpreisträger Gary Becker 1997 in *Businessweek*. Die Ironie dieser drastischen Maßnahmen: Sie funktionierten nicht. Das Wirtschaftswachstum in der Ära Pinochet betrug nur 2,9 Prozent. Der Anteil der Bevölkerung unter der Armutsgrenze stieg von 20 auf 44 Prozent.

Mit Staunen erfuhr ich zum ersten Mal von der *Operation Condor*. Am sechzigsten Geburtstag Pinochets vereinbarten unter der Leitung von Contreras die Geheimdienste von sechs verschiedenen lateinamerikanischen Militärdiktaturen ihre länderübergreifende Zusammenarbeit: Argentinien, Chile, Paraguay, Uruguay, Bolivien und Brasilien. Das Ziel war die systematische Verfolgung und Ausrottung der linken Opposition. Doch auch Priester, Gewerkschafter und Vertreter von Menschenrechtsorganisationen wurden gefoltert und getötet. Besondere Verdienste erwarb sich dabei der argentinische General Jorge Rafael Videla, dessen Regime allein geschätzte dreißigtausend Menschen zum Opfer fielen. Ebenfalls begeisterte Unterstützer der *Operation Condor* waren der faschistische Diktator von Paraguay, Alfredo Stroessner, und sein Innenminister Sabino Montanaro. In den Jahren 2000 und 2001 ans Licht gekommene Dokumente belegen, dass es vor allem ein Mann war, der im Hintergrund die Fäden zog: US-Außenminister Henry Kissinger.

Die Verurteilungen:

Videla: während des Prozesses verstorben, nicht verurteilt.

Montanaro: vor einer Verurteilung verstorben.

Stroessner: im brasilianischen Exil vor Strafverfolgung geschützt.

Pinochet: bereits bekannt.

Kissinger: amerikanischer Held, Friedensnobelpreisträger.

Noch einmal Allende: *In diesen düsteren und bitteren Augenblicken, in denen sich der Verrat durchsetzt, sollt ihr wissen, dass sich früher oder später, sehr bald, erneut die großen Straßen auftun werden, auf denen der würdige Mensch dem Aufbau einer besseren Gesellschaft entgegengeht.*

Das Gefühl, das sich meiner bemächtigte, hätte ich gerne als aufrechte Empörung wahrgenommen. Doch angesichts meines bisherigen Lebens musste ich ihm einen anderen Namen geben: *Sentimentalität. Eine Form der emotionalen Selbststimulation ohne Handlungsantrieb*, sagt das Lexikon. Wie wahr. Wenn ich in meinen *Selbststimulationen* badete, ohne Taten zu setzen, war ich nur *rührselig*. Mein alter Hamlet hatte schon recht. Saras Satz fiel mir ein: *Feig ist, die Welt so zu belassen, wie sie ist*. Aber welche Alternativen hatte ich schon?

Plötzlich erschien ein seltsames Foto auf dem Display. Zwei Menschen mit Helmen unter einem Gleitschirm. Jemand musste den Suchbegriff *Tandemflug* eingegeben haben. Man sah einen Mann und eine Frau. Die Frau breitete die Arme aus, ein Lächeln überglänzte ihr Gesicht. Der Mann saß hinter ihr, mit konzentrierter Miene. Nein, das stimmte nicht ganz. Es sah eher aus, als säße sie auf seinem Schoß. Sie war irgendwie mit Gurten an ihm festgezurrt. Eine seiner Hände hielt eine Art Steuerseil, die andere ruhte auf ihrem Becken. Das Bild strahlte Frieden aus, geteiltes Glück, verhaltene Ekstase.

Leise schlich ich mich ins Bett. Karin griff nach meiner Hand, legte sie sich auf den Bauch und ließ sie eine Stunde lang nicht los.

Am nächsten Morgen stand ich zeitig vor Saras Bett.

Sie wachte gerade erst auf und stieß einen Schrei aus, als sie mich sah.

„Adrian! Wie bist du hier hereingekommen?"

„Die Tür war nur angelehnt und ich dachte ..."

„Mein Gott, hast du mich erschreckt. Was willst du hier, in aller Herrgottsfrühe?"

„Zweimal *Gott* in einem Satz. Ziemlich viel für eine Atheistin."

„Was ist los?"

„Ich muss dir etwas mitteilen."

„Jetzt sofort?" Sara rieb sich die Augen und zog ihre Decke hoch.

„Ja."

Sie seufzte. „Also gut."

„Ich komme mit."

„Was? Wohin?"

„Zum Observatorium."

„Jetzt bist du verrückt geworden."

„Nein", erwiderte ich, „ich war selten so klar."

Sara richtete sich auf und schob ihre Beine aus dem Bett.

„Dann muss ich dir, ebenfalls in aller Klarheit, sagen, dass ich das nicht dulde."

„Aber warum nicht? Denk doch logisch. Ich könnte dir beistehen."

„Um keinen Preis ziehe ich dich da mit hinein. Das ist meine Sache."

„Du ziehst mich in gar nichts hinein. Ich kann immer behaupten, dass ich von der Pistole nichts gewusst habe. Also kann mir nichts passieren."

„Dreh dich um." Ich gehorchte.

Nach einer Weile sagte sie: „Fertig."

Sie hatte ihren Pyjama abgelegt und ein T-Shirt übergestreift.

„Was immer du aussagen würdest: Du wärst verdächtig, mein Komplize zu sein. Das werde ich nicht zulassen." Sie zog eine schwarze Hose aus dem Kleiderschrank und schlüpfte hinein.

„Nein", sagte ich. „Zwar kenne ich dich, vielleicht hast du mir auch von deinem Schicksal erzählt. Doch nie wäre ich auf den Gedanken gekommen, dass du vorhast, den Mann zu erschießen."

„Das glaubt dir kein Mensch."

„Warum denn nicht? Warte, noch besser: Ich war tief bewegt von deiner Geschichte und wollte an deiner Seite sein, wenn du deinen Peiniger wiedersiehst. Um in deiner Nähe zu sein, falls du Hilfe brauchst. Als Freund."

Sara stieß scharf die Luft aus.

„Genau. Als Freund. Den ich seit ein, zwei Wochen kenne. Sehr plausibel."

„Aber genau das ist doch die Wahrheit. Wir kennen uns kurz, und sind dennoch Freunde geworden. Oder nicht?"

„Schon."

„Na eben."

„Eben. Deshalb darf ich auch nicht erlauben, dass du wegen mir Probleme mit der Polizei bekommst."

Sara lief in die Küche, ich folgte ihr. Sie füllte Wasser in den Teekocher. Ich stellte mich hinter sie, ohne sie zu berühren.

„Wenn dir alles so gelingt, wie du es dir erhoffst, wird sich niemand für mich interessieren. Höchstens als Zeuge. Ich bin nicht in Gefahr."

Sie drehte sich um und hielt mir ihr Gesicht entgegen. Unsere Köpfe waren nur mehr eine Handbreit voneinander entfernt.

„Was sollte denn nicht gelingen?"

„Das weiß man nie. Es kann alles Mögliche geschehen."

„Nein, kann es nicht", sagte sie trotzig.

„Sara, hör zu. Wenn es dir lieber ist, könnte ich auch aussagen, dich gar nicht zu kennen. Wir haben nur zufällig dieselbe Führung gebucht."

Sie schaute zu Boden. Hatte ich sie dazu gebracht, über meinen Vorschlag nachzudenken?

„Ich ziehe das alleine durch", sagte sie, „und basta." Eine Spur zu viel Nachdruck lag in ihrer Stimme. Ich witterte meine Chance.

„Du bestehst immer darauf, dass uns dein Vorhaben nichts angehe. Doch da muss ich dir widersprechen. Seit dem Moment, in dem du uns alles erzählt hast, betrifft es auch uns."

„Was ist denn das für eine verquere These?" Sie hängte einen Teebeutel in eine Tasse und goss das kochende Wasser darauf.

„Vielleicht wäre es besser gewesen, ich hätte den Mund gehalten." Sie fluchte, das Wasser war über den Rand der Tasse gelaufen. Ich riss ein Stück Küchenpapier von der Rolle und legte es auf die kleine Pfütze, die sich gebildet hatte.

„Es ist besser, du gehst jetzt", sagte Sara.

Ich nahm all meinen Mut zusammen und fasste nach ihren Händen. Misstrauisch schaute sie mich an.

„Sara, es war richtig, dass du dich uns anvertraut hast. Bitte glaub mir, ich will dich weder bevormunden, noch deine Pläne durchkreuzen. Aber ich muss jetzt auch einmal auf etwas bestehen, genau wie du. Ich komme mit."

Energisch entwand sie mir ihre Hände.

„Nein!" Sie knüllte das nasse Küchenpapier zusammen und warf es mir an den Kopf. Ich ließ mich nicht beirren.

„Wir fahren beide zum Observatorium. Mit zwei Autos. Wir treffen uns erst beim Ausgangspunkt der Führung. Dort reden wir nicht miteinander, niemand wird auf die Idee kommen, dass wir uns kennen. Wenn es so weit ist, werde ich neben dir stehen."

Sara ließ sich auf einen Küchenstuhl fallen und wippte langsam mit dem Oberkörper vor und zurück. Ich stellte den Tee vor sie hin.

„Lass mir diesen kleinen Trost. Es ist das Einzige, was ich machen kann."

Sie schwieg.

„Sara, bitte, sprich mit mir!"

Keine Antwort. Nur das Wippen.

Später setzte ich mich wieder an meinen Arbeitstisch, wie unter Zwang. Las über den Fall der *Quemados*, der Verbrannten: „Am 2. Juli 1986 stoppt eine Militärpatrouille den Fotografen Rodrigo Rojas de Negri, neunzehn, und die Studentin Carmen Gloria Quintana, achtzehn, gegen sieben Uhr morgens in der Calle Hernán Yungue, in der Nähe des Hauptbahnhofs. Die Soldaten schlagen auf die jungen Leute ein, kippen aus einem Kanister Benzin über sie. Wenig später stehen beide in Flammen. Die Soldaten wickeln sie in Decken, laden sie auf einen Lkw und werfen sie in einen Graben im Norden Santiagos. Passanten sorgen dafür, dass beide ins Unfallkrankenhaus kommen, wo Rodrigo Rojas vier Tage später stirbt. Carmen Quintana überlebt wie durch ein Wunder, obwohl ihre Haut zum großen Teil verbrannt ist." Der Chef der Militärpatrouille, Hauptmann Fernández Dittus, „wurde in den 1990er Jahren lediglich zu sechshundert Tagen Gefängnis verurteilt, wovon er nicht einmal die Hälfte absaß: wegen Tötung ohne Vorsatz, weil er die Opfer nicht in ein Krankenhaus transportieren ließ." Der Mann, der die beiden Jugendlichen mit seinem Feuerzeug angezündet hatte, Leutnant Julio Castañer, machte beim chilenischen Militär Karriere und brachte es bis zum Oberst.

Vor kurzem waren Dokumente aufgetaucht, die ein neues Licht auf die Rolle des Diktators bei diesem Verbrechen werfen. So berichtet die US-Botschaft dem State

Department am 14. Juli 1986: „Pinochets Anweisungen folgend, versucht die chilenische Regierung, Rojas und Carmen Quintana als Terroristen darzustellen, die angeblich Opfer ihrer eigenen Molotowcocktails wurden."

Am Nachmittag rief Ricardo Karin an. Ich stand daneben und gab mir Mühe, Desinteresse zu heucheln. Das Gespräch dauerte nicht lange.

„Ricardo kommt zu uns hoch", sagte Karin. „Er hat Neuigkeiten."

Wenige Minuten später platzte er herein. Seine Stirn war gerötet, er schwitzte.

„Ich habe einen Termin bekommen", verkündete er.

Ich verstand nicht sofort.

„Wofür denn?", fragte ich.

Karin wurde weiß. Wie immer war sie mit rascherer Auffassungsgabe gesegnet als ich.

„Morgen", sagte Ricardo. „Um zwölf Uhr."

Erst jetzt begriff ich.

„Morgen schon?", fragte Karin. „Ist das nicht ein wenig überstürzt?"

„Worauf sollen wir deiner Meinung nach denn noch warten?" Ricardo wirkte enttäuscht, dass seine Erfolgsmeldung nicht mehr Begeisterung ausgelöst hatte. Aus Karins Mund drang ein gepresster Laut.

„Weiß Sara es schon?", fragte ich.

„Natürlich."

„Wie hat sie reagiert?"

„Sie war erleichtert. Befreit, glücklich." Immer noch ein Anflug von Vorwurf in Ricardos Stimme.

Also morgen. Kurz dachte ich an meinen Zehn-Meter-Spiegel. Er war so nah und fern zugleich.

„Wir müssen alles im Detail besprechen", sagte Ricardo. „Zu viert. Heute Abend."

„Na schön." Karin rieb sich die Oberarme, als wäre ihr kalt geworden. „Ihr seid wohl alle nicht mehr aufzuhalten."

„Das hast du richtig erkannt", sagte Ricardo freundlich. „Und wie sieht es mit dem Flugtraining aus? Bist du bereit?"

„Sicher." Karin holte ihre Sporttasche aus dem Schlafzimmer und stellte sie vor Ricardos Füße. Er lachte und boxte mir jovial gegen die Brust.

„Heute kannst du ganz beruhigt sein. Wir bleiben auf dem Boden, der Wind ist zu stark."

Er hängte sich die Tasche über die Schulter, Karin drückte mir einen Kuss auf die Wange, und weg waren sie.

Während Karin also in Puerto Naos fliegen lernte, ohne den Erdboden zu verlassen, lag ich mit offenen Augen rücklings auf unserem Bett und überließ mich meinen Tagträumen. Der Dialog in der Luft, von dem mir Karin berichtet hatte, ließ mich nicht los. Was hatte sie Ricardo dort oben von Wilhelm Reich erzählt? Ich erinnerte mich an die Szene, in der sie den Namen mir gegenüber zum ersten Mal genannt hatte. Wir kannten uns noch nicht lange und saßen in einer bereits etwas vom Wein befeuerten Freundesrunde. Jemand hatte das Thema *wichtigste Köpfe des zwanzigsten Jahrhunderts* aufs Tapet gebracht, und die Namen Freud und Einstein waren mehrmals gefallen. Jede Erwähnung eines der beiden quittierte Karin mit abfälligen Handbewegungen. Offenbar war sie einer der wenigen Menschen (zumindest in meinem Bekanntenkreis), die sowohl Freud als auch Einstein verachteten. Ich fragte nach, und sie hielt ein flammendes Plädoyer für Wilhelm Reich. Sie schwärmte von seinen psychoanalytischen Theorien ebenso wie von seinem politischen Rebellentum. Mit glänzenden Augen sprach sie vom Weitblick seiner *Massenpsychologie*, die schon 1933 erschienen war, von seiner Arbeit mit SexPol in Berlin, von seiner Orgasmusforschung und der Entdeckung des Charakterpanzers. Zwar befremdete Karin Reichs Wandlung vom marxistischen Psychoanalytiker zum Esoteriker und Antikommunisten; dennoch konnte sie selbst die obskuren Ideen seines letzten Lebensdrittels so darstellen, dass man fast glauben mochte, es sei etwas dran. Durch Erhitzen von Meeressand war er 1939 auf eine seltsame bläuliche Strahlung gestoßen. Fortan war er überzeugt, alles Leben sei durchdrungen von einer bisher unbekannten Kraft, der Orgon-Energie, mit deren Hilfe man sogar Krebs heilen konnte. Sie war die *primordiale kosmische Energie*; das Universum selbst war durchflutet von ihr, ein unendlicher Ozean voller Lichtblitze.

Wir hingen an ihren Lippen. Keinem von uns wäre der ketzerische Gedanke in den Sinn gekommen, dass der Mann einfach im Alter verrückt geworden war. Gebannt hörten wir zu. Und erfuhren den Grund ihrer Abneigung gegen Freud und Einstein. Sigmund Freud hatte, in Karins Version, ausgerechnet jenen Mann, der im Gegensatz zu Jung die essentielle Bedeutung der Sexualität für die Analyse betont hatte, aus reiner Feigheit und politischem Opportunismus aus der Internationalen Psychoanalytischen Vereinigung ausgeschlossen. Albert Einstein wiederum hatte Reich in seine Wohnung in Princeton eingeladen, um sich die Effekte des Orgon-Akkumulators erläutern zu lassen. Nach dem Gespräch schickte Reich Einstein ein Exemplar. „Und siehe da", rief Karin in die Runde, „die Messergebnisse waren eindeutig, die Temperatur im Inneren des Kastens war höher, Einstein hat es selbst bezeugt! Nur um dann eine fadenscheinige Erklärung dafür nachzuliefern." Als sie das sagte, schien sie von innen zu leuchten. Spätestens in diesem Augenblick war mir klar, dass ich sie bitten würde, mich zu heiraten. Einmal hatte ich sogar geplant, ihr zum Geburtstag einen Orgon-Akkumulator zu schenken, dann wagte ich es doch nicht. Und jetzt sauste sie auf Ricardos Schoß durch die Lüfte und leuchtete ganz ohne mich. Lange glitten sie so dahin, knapp unter den Wolken. Dann verschwamm das Bild vor meinen Augen, mit einem Mal saß ich im *Wolf*, mir gegenüber Roland.

„Also liegt", sagte ich gerade, „das Ende der Wahrnehmung 13,8 Milliarden Lichtjahre von uns entfernt?"

„Guter Gedanke", antwortete Roland. „Aber nicht gut genug. Das Universum hat sich inzwischen ja ausgedehnt, und das auch noch beschleunigt. Also befindet sich die Grenze der Sichtbarkeit mittlerweile 47 Milliarden Lichtjahre von uns entfernt. Eine Art Ereignishorizont, wenn man will. Obwohl sich der Begriff streng genommen auf schwarze Löcher bezieht."

„Sind Hoden eigentlich Innereien?", fragte ich.

Jemand rüttelte mich sanft an der Schulter. Ich schlug die Augen auf und wusste einen Moment lang nicht, wo ich mich befand. Ich musste in tiefen Schlaf gefallen sein. Über mir schwebte ein Gesicht.

„Wir sollten los", sagte Sara.

ELF

Wir fuhren in Ricardos Wagen Richtung Süden, vorbei an Los Cancajos, folgten der Calle Molinos de Viento, der Straße der Windmühlen, passierten den Flughafen, nahmen eine winzige Seitengasse zur Küste und hielten schließlich auf einem Parkplatz vor einer weiß verputzten Betonmauer. Nur das Schild und die gestapelten Bierkisten verrieten, dass sich dahinter ein Restaurant verbarg: *Casa Goyo*.

„Ein idealer Ort für ein diskretes Verschwörungstreffen", sagte Ricardo. Er führte uns hinein. Es gab ein paar kleine Tische unter freiem Himmel, dort saßen junge Männer, plauderten und tranken. Ricardo winkte uns weiter. Im hinteren Teil des Lokals gab es Bereiche, die von hohen hölzernen Zäunen umgeben waren, Bretterverschläge mit Wellblechdächern. Hier waren wir geschützt vor Wind und neugierigen Blicken. Durch eine Öffnung in der Rückwand zeigte sich das Meer. Hinter einer von Büschen und Kakteen überwachsenen Straße ragten Eisengestänge in die Höhe, an deren Spitzen Positionslichter für die Flugzeuge blinkten. Über eine niedrige Steinmauer huschten Eidechsen mit blau gefärbten Wangen.

Die Kellnerin trat zu uns an den Tisch, Ricardo begrüßte sie mit einer Umarmung, sie scherzten ein wenig auf Spanisch, die Sätze flogen hin und her, am Ende lachten sie beide aus vollem Hals.

„Heute gibt es Lapas, Napfmuscheln", sagte Ricardo. Die Kellnerin nickte uns zu und ließ uns allein.

„Sara", begann Ricardo, „ich weiß, es wäre dir lieber, wenn wir uns ganz aus der Sache heraushielten. Aber das geht nicht mehr, und deshalb werden wir jetzt gemeinsam für morgen die Abläufe planen."

Sara bewegte kurz den Kopf, es war wohl eine Zustimmung wider Willen.

„Gut. Durán beginnt die Führung um zwölf Uhr. Treffpunkt ist eine Viertelstunde vorher auf dem Parkplatz des Observatoriums. Nach allem, was ich in Erfahrung gebracht habe, wird es niemanden geben, der deine Tasche kontrolliert. Du musst also eine Situation herbeiführen, in der du mit Durán allein bist. Es gibt eine Wendeltreppe, die zum Spiegel hinaufführt. Achte darauf, den anderen ein paar Stufen voraus zu sein. Und dann handle schnell."

„Adrian kommt mit", sagte Sara.

„Tatsächlich?" Ricardo war verblüfft. Ich auch. Er schaute Karin an, sie machte eine Geste, die in etwa bedeutete: *Dagegen kann ich nichts tun.*

„In Ordnung." Ricardo seufzte. „Aber niemand darf Verdacht schöpfen, dass ihr euch je zuvor begegnet seid."

„Das werden wir schon hinbekommen." Ich warf Sara einen dankbaren Blick zu. Sie schaute auf ihre Hände, die sich unruhig bewegten, als führten sie ein Eigenleben. Morgen musste sie sie wieder unter Kontrolle haben. Spätestens bis Mittag.

„Was ist, wenn du ihn beim ersten Schuss nicht triffst?" Karin führte noch etwas im Schilde. „Oder du verletzt ihn nur, aber tötest ihn nicht?"

„Ich ziele auf sein Herz", antwortete Sara. „Und ich werde es nicht verfehlen." Ihre Finger krochen wieder in die schützenden Höhlen zurück.

„Gehen wir einmal davon aus, dass alles funktioniert." Ricardo knöpfte sich den obersten Hemdknopf auf und wieder zu. „Durán liegt also tot auf dem Boden. Du hast die Waffe in der Hand. Im Idealfall hat dich niemand gesehen. Den Schuss haben aber alle gehört, sie werden binnen Sekunden bei dir ... bei euch sein."

Sara schaute den Eidechsen zu. Zwei Männchen kämpften auf der Mauer. Ihre Wangen leuchteten.

„Hörst du mir überhaupt zu?", fragte Ricardo.

„Natürlich."

„Danke. Wir brauchen also einen Fluchtplan."

Jetzt wandte ihm Sara wieder ihr Gesicht zu.

„Es gibt keinen Fluchtplan. Ich schieße und werde verhaftet. Es gibt kein Entkommen."

„Aber das ist doch Unsinn", sagte Ricardo aufgebracht. „Du könntest sofort nach dem Schuss die Treppe nach unten laufen. Wenn du schnell bist, wird dich niemand aufhalten. Vor dem Eingang sitze ich in meinem Wagen, die Beifahrertür ist offen, du springst herein und schon sind wir weg."

„Fluchthilfe", sagte Sara. „Bei Mord ein veritables Verbrechen. Also muss ich das verbieten. Es verstößt gegen meine Regel."

„Und wie lautet die?" Ricardo gab noch nicht auf.

„Kein Schaden für andere. Nur für Durán und mich. Keinen – wie nennen die Amerikaner das so schön? – *Collateral Damage*."

Ein infernalischer Lärm brach aus dem Himmel. Gleichzeitig blickten wir nach oben. Ein Flugzeug donnerte über uns hinweg, so nahe, dass Ricardo unwillkürlich den Kopf einzog.

„Ich finde", sagte er gedehnt, „dass du hier ein wenig die Märtyrerin spielst. Das gefällt mir nicht."

„Findest du?" Ein Lächeln erschien auf Saras Gesicht. Es sah gefährlich aus.

„Ich denke, du irrst dich", sagte sie. „Selbst wenn uns die Flucht weg vom Observatorium gelänge, wir hätten keine Chance. Sie würden uns kurz danach erwischen. Die Aussagen der Zeugen werden eindeutig sein. Und du kämst vor Gericht. Also, zum letzten Mal: nein."

Die Kellnerin trat herein und brachte uns eine riesige Schüssel dampfender Muscheln, einen Brotkorb und eine Flasche Weißwein mit vier Gläsern. Sie sagte in scherzhaftem Ton etwas zu Ricardo, doch seine Antwort war kurz und trocken. Schmallippig wünschte sie uns guten Appetit, drehte sich mit hochgerecktem Kopf um und schritt würdevoll nach draußen.

Ricardo schaufelte sich ein halbes Dutzend Lapas auf seinen Teller. Sie sahen aus wie Spielzeugausgaben der Caldera. Kleine Vulkankrater mit scharfem, gezacktem Rand. Ihr Geruch hatte eine dürre Katze angelockt, Ricardo verscheuchte sie mit dem Fuß.

„Aber eines kannst du mir nicht verbieten, Sara: Ich werde morgen mit meinem Wagen auch nach oben fahren."

Ricardo und Karin tauschten rätselhafte Blicke. Rätselhaft zumindest für mich.

„Tu, was du nicht lassen kannst", sagte Sara.

Karin stocherte mit der Gabel in einer Muschel herum.

„Wenn du also nicht flüchten willst: Hast du dir wenigstens überlegt, was du aussagen wirst?"

„Ja. Ich werde sagen, dass ich mir mein Leben zurückholen musste."

„Etwas weniger heroisch wäre vielleicht klüger", sagte Karin.

„Ach ja? Mehr in Richtung Märtyrerin?" Wieder dieses Lächeln, scharf wie eine Rasierklinge.

„Nein." Karin lächelte zurück. Es klirrte. „Eher in Richtung Schadensbegrenzung."

„Wie meinst du das?"

„Ich würde an deiner Stelle Folgendes sagen: Ich wollte auf den Roque kommen, um zu sehen, ob Durán mein Folterer war. Die Waffe habe ich nur aus Angst und zum Schutz bei mir getragen."

„Und weiter?"

„Als ich ihn gesehen habe, ist das alte Entsetzen wieder hervorgebrochen. Die Erinnerung an die Folter. Da habe ich für einen Augenblick die Nerven verloren. Und die Waffe gezogen. In schierer Panik."

„Also kein Mord!", rief Ricardo begeistert. „Kein Tötungsvorsatz! Und mildernde Umstände."

Noch ein Flugzeug über uns. Der Wein in den Gläsern schwappte hin und her, wie bei einem Erdbeben. Die Metallstützen für die Positionslichter erzeugten im Wind die Geräusche eines vorüberziehenden Vogelschwarms.

Sara widmete sich wieder den Eidechsen.

„Ich weiß, ihr meint es nur gut", sagte sie.

Am Weg zurück sprachen wir nicht mehr viel. Auf dem Parkdeck ließen wir die Autotüren offen. Ohne ein Wort stiegen wir in den Lift und fuhren noch einmal gemeinsam hoch zur Dachterrasse des *El Galeón*. Es war die letzte Nacht vor dem zweiten Ereignis. Der Himmel hatte sich extra für uns betörend herausgeputzt. Die Juwelen auf seinem Mantel blinkten und blitzten, glitzerten und gleißten. Zwischendrin steckte eine knochenfahle Dreiviertelkugel als Brosche. Eine durchsichtige, milchig weiße Schärpe lief ihm quer über die Brust.

Karin konnte zu meiner großen Überraschung ihren Blick kaum von ihm wenden.

„Fast könnte man glauben, die Orgon-Energie gäbe es wirklich", sagte sie. „Schade, dass es nicht wahr ist."

Ricardo nickte verständnisinnig. Neo-fachmännisch.

„Er ist ganz nahe", sagte Sara. „Ich kann ihn fast schon greifen."

Dabei schaute sie auf ihre Knie. Sie schimmerten unter den Strümpfen durch, helle geschliffene Kiesel in einem schwarzen Bach.

Ja, ich halte dich für die Herrin des Weltalls.

Ich riss mich von dem Anblick los und legte den Kopf in den Nacken.

Irgendwo dort oben, weit, weit hinter allem, musste er sein, der Horizont der Ereignisse.

Nachdem Ricardo gegangen war, standen wir lange vor unseren Türen. Keiner wollte schlafen, obwohl wir todmüde waren. Und morgen war ein langer Tag.

Als Karin schon die Augen zufielen, drückte mir Sara ein schmales Buch in die Hand.

Zwanzig Liebesgedichte und ein Lied der Verzweiflung von Pablo Neruda.

„Damit du nicht vergisst, an mich zu denken, wenn alles vorbei ist."

Ich strich mit dem Finger über den Buchdeckel.

„Ist er ... ist er auch ...?"

„Ermordet worden? Nein, nicht direkt." Saras Daumen streifte meinen Handrücken. „Er starb zwölf Tage nach Allende. Offiziell an Krebs. Auch wenn es einige gibt, die nicht daran glauben. Sie sagen, er sei im Krankenhaus mit einer Giftspritze getötet worden. Letztes Jahr hat man deshalb sogar seine Überreste exhumiert und untersucht. Ergebnis: kein Gift."

„Und was denkst du?"

„Gebrochenes Herz. Natürlicher Tod."

Karin formte ihre Hände zu Halbkugeln und legte sie an Saras Ohren.

„Stell dir vor, es sind Muscheln. Hörst du das Meer?"

„Ja."

„Ich wünsche dir alles Gute."

Da war sie wieder, Karins furchteinflößende Großzügigkeit.

„*Vierzehn* ist besonders schön", sagte Sara noch.

Wir umarmten uns nicht, wir küssten uns nicht, wir fielen auseinander.

Die Vergeltung

*Dem Menschen wohnt das ganzheitliche Sein der
Schöpfung inne, und wenn wir ihn entfalten,
dann entfalten wir die Welt.*

Wilhelm Reich

EINS

Hier an diesem unwirtlichen Ort, an dem ich wohl noch eine Weile bleiben muss, denke ich hin und wieder über Wilhelm Reichs Ende nach. Es ist schwierig, ihn nicht mit Karins Augen zu sehen. Ich weiß nicht einmal, ob es mir überhaupt möglich ist. Vielleicht ist es auch gar nicht nötig.

1946 erfüllte sich Reich einen Lebenstraum und erwarb ein Anwesen in Rangeley im amerikanischen Bundesstaat Maine. Er taufte es Orgonon. Hier konnte er inmitten der Natur ungestört seinen Forschungen nachgehen. Vorerst zumindest.

Schon ein Jahr später startete die Kampagne gegen ihn. In der Zeitschrift *New Republic* erschien ein Artikel von Mildred Brady mit dem Titel *The Strange Case of Wilhelm Reich*. Darin stellte sie die – natürlich absurde – Behauptung auf, Reich garantiere jedem, der einen Orgon-Akkumulator bei ihm bestelle, orgastische Potenz. Im selben Jahr begannen die Untersuchungen der *Food and Drug Administration*, die ihrerseits mit der Pharmaindustrie kooperierte. Der Aufwand, den die FDA betrieb, um Reich zu erledigen, legt den Verdacht nahe, dass mächtige Interessengruppen hinter ihr standen. Nach Schätzungen wurden in das Projekt zwei Millionen Dollar investiert.

Reich in Amerika. In einem Buch von Harry Mulisch, das Karin mir geschenkt hat, wird Reichs Bild in der Öffentlichkeit so beschrieben:

Ein riesiger Jude mit deutschem Akzent, der Bolschewist gewesen war und nun nackte Menschen in Schränken zum Orgasmus kommen ließ, der in Steinen Leben entdeckt hatte und Krebs heilen konnte, der Orkane umlenkte, Regen machte und Wüsten erschloss ...

Am 10. Februar 1954 wurde der erste Prozess anberaumt. Reich erschien nicht. Daraufhin wurde verfügt, dass alle Akkumulatoren sowie die Schriften dazu zerstört werden mussten. Agenten der FDA tauchten auf Orgonon auf und zwangen Reich, die Akkumulatoren selbst zu zerhacken und sämtliche seiner Bücher zu verbrennen. Auch in anderen Städten, etwa in New York, wurde Reichs Werk den Flammen übergeben. Der zweite Prozess begann im Mai 1956, Reich wurde wegen „Missachtung des Gerichts" angeklagt. Das Urteil: zwei Jahre Haft. Reich legte Berufung ein, ohne Erfolg. Er schrieb an seine Frau:

Ich könnte das Gefängnis nicht gut ertragen und werde – sehr wahrscheinlich – dort umgebracht werden.

Am 12. März 1957 musste er seine Strafe antreten. Am 3. November fand man ihn tot in seiner Zelle. Eine Autopsie wurde untersagt, die Todesursache blieb bis heute ungeklärt.

Zehn Jahre später wurden seine Bücher von den rebellierenden Studenten wiederentdeckt. An der Außenwand der Universität Frankfurt prangte 1968 der Satz: *Lest Wilhelm Reich und handelt danach.*

Manchmal, wenn ich schlecht geschlafen oder zu lange einen Wasserfleck an der Wand fixiert habe und meine Seele den Verlockungen der Paranoia nicht widerstehen kann, nehme ich bei Reich und Allende eine gewisse Ähnlichkeit wahr. Nicht, was ihre Persönlichkeit betrifft – es geht eher um die Art und Weise, wie sie vernichtet wurden. Ich weiß schon, Allende beging Suizid und Reich ist vielleicht eines natürlichen Todes gestorben. Dennoch verschwimmen in solchen Momenten vor meinen ermüdeten Augen die Grenzen zwischen Mord, erzwungenem Selbstmord und Ausmerzung durch Haft, zwischen FBI, FDA und CIA, und in mir brandet etwas auf. Vielleicht darf ich jetzt, nach allem, was geschehen ist, mit reinerem Gewissen *Empörung* dazu sagen.

Der Tag des zweiten Ereignisses begann für mich sehr
früh. Ich schreckte aus einem Alptraum hoch, an den ich
mich schon Minuten später nicht mehr erinnern konnte.
Karin hatte mit beiden Armen meinen Körper umschlun-
gen, ihr Kopf ruhte auf meiner Brust, eine ihrer blonden
Haarfedern kitzelte meine Nase. Sie schlief tief und fest.
Behutsam löste ich mich aus der Umklammerung, ganz
langsam, um sie nicht zu wecken. Lange stand ich dann neben dem Bett und schaute sie an. Flugschülerin, Reichia-
nerin, *compañera*. Sie machte eine Bewegung im Schlaf, die
Decke rutschte nach unten und entblößte ihren Rücken.
Ihre Schulterblätter schienen sich stärker nach draußen
zu wölben als sonst. Wuchsen ihr schon Schwingen? Eine
Welle von trauriger Zärtlichkeit schwappte in mir hoch.
Ich empfand das Verlangen, sie wachzuküssen wie eine
verwunschene Prinzessin. Dann zog ich aber doch nur die
Decke wieder über sie.

Ich will mit dir machen,
was der Frühling mit den Kirschbäumen macht.

In der Küche, bei der zweiten Tasse Kaffee, spürte ich, wie
die Nervosität in mir aufstieg. Es war acht Uhr, zu bald,
um loszufahren. An sinnvolle andere Beschäftigung war
aber auch nicht zu denken. Ich trank noch eine dritte Tasse, was meinen Herzschlag weiter beschleunigte. Wenn
ich hier sitzen blieb, würde ich langsam verrückt werden.
Also nahm ich meine Jacke vom Kleiderhaken. Ich steckte
das Reisetagebuch in die linke Tasche, Nerudas Gedichte
in die rechte. So fühlte ich mich gerüstet. Leise trat ich in
den Gang hinaus und schloss die Tür hinter mir.

Tief fräste sich die Straße durch den Kiefernwald der
Caldera. Zwischen den Ästen schimmerte hin und wieder das Meer durch, gesäumt von schneeweißen Würfeln,

einzelnen Häusern der Stadt Santa Cruz, die allmählich meinen Blicken entschwand. Das Licht floss in hellen Bächen durch die Räume zwischen den Stämmen; dennoch kam mir diesmal alles dunkler vor, als würden die Dinge dichtere Schatten werfen.

Meine Gedanken begaben sich auf eine eigene Reise und mäanderten vor sich hin, nicht gerade förderlich für die Bewältigung einer derart kurvenreichen Strecke. Einmal kreuzte ein riesiger Schatten die Fahrbahn. War das ein Bussard? Oder etwas Größeres? Gab es hier Geier? *Operation Condor. Legion Condor.* So viele Verbrechen im Namen eines schönen Vogels: was für eine Beleidigung für eine Ornithologin. Die Fluggesellschaft, die Karin und mich auf die Insel gebracht hatte, hieß ebenso Condor. Ich nahm mir vor, bei nächster Gelegenheit zu recherchieren, was hinter dieser Namensgebung steckte. Gedankenlosigkeit, Spannweitenbewunderung oder doch eine verstohlene Hommage an die Zerstörer von Guernica?

Eine Passage von Reich fiel mir ein, das Lieblingszitat von Karin:

Die gesamte Erlebniswelt der Vergangenheit lebt in der Form der charakterlichen Haltung in der Gegenwart. Das Wesen eines Menschen ist die funktionelle Summe aller vergangenen Erlebnisse.

Karin behauptet gern, es gäbe vertuschte Beweise dafür, dass Reichs Orgon-Wolken-Kanonen, die *Cloudbusters,* funktioniert hätten. Aber wenn die Beweise vertuscht wurden, woher weiß sie dann davon? Ganz ernst nimmt sie das selbst nicht, vermute ich.

Mein Handy klingelte, es lag auf dem Beifahrersitz, ich griff danach. Roland. Ich zögerte kurz und drückte ihn weg. Was sollte ich ihm sagen? Wir sind dabei, einen Astronomen zu ermorden, aber mach dir bitte keine Sorgen?

Ab Kilometer 28 verschwanden die Bäume, es blieben trockene Büsche ohne Blüten und graue Flechten auf den Steinen. Über der Wolkengrenze kehrte die Leuchtkraft der Farben wieder zurück, wie bei der ersten Auffahrt. Doch diesmal sah ich keine freundlichen Riesen. Aus der Flanke eines Felsens wölbten sich drei Köpfe nach vorn, mit Menschenhaut überzogene Hundeschädel. An den Schläfen Perückenreste aus hellem Schotter. Gesandte des finsteren Anubis, erbarmungslose Richter, die aus dem Totenreich zurückgekehrt waren, um ihre Urteile über die Lebenden zu fällen. Am Straßenrand türmten sich weißgelbe Splitter, die Gebeine der Exekutierten. Oh Sara, Sara.

Manche Basaltsteinformationen erschienen mir nun wie gigantische Insektenbauten, und in einer dunklen Schicht meines Bewusstseins stellte ich mich darauf ein, demnächst von einem Schwarm pferdegroßer Termiten angegriffen zu werden.

Je höher ich kam, desto desolater wurden die Leitplanken. An manchen Kurven fehlten sie völlig, an anderen waren sie aus brüchigem Holz. Vor einem Schild blieb ich stehen. *Degollada de Los Franceses* stand darauf. Würde ich Sara noch fragen können, was das bedeutete?

Ich stieg aus und stützte meine Hände auf das Autodach. Mein Atem ging rasend schnell, meine Schenkel brannten, als wäre ich gelaufen. Unter den Geruch von Staub und Erde mischte sich ein exotischer Duft. Ich dachte an offene, mit Nektar gefüllte Orchideenkelche. Ja, danke, Karin, das weiß ich selbst. Ich blickte mich um: weit und breit keine Blumen zu sehen. Noch eine Auskunft brauchte ich also von der botanisch gebildeten Vogelforscherin: Was blüht hier oben im Verborgenen?

Die silberne Kuppel erschien. Heute war meine Vorfreude alles andere als ungetrübt. Ich sah auf die Uhr: kurz nach zehn. Noch konnte ich nicht zum Parkplatz des Observatoriums fahren. Es wäre verdächtig, dort zwei Stunden wartend herumzusitzen. Beinahe mit Gewalt musste ich mir in Erinnerung rufen, dass mich eigentlich meine Begeisterung für die Astronomie hierhergebracht hatte. Das mächtige Auge des *GranTeCan*, geöffnet dem Licht des Himmels. Wenn alles nach Plan lief, würde ich es heute höchstens ganz kurz zu Gesicht bekommen.

Ich nahm eine andere Abzweigung und fuhr bis zu der Stelle, an der ein Schild anzeigte: *Observatory Staff Only*. Ich parkte direkt an der Zufahrt und lief ein paar Schritte in die verbotene Zone. An der linken Straßenseite erstreckte sich ein weitläufiges Gebäude. Zwei Stockwerke, viele kleine Fenster, ein Dach mit trapezförmigem Längsschnitt, aus weißen Metallplatten zusammengefügt. Davor ein paar vertrocknete Büsche und ein nahezu leerer Parkplatz. Das Quartier der Astronomen. Von Ricardo wusste ich, dass sie meist die komplette Zeitspanne, in der sie das Privileg hatten, an diesen Observatorien zu arbeiten, hier oben verbrachten. Lebensmittel wurden von Santa Cruz geliefert, nur in Ausnahmefällen fuhr einer der Wissenschaftler hinunter in die Stadt. Hier verbrachte Durán seine Nächte. Ob er manchmal unruhig träumte? Erschienen ihm bisweilen seine Opfer als untote Wiedergänger? Oder schlief er den Schlaf des Gerechten? Ein flaues Gefühl befiel mich, ich lief zurück zum Wagen und folgte dem Schotterweg zu MAGIC I und MAGIC II. Die Spiegel mit ihren hunderten Aluminiumfacetten wirkten wie riesige Libellenaugen. Sie reflektierten ein exaktes Abbild der zerklüfteten Landschaft. Eine Gedenktafel erinnerte an den deutschen Astronomen Florian Goebel. Roland hatte mir von ihm erzählt. Er hatte sich bei einem Besuch des Max-Planck-Instituts in München mit ihm angefreundet. Goebel war maßgeblich an der Entwicklung der beiden Gammastrahlenteleskope beteiligt. Er hatte gehofft, mittels der *Tscherenkow*-Strahlung nicht nur die Emissionen von schwarzen Löchern und Supernovae messen zu können, sondern auch erste Spuren der geheimnisvollen *Dunklen Materie* zu finden. Im September 2008, neun Tage vor der Eröffnung von MAGIC II, stürzte er beim Versuch, eine der optischen Linsen auszuwechseln, aus zehn Metern Höhe ab und konnte von den Notärzten nicht mehr gerettet werden. Er war erst fünfunddreißig. Noch so ein Omen.

Roland ging mir nicht mehr aus dem Kopf. Ich dachte daran, wie stolz er darauf war, bei einem Kongress Stephen Hawking kennengelernt zu haben. Zu seiner Freude blieb Hawking auch nach der Veranstaltung mit ihm in Kontakt. Seine großen Erklärungen des Universums spickte Roland fortan gerne mit Halbsätzen wie „Stephen würde jetzt sagen" oder „Da ist Stephen zwar anderer Meinung, aber ...".

Ich fühlte mich wie ein elender Verräter.

Bedrückt stieg ich wieder in den Wagen und setzte meine Erkundungen fort. Ich entdeckte, dass man zum *Isaac-Newton*-Teleskop gelangen konnte, ohne von einer Verbotstafel aufgehalten zu werden. Direkt vor dem Eingang stellte ich den Wagen ab und erwartete, dass gleich Astronomen herausstürzen und mich verjagen würden. Doch niemand kam. Zu Fuß umrundete ich das Gebäude. Die Kuppel glich der des *GranTeCan*, war jedoch nur halb so groß und strahlend weiß. Fast wäre ich der Versuchung erlegen, eine der Außentreppen hochzusteigen, dann verließ mich der Mut. Ich setzte mich auf einen Stein und arbeitete an meiner Konzentration.

Allein mit der Kraft meiner Gedanken versuchte ich, den Minutenzeiger zu schnellerem Vorrücken zu bewegen. Einmal erschrak ich, weil ich dachte, meine Uhr sei stehen geblieben. Aber nein, nach einer Zeitspanne, die ich wie zehn Minuten erlebte, rückte der Zeiger wieder um einen Strich weiter. Ich spürte, wie meine Fingernägel wuchsen.

Vielleicht hatte das langsame Vergehen der Zeit etwas damit zu tun, dass ich in das Gravitationsfeld eines schwarzen Lochs geraten war. Ich hatte den Ereignishorizont überschritten, war innerhalb des Schwarzschild-Radius, es gab kein Zurück mehr. Bald würde sich mein Körper in dünne, nudelartige Streifen auflösen. Roland hatte mir dieses Szenario immer mit besonderer Verve ausgemalt. Er vergaß nie, zu erwähnen, dass Karl Schwarzschild seine berühmte Formel an der Kuffner-Sternwarte entwickelt hatte.

Endlich wagte ich es, die Mailbox abzuhören. Nichts. Ich war erleichtert.

Nach den längsten eineinhalb Stunden meines Lebens zeigte die Uhr halb zwölf.

Also los.

ZWEI

Auf dem Parkplatz standen etwa zehn Personen und warteten auf die Führung. Ich schlenderte zu ihnen hin und
stellte mich dazu. Da entdeckte ich Sara. Sofort drehte ich
mich weg. Zu auffällig. Schweißperlen bildeten sich auf
meiner Stirn. Etwa hundert Meter von uns entfernt sah
ich Ricardos Wagen stehen. Ich zwang mich dazu, langsamer zu atmen. Lächelte ein kleines Mädchen an, das an
der Hand seines Vaters aufgeregt zappelte. Es zeigte mir
die Zunge.

Der alte Ford Transit rollte heran und hielt neben uns.
Derselbe Fahrer. Wir schauten uns kurz an, er erkannte
mich nicht. Gut so. Die Gruppe stieg ein. Sara trachtete
danach, sich möglichst weit entfernt von mir hinzusetzen.
Es gelang ihr nicht. Ein junges Pärchen – zwei blonde
Hünen – drängte sie auf einen Platz direkt mir gegenüber.
Sie blickte zu Boden, wirkte gelangweilt. Ich bewunderte ihre Verstellungskünste. Sie trug kunstvoll zerrissene
Jungmädchen-Jeans, die ich noch nie an ihr gesehen hatte. Unterhalb der ausgefransten Stoffränder: lichtdurch-
lässige Haut, Blutgefäße, leuchtend die Knöchel. Flache
Schuhe, die nicht zu ihrem Stil passten. Ballerinas für
den Totentanz. Sie hatte sich verkleidet, zur Feier ihres
großen Auftritts. Alles würde ihr glücken. Mit den Füßen
schlug sie den Takt zu einer Musik, die nur sie hörte. Es
sah fröhlich aus. Wohin führte uns das alles? Ich würde
keinen Zentimeter von ihrer Seite weichen. Verloren, verloren, wir beide. Ich werde dich besuchen im Gefängnis.

Wir rumpelten nach oben. Warum war ich panisch, aber
Sara die Ruhe selbst? Weil sie ohne Zweifel war, schlicht
ihrer Logik folgte? Im Transit herrschte aufgeregte Stimmung, ein Sprachgewirr aus Englisch, Spanisch, Deutsch
und Schwedisch oder Norwegisch erfüllte die Luft. Die

beiden hochaufgeschossenen Blonden sahen einander so ähnlich, dass ich nicht mehr mit Sicherheit entscheiden konnte, ob sie tatsächlich ein Paar waren. Auch Bruder und Schwester hielten manchmal Händchen, oder? Die kleine Göre plapperte ununterbrochen vor sich hin und ritt dabei ausgelassen auf dem Schoß ihres Vaters. Tiefe Ringe hatten sich unter seine Augen gegraben.

Im Seitenfenster sah ich die Kuppel näher kommen. Ein kahler Schädel, glattpoliert, der Bogen der Außentreppen ein blitzendes Diadem. Darunter, unsichtbar: das monströse Gehirn. Sara entkam ein Blick, der mich streifte, ich spürte ihn wie das Kitzeln einer Feder. Der Fahrer bremste, wie es hier üblich war, wir wurden nach vorne geschleudert und hielten uns aneinander fest, um nicht zu fallen. Ein Mann in einem Jackett, wie es britischer nicht denkbar war, suchte auf dem Boden seine Brille. Ich fand sie rasch, er bedankte sich überschwänglich, es klang wie eine Antrittsrede für eine Professur in Oxford. Mit Gesten versuchte ich seinen Redefluss zu stoppen. Da ich es nicht schaffte, tauchte ich unter ihm durch und stand als Erster im Freien.

Der Anbau, die Fenster, das Dach, das Tor. Wie schon einmal. Wie niemals wieder. Die anderen Besucher stiegen aus dem Wagen. Zu langsam für mein Empfinden. Sie stellten sich hinter mich, als warteten sie in einer Schlange auf den Bus. Ich durfte mich nicht umdrehen, um nach Sara Ausschau zu halten. Nur keine Aufmerksamkeit erregen. Stand sie exakt hinter mir, wie vereinbart? Ich nahm sie nicht wahr. Das Mädchen warf einen Stein gegen das Tor und jauchzte. Der müde Vater raffte sich zu ermahnenden Worten auf. Die Sicherheitsgitter vor zwei Stegen an den Seiten des Kuppeldachs sammelten das Sonnenlicht. Der Schädel hatte jetzt Augen. Er schaute mir ins Herz. Bist du mutig genug?, fragte er. Mut, was war das für ein Wort?

Bisher hatte es in meinem Leben keine Rolle gespielt. Sara, wo war Sara?

Da hörte ich ein vertrautes Atmen hinter mir und ein Finger berührte kurz meine Hüfte. Erleichtert blies ich die alte Luft aus meiner Lunge und sog die neue ein. Bereit, bereit. Gleich würde uns unser Schicksalsmann entgegentreten.

Aber nein. Zwei junge Männer kamen auf uns zu, begrüßten uns und führten uns ins Innere. Drückten uns blaue Helme in die Hände und erklärten uns, wie wir sie umzuschnallen hatten. Damit hatte ich nicht gerechnet. Was war los? Hatte Durán Dienst getauscht? Ich nestelte am Band herum und schaffte es nicht, den Verschluss zu öffnen. Die Erinnerung an die Sicherheitsgurte in Flugzeugen lähmte mich. Wie lachhaft. Ein Attentatsgehilfe mit Flugangst. Dessen Frau nichts lieber tat, als am Himmel zu schweben.

Bald hatten alle ihre Helme auf. Auf den Häuptern der zärtlichen Geschwister sahen sie aus wie Faschingshütchen. Ich gab auf, drückte das Band ins Innere des Helms und stülpte ihn mir über den Kopf. Das Mädchen starrte mich an und begann zu lachen. Ich schaute mich um. Die jungen Männer waren verschwunden. Ich stellte mich an den Fuß der Wendeltreppe, die hinauf zum Spiegel führte. Sara kam an meine Seite. Es war furchtbar, nicht mit ihr sprechen zu können. Die Zeit kroch vor sich hin. Nichts geschah. War alles umsonst gewesen?

Da sah ich ihn kommen. Er ging in meine Richtung, blieb unmittelbar vor mir stehen. Ich blickte in sein Gesicht. Die fröhlichen Lachfältchen. Die zusammengewachsenen Augenbrauen. Er hielt mir seine Hand hin. Wieso ausgerechnet mir? Meine Unruhe wuchs. Doch er begrüßte jeden Einzelnen mit Handschlag. Aus den Augenwinkeln beobachtete ich Sara. Sie schien konzentriert zu sein. Als sie an der Reihe war, Duráns Hand zu schütteln, krampfte sich mein Herz zusammen. Aber sie verzog keine Miene. Mit stoischer Todesverachtung erwiderte sie den Händedruck. Dabei schaukelte ihre Tasche ein wenig hin und her.

Durán hob den Arm, alle Augenpaare waren auf ihn gerichtet. Er fragte uns, ob es für uns in Ordnung sei, dass seine Erläuterungen in englischer Sprache erfolgen würden. Allgemeines Nicken. Er zeigte auf die Treppe und nannte sie *Jacob's Ladder*. Wie erhofft ging er voraus. Ich folgte ihm als Erster, hinter mir Sara. Zügig stieg er nach oben. Etwa nach jeder zwanzigsten Stufe gab es eine breite Plattform, auf der mehrere Menschen stehen konnten, die aber den Nachkommenden keine Einsicht bot. Auf einem dieser Plateaus musste es geschehen; allerdings hatte ich keine Ahnung, wie viele es waren. Oben in der Halle würde es jedenfalls zu spät sein.

Und er musste stehen bleiben. Zumindest für ein paar Augenblicke. Danach sah es aber nicht aus. Er lief nach oben, als wäre der Teufel hinter ihm her. Es kostete uns einige Anstrengung, an ihm dranzubleiben. Er hatte eine bewundernswerte Kondition für sein Alter.

Erste Plattform: keine Chance.

Zweite Plattform: keine Chance.

Doch bei der dritten musste er mit einem Mal innehalten und nach Luft schnappen.

Er stand jetzt unmittelbar vor uns, vielleicht ein, zwei Schritte entfernt.

Er lächelte Sara an. Er hatte keine Ahnung.

Sara öffnete ihre Tasche. Ihre Bewegungen waren langsam, aber ruhig. Hundertmal geprobt. Ihre Hand griff hinein. Jetzt musste sie das Metall berühren.

Ich würde Zeuge eines Mordes werden. Den ich nicht verhindert hatte. Nicht verhindern wollte.

Doch plötzlich erstarrte Sara. Mit der Hand in der Tasche stand sie da und rührte sich keinen Millimeter. Gleich würde der Rest der Gruppe hinter uns aufschließen, der Mann sich umdrehen und um die Kurve verschwinden.

Ich schaute sie an. Nicht einmal ihre Augenlider regten sich.

Sie konnte es nicht tun.

Der Grund unter meinen Füßen schwankte. Ich schloss die Augen, da hörte ich eine Stimme hinter mir. Die Stimme eines Geistes.

„Hasenfuß", sagte sie.

Alles, was folgte, dauerte nur Bruchteile von Sekunden, obwohl es mir vorkam wie ein halbes Leben.

Io, dachte ich, Europa, Ganymed, Kallisto.

Ich öffnete die Augen, griff nach der Pistole in der Tasche, sie lag frei, Sara hielt sie nicht umklammert.

Ich zog sie hervor, zielte auf die Brust von Durán.

Saras linke Hand, die bis dahin an ihrer Seite heruntergehangen war wie ein lebloser Gegenstand, schnellte hoch, drückte meinen Arm nach unten.

„Du nicht!", rief Sara, „nicht du!"

Ich drückte trotzdem ab, aber es war zu spät. Das Projektil traf den Boden. Der Rückstoß riss mich nach hinten, aber ich fiel nicht. Der Querschläger prallte von der Wand ab und verletzte niemanden. Durán hielt still. Ich las keine Angst in seinen Augen, nur Verachtung. Ich glaube, er wusste nun, mit wem er es zu tun hatte.

Auf der Treppe unter uns brach ein Tumult los. Der Brite mit Brille erreichte als Erster die Plattform. Er schaute mich an, ich hatte noch immer die Pistole in der Hand. Er schüttelte den Kopf wie über einen ungezogenen Bengel. Die anderen kamen. Der große blonde Mann stellte sich vor Sara, um sie zu schützen. Er hatte nichts begriffen. Seine Schwester oder Freundin schrie um Hilfe.

Nur das kleine Mädchen lächelte triumphierend. Es hatte von Anfang an gewusst, dass ich ein böser Mann war.

Keiner wagte es, sich mir zu nähern.

Minutenlang passierte nichts.

Dann tauchten die Sicherheitskräfte des Observatoriums auf. Einer von ihnen drehte meinen Arm auf den Rücken, die Pistole fiel zu Boden. Sara wurde ein Taschentuch gereicht, wozu auch immer. In diesem Moment hatte ich eine Eingebung.

„Lasst mich in Ruhe", rief ich, „ich will nicht mehr leben!"

Das war nur an Sara gerichtet. Ich hoffte inständig, sie würde meine Botschaft verstehen. Huschte da ein Grinsen über Duráns Züge?

Einer der Ordnungshüter telefonierte. Wieder warteten wir. Saras Lider waren halb geschlossen. Sie presste die leere Tasche an sich. Hatte sie mich gehört?

Ich musste sichergehen. Also noch ein Signal.

„Wieso darf ich mich nicht einfach umbringen?", schrie ich.

Endlich erschien die Guardia Civil, drei Männer mit dunkelgrünen Baseballkappen.

Mir wurden Handschellen angelegt. Eine Aura der Unwirklichkeit umhüllte alle Vorgänge, wie in einem dieser Träume, in denen man weiß, dass man träumt. Das einzig Reale für mich in diesem Augenblick war der Zehn-Meter-Spiegel des *Gran Telescopio Canarias*, der sich nur ein paar Meter über mir befand. Meine Hoffnung, seiner ansichtig zu werden, hatte sich endgültig zerschlagen. Ich war gescheitert, in jeder Hinsicht. Sara bekam ihr Leben nicht zurück. Ihr Folterer hatte gewonnen.

DREI

Mein Körper reagierte auf die Einengung seiner Bewegungsfreiheit durch die Handschellen: Alles, was geschah, nahm ich nun langsamer und gedämpft wahr. Die Männer der Guardia Civil zerrten mich über die Wendeltreppe nach unten und schoben mich in ein Fahrzeug, wobei einer von ihnen meinen Kopf mit der Hand nach unten drückte. Nachdem ich sicher verstaut war, fuhren wir los. Was ich durch das Autofenster sah, kam mir verschwommen vor, als wäre die Welt draußen nur eine flimmernde Fata Morgana. Die Caldera hatte sich in diffuse Partikel aufgelöst. Ich empfand die Fahrt nach unten wie eine Reise von mehreren Tagen. Selbst die Bewegungen der Gendarmen wirkten seltsam verzögert, wie in zähflüssiger Luft vollführt. Ein Gefangenentransport in Superzeitlupe.

Je länger wir in endlosen Kurven zu Tal rollten, desto klarer wurde mir, was geschehen war. Alles war meine Schuld. Ich hatte zu langsam reagiert. Wäre es mir geglückt, die Pistole schneller zu ziehen und sofort zu feuern, hätte Sara keine Zeit gehabt, einzugreifen. Dass mir das Gelingen in diesem Fall eine Mordanklage eingebracht hätte, schien mir in diesen Stunden keine Bedeutung zu besitzen.

Erst spät fiel mir auf, dass wir nicht nach Santa Cruz unterwegs waren. Bananenplantagen, Mandelbäume, am Horizont die Bucht von Tazacorte: Wir befanden uns im Westen der Insel. Man brachte mich nach Los Llanos de Aridane. Für Verbrechen auf dem Roque de los Muchachos war offenbar die Guardia Civil der größten Inselstadt zuständig.

Wir hielten vor einem langgezogenen, weiß getünchten Gebäude, dessen Fenster vergittert waren. Die Gendarmen zogen mich aus dem Wagen, erneut spürte ich eine Hand auf meinem Kopf. Zwischen zwei mächtigen Palmen schritten wir hindurch, am Eingang wartete ein weiterer bewaffneter Mann mit Schirmmütze. Er nahm mich in Empfang und stieß mich eine Treppe hoch – dass ich ihm bedeutete, allein gehen zu können, ignorierte er. Im ersten Stock betraten wir einen Büroraum mit ausladendem Schreibtisch, hinter dem ein hochgewachsener Mann saß. Er trug einen dünnen Schnurrbart, wie mit Kajalstift gezeichnet. In würdevoller Langsamkeit stand er auf und sprach auf Spanisch mit seinem Untergebenen, der immer noch meinen Arm mit festem Griff umklammerte. Ich verstand kein Wort. In unterwürfigem Tonfall versuchte ich, auf meine missliche Lage hinzuweisen:

„Excuse me, Sir, may I ask you ...“

„Sorry“, unterbrach er mich. „No English.“

Dann sagte er, wie um mich zu verhöhnen, beinahe ohne Akzent: „Your mobile phone, please!“

Ich zog das Handy aus der Innentasche meiner Jacke und reichte es ihm.

„Thank you, Sir!“ Er verneigte sich spöttisch.

Damit war unsere Konversation beendet. Der Vorgesetzte bellte noch ein paar Worte, machte eine Kopfbewegung Richtung Tür und nahm wieder Platz. Der Gendarm salutierte und schob mich aus dem Büro. Wir gingen durch einen langen Korridor. Kurz vor dessen Ende bogen wir in einen schmaleren Seitengang ein. Links und rechts eine Reihe von Eisentüren. Vor einer davon blieb der Mann stehen und zog einen Schlüsselbund aus der Hosentasche. Es dauerte, bis er den richtigen fand. Als die Tür aufschwang, stieg mir ein ätzender Geruch in die Nase.

Der Gendarm ließ meinen Arm los, nahm mir die Handschellen ab und stieß mich nach vorn. Ich stolperte und fiel zu Boden.

Mit einem unheilschwangeren Geräusch schloss sich mein Durchgang zur Welt.

Wie lange ich auf dem kalten Stein gelegen hatte, ohne mich zu bewegen, weiß ich nicht. Mein Zeitgefühl war mir abhandengekommen. Erst allmählich nahm ich im Licht der nackten Glühbirne, die von der Decke hing, meine Umgebung wahr. Pritsche. Tisch. Toilette. Ich musste an meine Reisevorbereitungen denken. Zwei Meter mal zwei Meter zwanzig. Allergikerbettwäsche. Ich griff nach der Decke, die auf der Pritsche lag, und ein Lachen durchschüttelte mich, das Karin wohl *hysterisch* genannt hätte. Der *Bettenkontrollfreak* in der Kaserne der Guardia Civil. Dem Himmel wollte ich nahe sein, und nun hatte ich das Gefühl, die Zellendecke würde mich für immer von ihm trennen. Die Sterne waren erloschen, die Insel mit ihren Düften und Lichtern versunken.

Als die Wogen des Selbstmitleids langsam verebbten, bemerkte ich die Wasserflasche unter dem Tisch. In gierigen Schlucken trank ich sie halb leer. Das Wasser schmeckte frisch, es wirkte wie ein Kühlmittel für meine heiß gelaufene Nervenmaschine. Die Gedanken formierten sich neu. Und Durán kehrte in meinen Kopf zurück.

Hätte ich tatsächlich geschossen, wenn Sara meinen Arm nicht nach unten gedrückt hätte? Wäre ich Manns genug gewesen, ihn zu töten? Es ist leicht, eine Kugel in den Boden zu feuern, aber mitten in eine menschliche Brust? Darüber habe ich oft nachgedacht, immer wieder die Szene in meinem Kopf durchgespielt.

Mein Finger war am Abzug, die Pistole war auf Duráns Herz gerichtet. Hatte ich erst abgedrückt, nachdem Sara eingegriffen hatte, war es ein unverfänglicher Schuss gewesen, mit dem ich mir nur selbst etwas beweisen wollte? Hätten meine Finger die Bewegung vollzogen, wenn der Lauf auf Durán gezielt hätte? Gab es diese Zehntelsekunde, die den Unterschied ausmachte zwischen Feigling und Mörder? Oder zwischen Vernunft und Wahnsinn?

Heute bin ich davon überzeugt: Wäre Saras Reaktion ausgeblieben, hätte ich Durán getötet. Und im nächsten Augenblick zweifle ich wieder daran.

Von der Tür her hörte ich ein schabendes Geräusch. Eine Klappe wurde geöffnet und ein Metallteller in die Zelle geschoben. Ich zögerte. In der Suppe schwamm etwas, das mich an Maikäfer erinnerte. Am Ende übermannte mich der Hunger und ich begann zu essen. Es knackte zwischen meinen Zähnen, doch der Geschmack war nicht ekelerregend.

Ich legte mich auf die Pritsche. Sie war bei weitem zu kurz für mich, meine Waden hingen in der Luft. In gemächlichem Tempo kletterten die Ängste meine Rückenwirbel hoch. *Jacob's Ladder*, hatte Durán gesagt. Seine Gestalt trat mir immer deutlicher vor Augen. Er hatte gesehen, wie ein fremder Mann eine Waffe auf ihn richtete. Aber auch, dass diese Pistole aus der Handtasche einer Frau stammte, die daneben stand. Hatte er Sara erkannt, nach über vierzig Jahren? Oder musste er das gar nicht? Gab es einen bestimmten Gesichtsausdruck, eine Art, wie ihn jemand anschaute, und er wusste sofort: Das ist eines meiner Opfer? War es das erste Mal, dass ihn jemand bedrohte, oder hatte er schon eine gewisse Routine im Umgang mit der Wut und den Rachegelüsten jener, die er einst gequält hatte?

Vielleicht war ihm der Rachegedanke gar nicht fremd. Und er war jetzt gezwungen zu handeln. Wenn dieser Mann und diese Frau es darauf angelegt hatten, ihn zu beseitigen, würden sie es noch einmal versuchen. Das konnte er nicht zulassen. Und im Gegensatz zu uns hatte er es in der Kunst des Tötens zur Meisterschaft gebracht. Sicher wusste er längst, wohin man mich überstellt hatte und wo Sara wohnte. Ich sah ihn plastisch vor mir, wie er einen Schalldämpfer auf seine Pistole schraubte. Mittlerweile

war er höchstwahrscheinlich längst in Santa Cruz angekommen, stieg auf dem Parkplatz des *El Galeón* aus seinem
Wagen und drückte den Liftknopf. Während ihn der Fahr-
stuhl in Saras Stockwerk brachte, breitete sich ein Lächeln
auf seinen Zügen aus. Einmal noch, ein letztes Mal, würde
er dieser Frau ein paar Fragen stellen müssen.

Er klopfte an Saras Tür. Nichts geschah. Er klopfte noch
einmal, lauter und heftiger. Da hörte er Schritte. Sara öffnete. Sie schrie, als sie ihn sah. Mit einer Hand packte er
sie am Hals und schob sie ins Zimmer. Er fesselte sie an
einen Stuhl und steckte ihr ein Taschentuch in den Mund.
Mit dem Schalldämpfer strich er sanft über ihre Wange.

„Ich würde gerne etwas wissen", sagte er. „Wenn du
noch einmal schreist, bist du sofort tot. Wenn du redest,
könnte es sein, dass du weiterleben darfst. Hast du verstanden?"

Sara nickte, Durán zog das Tuch aus ihrem Mund.

„Wer bist du?", fragte er. „Und wer ist dein Komplize?"

Ich schreckte hoch, der Teller war scheppernd auf den
Boden gefallen. Mit Daumen und Zeigefinger drückte ich
gegen meine Lider, um die Bilder zu verjagen. Ich musste
alles daran setzen, nicht die Kontrolle zu verlieren. Mit
dem Rücken zur Wand hockte ich mich auf die Pritsche.
Die Panik kam und ging, in regelmäßigen Wellen. Meine Vorstellung war fehlerhaft. Durán würde zuerst die
Person ausschalten, die auf ihn gezielt hatte. Mich. Bestimmt kannte er die meisten Beamten der Guardia Civil.
Es würde für ihn ein Leichtes sein, bis zu meiner Zelle
vorzudringen. Ich hörte ihn schon kommen, ein Schlüssel drehte sich im Schloss und Durán sagte zu meinem
Wächter:

„Lass mich mit ihm allein."

Ich trank noch einen Schluck und goss mir den Rest
des Wassers in den Nacken, als könnte ich dadurch die

kletternden Dämonen auf meiner Rückenleiter fortspülen. Was hatte die Guardia Civil wohl mit Sara gemacht? Wenn Durán bezeugt hatte, dass die Pistole aus ihrer Tasche stammte, hatten sie sie vermutlich auch in Gewahrsam genommen. Saß sie im selben Gebäude, nur wenige Zellen von mir entfernt? Wie ich sie kannte, würde sie in einem Verhör alle Schuld auf sich nehmen. Existierte eine Strafe für gescheiterten Mordversuch? Für eine Tat, die nur im Geist begangen wurde und niemanden geschädigt hatte? Sie hatte keinen Finger gerührt. Doch sie konnte aussagen, dass sie mich angestiftet hatte. Gab es im Gesetzbuch einen Paragrafen, der die Anstiftung eines Unfähigen regelte? Oder hob mein Versagen ihr Vergehen auf? Folgte man der normativen Kraft des Faktischen, hatte sie sogar eine Straftat verhindert.

Ach, Sara. Was empfand sie in diesem Moment? War ihr klar, dass sie ihrem Folterer das Leben gerettet hatte? Zweifellos. Ich wünschte mir nur, dass sie nicht vom Gefühl überwältigt wurde, ihre Zukunft verwirkt zu haben. Durán lebte, dank ihrer Intervention. Eine zweite Chance, ihn zu töten, würde es aller Voraussicht nach nicht geben. Mein Mantra aus dem Transit spukte mir durch den Kopf: Verloren, verloren, wir beide. Dass es so ausgehen würde, hätte ich mir während der Fahrt allerdings nicht träumen lassen. In meiner Fantasie saß Sara in einer Art Hotelzimmer mit zarten Fenstergittern, umringt von Menschenrechtsanwälten, allesamt smart und hochmotiviert, die es am Ende schaffen würden, einen Freispruch oder eine Strafe auf Bewährung zu erstreiten.

In der Zelle wurde es dunkler. Erst jetzt bemerkte ich das winzige Fenster unter der Decke. Zu hoch für einen Gefangenen, um nach draußen zu blicken. Die wenigen Sonnenstrahlen, die es in den Raum dringen ließ, wurden schwächer und verglommen schließlich ganz.

Und Karin? War ihr gesagt worden, wo ich mich befand? Möglicherweise hatte sie keine Ahnung, was passiert war. Wenn sie der Versuchung nachgegeben hatte, mich einfach anzurufen, war sie unweigerlich bei dem Mann mit dem aufgemalten Schnurrbart gelandet. „Yes, please? Mrs. Rauch?" Vorladung, Befragung. Ob sie etwas geahnt habe von den Absichten ihres Mannes? Ob sie eine gewisse Sara Hansen kenne?

Ich musste zur Ruhe kommen. Und mir eine Version der Geschichte zurechtlegen, die keine Schwachstellen hatte. Handfeste Gründe für meinen Suizidversuch.

An Ricardo dachte ich auch.

Ich hoffte, er kümmerte sich um Karin.

Ich hoffte, er kümmerte sich nicht um Karin.

So ging sie hin, meine erste Nacht im Arrest.

VIER

Am folgenden Morgen erwachte ich früh, jemand hämmerte gegen meine Tür. Ein seltsames Verhalten, da ich ja außerstande war, zu öffnen. Ich hörte das Geräusch der Schlüssel, die schwere Pforte schwang auf, draußen stand der Mann, der mich die Treppe nach oben gezerrt hatte. In der Hand hielt er einen Teller mit schwarzen Toastscheiben, einem Stück Butter oder Margarine und einem Marmeladeglas.

„Breakfast for Germans", sagte er.

„I am no German."

Er zuckte die Achseln.

Ich setzte mich auf und nahm den Teller entgegen. Der Mann reichte mir ein stumpfes Messer und eine Gabel aus Plastik.

„Please eat quick", sagte er. „In half hour talk to judge."

Er drehte sich um, verließ die Zelle und sperrte hinter sich zu.

Ich starrte auf den verkohlten Toast. Roch an der Butter. Schon recht ranzig. Doch die Erdbeermarmelade war einwandfrei und ich aß mit der Gabel das Glas fast leer.

Dass ein Untersuchungsrichter oder ein Haftrichter ein Verhör mit mir führen würde, hatte ich erwartet. Aber nicht, dass es so schnell ging. Im Stillen wiederholte ich die Punkte, die ich dafür vorbereitet hatte. Ich fühlte mich wie vor einer Prüfung, die den weiteren Verlauf meines Lebens entscheiden würde. War meine Geschichte glaubhaft? Der geplante Selbstmord, die aufmerksame, unbekannte Nachbarin, die den Versuch dank ihrer Geistesgegenwart vereitelt hatte? Die wichtigste Frage aber war: Verhielt sich Sara so, wie es meinem Plan entsprach?

Meine größte Angst war, dass mir das Verhör entglitt. Dass ich mich in Widersprüche verstrickte oder eine Aussage tätigte, die mein ganzes Lügengebäude in sich zusammenstürzen ließ.

Wieder das Klopfen und das Drehen des Schlüssels. Die halbe Stunde musste schon vergangen sein; mir war die verstrichene Zeit wie fünf Minuten erschienen.

Der Mann wartete, bis ich aufstand und ihm meine Hände entgegenstreckte. Dann legte er mir die Handschellen an. Dieses Mal packte er nicht meinen Oberarm, um mich hinter sich her zu schleppen. Er deutete mir an, ich solle vorausgehen. Hatte ich schon ein wenig sein Vertrauen gewonnen? Er zeigte auf die Stufen, wir stiegen hinunter und verließen das Gebäude. Also fand die Befragung nicht in der Kaserne statt, was mich erleichterte.

Auf dem Parkplatz vor dem Eingang wartete ein grün und weiß gestrichener Kastenwagen auf uns. Über dem Mercedes-Stern prangte das Emblem der Guardia Civil, die Krone, das Schwert und die *fasces*, das Rutenbündel. Ricardo hatte mir erklärt, dass die spanische Gendarmerie noch immer das Zeichen der Faschisten in ihrem Wappen trug. „Damit du verstehst, wie die Exekutive hier tickt", hatte er grimmig hinzugefügt.

Nun saß ich also in einem Gefangenentransporter dieser Organisation, der in aberwitzigem Tempo durch die zweispurigen Straßen von Los Llanos de Aridane raste. Mein Puls raste mit.

Wir hielten vor einem zweistöckigen weißen Quader mit Holzbalkonen, auf dessen Dach drei Fahnen gehisst waren. Aus irgendeinem Grund fand ich den Bau vertrauenerweckender als die Kaserne, aus der ich kam. Es musste das Amtsgericht der Stadt sein, hier würde Justitia ein gerechtes Urteil über mich fällen.

Mein Begleiter half mir aus dem Wagen, diesmal gab es niemanden, der uns in Empfang nahm. Die Stiege war breiter, ehrfurchtgebietender als jene im Quartier der Guardia Civil. Vor einer Holztür blieben wir stehen. Der Beamte drückte die Klinke, als befände er sich auf dem Weg in sein eigenes Büro. Er trat ein und zeigte auf einen Stuhl. Gehorsam setzte ich mich.

„Ten minutes", sagte er und ließ mich allein.

Der Verhörraum war genauso eingerichtet, wie es zu erwarten war. Ein Tisch, zwei Stühle, kahle Wände. Auf einer Seite eine Glaswand, hinter der Polizisten das Geschehen beobachten konnten. Wie in jedem mittelmäßigen Krimi. Vielleicht bildeten die Filme ja gar nicht die Wirklichkeit ab, sondern umgekehrt. Jeder Architekt, der einen solchen Raum entwarf, musste sich vorher Dutzende CSI- oder Tatort-Folgen anschauen, damit er wusste, was er zu tun hatte.

Ich wartete eine Viertelstunde, bis der Untersuchungsrichter erschien. Ein freundlicher Riese mit grauen Haaren und einem perfekt getrimmten Schnurrbart, dicht und buschig, kein kosmetisch applizierter Strich. Er schüttelte mir höflich die Hand, setzte sich mir gegenüber und legte eine Mappe vor sich auf den Tisch.

„Verzeihen Sie bitte mein Deutsch", begann er. „Es ist nicht sehr gut."

„Doch, bis jetzt schon", antwortete ich.

„Sagen Sie das meiner Frau. Sie kommt aus Hannover." Er lächelte nicht und richtete seine Augen auf mich. Helles Blau. Es wäre übertrieben, seinen Blick *stechend* oder *durchdringend* zu nennen; sagen wir lieber, er ließ auf *äußerste Aufmerksamkeit* schließen.

„Erzählen Sie mir genau, was im Observatorium geschehen ist."

„Ich ... ich wollte mir das Leben nehmen. Ich habe eine Pistole mitgenommen, um mich umzubringen."

„So depressiv sehen Sie gar nicht aus."

„Das täuscht", sagte ich.

„Ich höre."

„Ich bin schon seit Längerem mit meinem Leben nicht mehr im Reinen. Und dann ist mein Vater gestorben. Letzten Dezember. Da bin ich in ein tiefes Loch gefallen und nicht mehr herausgekommen."

„Das ist alles? Sie wollten Selbstmord begehen, weil Sie verloren haben Ihren Vater?"

„Ist das nicht genug?" Ich bemühte mich, empört zu klingen. „Ich habe meinen Vater sehr geliebt."

Sein Gesichtsausdruck verriet mir: Er war nicht überzeugt. Also weiter im Plan.

„Es gibt da noch etwas", sagte ich leise.

„Ja?"

„Ich spüre etwas in mir. Etwas Fremdes. Es wächst."

Ich schluckte. Warum nur war ich so schlecht im Lügen? Gleich würde er mich anschreien.

Aber nein. Er hörte weiter zu.

„Gleichzeitig merke ich, wie ich jeden Tag erschöpfter werde. Meine Lebenskraft schwindet. Bei meinem Vater hat es genauso begonnen."

Ich blickte zu Boden, es sollte melancholisch aussehen.

„Sind Sie oder waren Sie in ärztlicher, wie sagt man, Aufsicht?"

„Nein."

„Warum nicht?"

„Es wäre sinnlos. Ich weiß ja, was ich habe."

„Ich verstehe nicht ganz –"

„Nein? Ich habe Krebs, wie mein Vater. Er wird mich töten, wie er ihn getötet hat. Ich wollte ihm zuvorkommen."

Der Richter blies die Luft aus. Er glaubte mir noch immer nicht. Oder doch?

„Warum ausgerechnet dieser Ort? Weshalb haben Sie nicht zu Hause versucht, sich zu erschießen?"

„Es war eine Art letzter Traum. Die Astronomie ist meine einzige verbliebene Leidenschaft. Dort oben steht das größte Spiegelteleskop der Welt. In seiner Nähe wollte ich mein Leben in Würde beenden. Wie Venedig sehen und sterben, verstehen Sie?"

War das zu dick aufgetragen? Der Richter strich mit dem Daumen über seinen Schnurrbart.

„Wie sind Sie gelangt in den Besitz der Waffe?"

„Internet", antwortete ich schnell. Sah man mir an, dass ich ein Cyber-Idiot war? Sicher.

„Ja", seufzte der Richter, „das geht heute alles viel zu leicht."

Er betrachtete seine Finger. Makellose Maniküre.

„Wir haben mehrere Zeugen, wie heißt das, gehört."

„Verhört", sagte ich.

Seine Augen verengten sich. Damit wusste ich wenigstens eines: Korrigiert zu werden gefiel ihm nicht.

„Kennen Sie Señor Durán?"

„Nein. Wer soll das sein?" Der Auftakt zu meinem Untergang.

„Der Astronom, der gemacht hat die Führung."

„Aha. Und, was hat er ausgesagt?"

„Ich stelle hier die Fragen." Er trommelte mit den Fingern auf den Tisch. Das hatte er sicher auch in irgendeiner Serie gesehen.

„Natürlich, verzeihen Sie."

Er überlegte. Blätterte in seinen Unterlagen.

„Señor Durán wurde bereits unmittelbar nach dem Zwischenfall an Ort und Stelle befragt. Von der Guardia Civil. Er gibt an, nichts Besonderes wahrgenommen zu haben. Er hat die Pistole zuerst gar nicht gesehen, er war beschäftigt mit seinen Ausführungen. Als er den Schuss gehört hat, ist er erschrocken. Hat gesehen die Waffe in

Ihrer Hand und die Frau, die Ihren Arm hielt. Er konnte uns nicht genau sagen, was passiert war."

Mir wurde heiß und kalt. Durán hatte also nicht angegeben, dass ich auf ihn gezielt hatte. Was bedeutete das? Konnte es sein, dass er es nicht gesehen hatte? Unmöglich. Ich erinnerte mich deutlich an seinen Blick im Moment des Schusses.

Wollte er tatsächlich das Gesetz selbst in die Hand nehmen, weil er der Polizei nicht traute? Ich beschwor mich eindringlich: nur jetzt nicht die Nerven verlieren. Vielleicht wollte er nur verhindern, dass seine Vergangenheit ans Licht gezerrt wurde und es mit der Beschaulichkeit seines Lebens vorbei war.

„Das bestätigt ja meine Angaben", sagte ich leise.

Der Untersuchungsrichter trommelte wieder.

„Und die Frau, die angeblich verhindert hat Ihren Selbstmord?"

„Ich kenne sie nicht. Ich habe sie bei der Führung zum ersten Mal gesehen."

„Und warum stand sie dann neben Ihnen?"

„Wie soll ich das wissen? Das müssen Sie sie bitte selbst fragen. Sicher nur Zufall."

„Glauben Sie etwa, wir hätten sie noch nicht ge... verhört?" Er wirkte ungehalten, seine Stimme wurde schärfer.

„Darf ich Sie bitten um Ihre Version?"

Ich atmete schneller und hoffte inständig, er würde es nicht bemerken.

„Ich ... ich habe die Pistole aus meiner Jackentasche gezogen und sie mir an die Schläfe gehalten."

„An die Schläfe, aha. Gut vorbereitet waren Sie also nicht."

Ich schaute ihn verständnislos an. Jetzt lächelte er, zum ersten Mal.

„Wenn Sie ein wenig im Internet – mit dem Sie ja so gut vertraut sind – nachgeforscht hätten, wären Sie schnell darauf gekommen. Schläfe ist viel zu gefährlich. Ein gut präparierter Selbstmörder schießt sich in den Mund."

War das die Wahrheit? Oder nur eine Finte? Natürlich hatte ich mich nie damit beschäftigt.

„Das wusste ich nicht", sagte ich.

„Sehen Sie", sagte er zufrieden. „Eine kleine –", er suchte ein paar Sekunden nach dem richtigen Wort, „Ungereimtheit", ergänzte er dann.

„Ich hätte mich informieren sollen, Sie haben recht. Für das nächste Mal weiß ich es."

„*Das nächste Mal*? Nun, das war keine kluge Bemerkung. Sie wissen sicher, wir müssen Sie schützen vor sich selbst."

Ich musste husten. Der Richter erhob sich, klopfte an die Glasscheibe, machte ein Zeichen. Sofort ging die Tür auf, und jemand stellte ein Glas Wasser vor mich hin.

„Danke!" Vorsichtig nippte ich daran.

Er schaute auf seine Armbanduhr. „Also, wie ging es weiter?"

Mit dem Ärmel meiner Jacke tupfte ich mir den Schweiß von der Oberlippe.

„Die Pistole ... Ich habe sie mir an die Schläfe gehalten. Dann habe ich gezögert. Ich weiß nicht, warum. Und diese Frau, die da neben mir stand, hat reagiert. Sie riss meinen Arm nach unten. So ging der Schuss in Leere."

„Interessante Version. Vor allem, wenn man bedenkt, was die Zeugin gegeben hat zu Protokoll."

Zu gern würde er hinter meine Stirn blicken. Welch ein Glück, dass die Geheimdienste der Welt noch immer keinen Gedankenscanner erfunden hatten.

Was er gesehen hätte, wäre: Chaos. Durcheinanderwirbelnde Sätze und Fragen. Sara hatte also doch meinen Ausruf nicht gehört. Oder sie hatte ihn zwar gehört, aber trotzdem beschlossen, alles auf sich zu nehmen. Nur wie? Was um alles in der Welt hatte sie ausgesagt? Ich konnte nicht nachfragen, sonst hätte der Richter mich wieder gemaßregelt. Er genoss diesen kleinen Triumph. Seine Hände lagen jetzt ruhig auf der Tischplatte.

Wir harrten aus. Auge in Auge. Ohne ein Wort.

Dann wurde es dem Richter zu bunt.

„Frau Hansen erzählte uns", sagte er griesgrämig, „sie habe plötzlich bemerkt, dass der unbekannte Mann neben ihr eine Pistole auf sein Gesicht richtete. Da habe sie sich instinktiv mit einer Hand an seinem Arm festgeklammert und ihn so nach unten drücken können. Schuss in den Boden, Leben gerettet."

Wie verbirgt man vor einem erfahrenen Verhörexperten inneren Jubel? Irgendwie musste ich es geschafft haben, denn er erhob sich und klopfte dreimal an die Glaswand. Befragung beendet.

„Wir sehen uns im San Telmo", sagte er noch.

Erst später wurde mir klar, was sein kryptischer letzter Satz bedeutete. Ich stellte eine Gefahr dar, entweder für die öffentliche Sicherheit oder für mich selbst. Daher hatte er Untersuchungshaft über mich verhängt. Abzusitzen im Zentralgefängnis San Telmo in Santa Cruz.

Bei der Überstellung, im Fond eines Alfa Romeo der Guardia Civil, wagte ich es, das Fenster herunterzukurbeln und meinen Kopf nach draußen zu stecken. Ich wollte noch einmal die Gerüche der Insel in mich aufsaugen, ein letztes Mal für ungewisse Zeit spüren, wie die Sonnenstrahlen meine Nasenspitze kitzelten. Karin liebte das; in Wien, wo die Sonne ein seltener Gast ist, pflegte sie jeden Frühling beim ersten Auftauchen blauer Löcher in der Wolkendecke ihre Nase ins Licht zu stecken, bis sie so stark niesen musste, dass ihr ganzer Körper durchgeschüttelt wurde. Sie nannte das ihren *kleinen Orgasmus*.

Der Fahrer schrie und fuchtelte mit den Händen. Ich fand das nicht klug. Wenigstens eine Hand hätte er am Steuer lassen sollen. Gefügig zog ich meinen Kopf zurück. Er fluchte noch ein wenig vor sich hin, dann beruhigte er sich.

In El Paso hielten wir an einer Tankstelle. Ich durfte nicht aussteigen, obwohl mein Rücken und meine Knie schmerzten, was ich dem Fahrer mit Gesten zu verstehen gab. Er ließ die vordere Tür offen, und sofort drangen Duftschwaden ins Innere des Wagens. Es roch wie bei unserer Ankunft auf La Palma: nach Thymian und Benzin. Mit einer Prise Meersalz.

Das Gefängnis San Telmo lag nur ein paar Schritte entfernt vom *El Galeón*. Oft, wenn wir daran vorbeispaziert waren, hatte ich mir vorgestellt, dass bald Sara hinter diesen Mauern einsitzen würde. Nun also ich. Das Gebäude bestand aus quadratischen grauen Ziegeln, nur die Bereiche um die schmalen Gitterfenster waren weiß verputzt. Über Steinstufen gelangte man zum Eingang, einem mächtigen Torbogen mit der Aufschrift PRISIÓN CENTRAL. Direkt darüber ragte ein Holzbalkon in kolonialem Stil aus der Fassade, der wie ein Fremdkörper aussah oder ein zynischer Witz des Architekten. Wuchtig stand es da, das Gemäuer, es erweckte den Anschein, dass es aus ihm kein Entrinnen gab. Außer vielleicht über die Äste einer Kanarischen Kiefer, die aus dem Asphalt der Straße wuchs und bis zu den Fenstern des obersten Stockwerks reichte.

Die Übergabe des Gefangenen verlief weniger dramatisch als in meiner Vorstellung. Auf den Stufen hockte ein Mann mit halblangen, pechschwarzen Haaren und rauchte eine Zigarette. Als wir ausstiegen, erhob er sich gemächlich, schüttelte dem Fahrer die Hand und musterte mich neugierig. Er schmunzelte, und ich sah den Schalk in seinen Augen sitzen.

„Wie ein Verbrecher siehst du nicht aus", sagte er zur Begrüßung.

Er spürte meine Erleichterung darüber, dass ich mich mit ihm verständigen konnte, und legte mir kurz die Hand auf den Rücken.

„Ich heiße Andrés."

„Rauch, Adrian", sagte ich.

Er musste lachen und machte eine einladende Geste in Richtung Tor.

„Gehen wir."

Die Zelle war ein wenig größer als jene in Los Llanos, doch das Interieur war dasselbe. Auch hier gab es eine Plastikpritsche, die viel zu kurz für mich war. Nur das Fenster war etwas niedriger, man konnte einen Blick in die Freiheit werfen. Sie bestand aus dem Wipfel eines Baumes, der mir von draußen nicht aufgefallen war. Er blühte in flammendem Rosa, das Sonnenlicht tanzte zwischen den Kelchblättern.

Ich zog meine Jacke aus, dabei fiel der Band mit Nerudas Gedichten zu Boden. Nach kurzem Zögern hob ich ihn auf, setzte mich auf die harte Bettstatt, lehnte mich an die Wand und begann zu lesen.

Und konnte nicht damit aufhören, bis das helle Rechteck auf dem Boden der Zelle verblasste. *Zwanzig Liebesgedichte und ein Lied der Verzweiflung.* Verfasst vor neunzig Jahren von einem Neunzehnjährigen. Obwohl ich sie nur in der deutschen Übersetzung lesen konnte, brachten diese Strophen etwas in mir zum Schwingen, von dem ich schon vergessen hatte, dass es existierte. Nerudas Bilder drangen bei mir in jene Zone vor, die Kafka *das gefrorene Meer in uns* genannt hatte, sie hackten das Eis auf und ließen die Schollen schmelzen. Dort trieben sie fortan umher, schaukelten auf den Wellenkämmen wie leuchtende Papierschiffchen.

Die Lektüre von *XIV* hatte ich mir für den Schluss aufgehoben, und ich musste Sara recht geben: Es übertraf noch alle anderen.

Alle Tage spielst du mit dem Licht des Weltalls.
Eine zarte Besucherin, kommst du herbei in der Blume,
im Wasser.

Es kam mir vor, als reiste ich durch eine Gegenwelt, die ein fremder Mensch eigens für mich entworfen hatte. Obwohl ich mich klein und wertlos fühlte neben diesen Versen, konnte ich mich doch des Eindrucks nicht erwehren, diese Stimme wäre meinen verborgensten Regungen abgelauscht. Atemlos ließ ich mich durch die Strömungen des Gedichts treiben, vorbei an *düsteren Fischen*, umtost von *trübsinnigem Wind*, das Gesicht *den Sternen des Südens* zugewandt, *von streichelndem Regen* berührt, bis mich der letzte Satz wieder an Land warf, unter einen blühenden Baum:

Ich möchte mit dir machen,
was der Frühling mit den Kirschbäumen macht.

Seit diesem ersten Nachmittag im Gefängnis San Telmo verfolgen mich diese Zeilen und erklingen ohne Unterlass in meinen Gehörgängen. Ein stets präsentes Singen, ein Tinnitus, der manchmal leiser wird, aber nie vollständig verschwindet.

Die Mythen, die sich um Nerudas letzte Tage rankten, kamen mir in den Sinn. In der Nacht vor dem zweiten Ereignis hatte ich einige davon im Netz gefunden. Das Haus des sterbenskranken Dichters in Isla Negra wurde am Tag nach dem Putsch von Soldaten gestürmt. Einer von ihnen hält ehrfürchtig inne, als er des Dichters ansichtig wird.

„Suchen Sie nur", soll Neruda gesagt haben, „hier gibt es nämlich etwas sehr Gefährliches."

„Was denn?", fragt alarmiert der Soldat.

„Poesie", antwortet Neruda.

Ich dachte an die Geschichte des Mannes, der angeblich Beweise für Nerudas Ermordung besaß. An die tödliche Spritze der Krankenschwester im Dienste Pinochets. Die vergebliche Exhumierung.

Pablo Nerudas letzte Vision hat seine Frau Matilde überliefert. Kurz vor seinem Tod richtete er sich noch einmal auf und sagte: „Sie erschießen sie alle!"

Das Begräbnis des Dichters geriet – geschützt durch die Anwesenheit ausländischer Berichterstatter – zur ersten Demonstration gegen die Junta. Auf YouTube hatte ich Bilder davon gesehen. Der Leichenwagen mit Nerudas Sarg, über und über mit weißen Blumen geschmückt, fährt durch die Straße. Hunderte folgen seinem Weg. Auf beiden Seiten Soldaten mit Maschinengewehren im Anschlag. Hoch oben, auf einem Baugerüst, stehen Arbeiter Spalier, mit ihren Helmen in den Händen. Auf der letzten Wegstrecke vor dem Friedhof kommen dem Leichenzug plötzlich gepanzerte Fahrzeuge entgegen. Unbeirrt gehen die Menschen weiter. Jemand ruft: „Camarada Pablo Neruda!", die Menge antwortet: „Presente!" Ein zweites Mal: „Camarada Pablo Neruda" – „Presente!" Und ein drittes Mal. Das Militär wird nervös, doch der Rufer erhebt weiter seine Stimme: „Ahora!" Da lautet die Antwort der Trauernden: „Y siempre!"

Anwesend. Jetzt und immer.

Draußen hatte die Sonne ihre Lichttänzer von den Blüten zurückgerufen, das rosafarbene Feuer war erloschen. Schwarz ragten die Äste in die Dämmerung.

Wie gern würde ich Sara fragen, ob der Baum vor meinem Fenster ein Kirschbaum ist.

FÜNF

Erste Nacht im San Telmo: sehr kurze Schlafphasen. Einander umschleichende Gedanken. Es machte mich verrückt, dass ich weder mit Sara noch mit Karin in Kontakt treten konnte, so blieben mir nur Spekulationen, die ins Leere liefen. Wenn der Untersuchungsrichter Saras Aussagen glaubte, musste sie auf freiem Fuß sein. Andererseits misstraute er offenkundig unseren Darstellungen, obwohl oder gerade weil sie übereinstimmten. Möglicherweise hielt er alles für ein abgekartetes Spiel. Verhörte er Sara weiter? Durfte er das überhaupt ohne triftigen Grund? Oder nahm er Durán in die Zange, bis dieser ihm verriet, was wirklich geschehen war, auch wenn ihn damit seine Vergangenheit einholen würde? Auch Karin konnte natürlich den Fehler machen, uns zu verraten, ohne es zu wollen. Selbstmord? Mein Mann? Nie im Leben! Vielleicht war Sara auch nach ihrer Befragung direkt zum Parkplatz gegangen, wo Karin und Ricardo auf sie warteten, und hatte ihnen sogleich den neuen Plan unterbreitet. Oder hatte sie den Kontakt mit den beiden vermieden, um keinen Verdacht auf sie zu lenken? Mir wurde schwindlig. Ich zog mein Reisetagebuch aus der Jackentasche, blätterte darin herum, überflog die Zeilen. Nur noch wenige Seiten waren leer. Ich sollte wieder Notizen machen, um den Aufruhr in meinem Kopf zu ordnen.

Einmal hörte ich etwas über den Boden huschen. Gab es hier Ratten?

Um fünf Uhr morgens öffnete sich die Zellentür und Andrés erschien. Rosiges, munteres Gesicht, frisch rasiert. In seinen Händen hielt er ein Tablett mit einer Tasse Kaffee, Brotscheiben und einem Schälchen Honig. Er stellte es auf den kleinen Tisch in der Mitte des Raums.

„Ist nicht wie Ritz", sagte er, „aber man kann essen."

„Danke. Darf ich Sie um etwas bitten?"

„*Dich.* Im Gefängnis gibt kein *Sie.*" Wenn er lachte, sah man seine großen fleckigen Zähne. Ein Kranz von feinen Fältchen umgab seine Augen.

„Gut", sagte ich. „Darf ich dich um etwas bitten?"

„Kommt darauf an." Sein Grinsen war eher neugierig als herablassend.

„Stift und Papier."

Andrés zog eine Braue hoch. „Bist du ein Schreiber?"

„Nein, nein. Ich muss nur mein Gehirn aufräumen."

Er überlegte kurz. Dann nickte er und verließ die Zelle. Wenige Minuten später kam er mit einem dicken unlinierten Block und einem BIC-Kugelschreiber zurück.

„Hier", sagte er und drückte mir beides in die Hand. „Jetzt kannst du putzen da oben."

Dabei tippte er sich mit dem Zeigefinger an die Stirn.

„Vielen Dank!" Ich strahlte ihn an.

„De nada", sagte er lächelnd und ließ mich wieder allein.

Das Schreiben war mir in der Tat eine große Hilfe. Auch wenn ich es nicht schaffte, das Knäuel meiner Gedanken zu entwirren, lenkte es mich ab, zwang mich zu einer gewissen Konzentration und verhinderte den Leerlauf in meinem Kopf, die Mechanik der immergleichen Fragen, die um ein immergleiches finsteres Zentrum kreisten. Zumindest vermochte ich den endlosen Tag in Segmente zu unterteilen. Das Frühstück, das Schreiben am Vormittag, das Mittagessen, soweit es genießbar war, die Nachmittagsarbeit, das Abendmahl, die Nachtsession. Eine Portionierung des Vergehens. Dennoch verlor ich den Überblick, ich kann nicht genau sagen, wie viele Nächte verstrichen waren, als eines Morgens Andrés in der Zellentür stand und mir seine Miene sofort verriet, dass etwas Ungewöhnliches im Gange war.

„Du hast Besuch", sagte er stolz, als wäre er persönlich dafür verantwortlich.

Das Wort traf mich ins Mark. Mein Herz schlug wild gegen die Rippen. Ich blieb sitzen und erwartete, dass gleich hinter Andrés eine Gestalt hervortreten würde. Doch er bewegte sich auch nicht.

„Komm schon", sagte er. „Nicht hier, anderes Zimmer."

Langsam erhob ich mich, Andrés nahm meinen Arm und führte mich aus der Zelle. Keine Handschellen. Am Ende des Ganges stand eine Tür offen, ich verlangsamte meine Schritte und atmete schwer. Andrés schob mich in den Raum hinein.

Ein Tisch. Vier Stühle. Keine gläserne Trennwand, wie ich angenommen hatte.

Da saß Karin. Neben ihr Sara.

Die Luft zwischen mir und ihnen begann zu flimmern, wie bei großer Hitze über Asphalt.

Karin sprang auf und lief auf mich zu.

„Adrian", rief sie, „warum hast du das nur getan?"

Das war keine Begrüßung, das war ein Signal. Wir standen uns gegenüber, umarmten uns nicht. Andrés bedeutete ihr, dass sie sich wieder setzen solle, und wies mir den Platz auf der anderen Seite des Tisches zu. Er selbst nahm sich einen Stuhl und ließ sich in einer Ecke des Zimmers darauf nieder. Aus der Brusttasche seiner Uniformjacke zog er ein kleines Buch und einen Bleistift. Und begann, Kreuzworträtsel zu lösen.

Ich schaute Karin an, in ihrem Gesicht las ich Sorge und Gram. Doch in ihren Augen blitzte etwas auf, das nicht dazu passte.

„Alles wird gut, Adrian." Sie nahm meine Hand. „Wir finden für alles eine Lösung."

Ich nickte und suchte dabei nach einer richtigen Antwort. Das Einzige, was mir einfiel, war:

„Verzeih mir bitte."

„Natürlich", sagte sie. „Aber ab jetzt lösen wir alle Probleme gemeinsam, versprichst du mir das?" Therapeutinnentonfall, einfühlsam. Was für ein schauspielerisches Talent all die Jahre in ihr geschlummert hatte. Unentdeckt, welche Verschwendung.

„Versprochen", sagte ich.

„Gut. Dann darf ich dir jetzt die Frau vorstellen, die dir das Leben gerettet hat. Sara Hansen."

Sara streckte mir die Hand entgegen.

„Freut mich, Herr Rauch."

Erst jetzt fiel mir auf, dass sie eine weiße Bluse trug. Sara! Eine weiße Bluse! Was wurde hier eigentlich gespielt? *Hamlet* war es jedenfalls nicht.

„Danke", sagte ich und drückte ihre Hand. In ihrer Miene suchte ich nach Spuren der Verzweiflung, die sie erfasst haben musste. Alles war umsonst gewesen, ihr Peiniger erfreute sich bester Gesundheit. Doch ich fand nur ein zuvorkommendes Lächeln. Ihre Stirn war glatt; die Haare hatte sie mit mehreren Klammern gebändigt. Sie wirkte entspannt.

„Es war gar keine bewusste Tat, eher ein Reflex. Ein Zufall, dass ich so knapp neben Ihnen gestanden bin."

„Ja, manchmal ist eben der Zufall auf unserer Seite!" Karin klang beinahe fröhlich.

Ich blickte abwechselnd auf Karin und Sara. Thelma und Louise, dachte ich.

Plötzlich beugte sich Karin über den Tisch und flüsterte mir etwas ins Ohr. Andrés blickte auf und hob die Hand.

„Pardon", sagte Karin. Schon saß sie wieder aufrecht auf ihrem Stuhl.

Ich hatte fast nichts verstanden. Nur „Ricardo" und „zu Ende".

An Saras Händen bemerkte ich, dass sie mit einem Mal nervös geworden war. Ihre schmalen Finger zuckten. Karin war nicht entgangen, dass sich Andrés wieder in sein Rätselbuch vertieft hatte. Lautlos formten ihre Lippen Wörter. Ich konnte sie nicht lesen, sosehr ich mich auch bemühte. Karin versuchte es noch ein Mal. *Fell*, konnte eine der Silben vielleicht heißen, oder *Fall*. Ratlos schaute ich sie an. Ehe das Schweigen im Raum verdächtig wurde, sagte Sara:

„Ich freue mich, dass ich helfen konnte." Sie erhob sich. „Das Leben ist sehr kostbar, werfen Sie es nicht weg." Es klang wie ein ironisches Zitat einer meiner Appelle an sie, ihr Vorhaben zu überdenken. Auch Karin stand auf, ich sah, wie sich die Zornfältchen auf ihrer Stirn vertieften. Diesmal umarmte sie mich, aber wie einen flüchtigen Bekannten. Andrés steckte sein Buch ein und begleitete die beiden Frauen nach draußen.

Wenn ich hier herauskam, würde ich einen Kurs im Lippenlesen belegen.

Zurück in der Zelle wusch ich mir über dem winzigen Becken das Gesicht. Das Karussell hinter meiner Stirn begann sich wieder zu drehen. War Ricardo bei einer seiner sportlichen Aktivitäten gestürzt, mit dem Gleitschirm vom Himmel gefallen, ging es mit ihm zu Ende, war es das, was mir Karin sagen wollte? Aber dann hätte ich nicht dieses Funkeln in ihren Augen wahrgenommen. Und sie hätte mir alles ohne Flüstern erzählen können. Oder hatte sie nur berichtet, dass in Ricardos Augen für uns alles vorbei war, das Spiel verloren, der Vergeltungstraum zerplatzt? Doch das wusste ich ohnehin, das war auch keine Botschaft, die man nur ganz leise verkünden konnte. Und was steckte hinter Saras Auftritt? Woher nahm sie diese gelassene Höflichkeit?

Heute wundere ich mich darüber, warum es mir nach dem Besuch nicht gelungen war, die einzelnen Teile des Puzzles zusammenzusetzen.

Wenige Stunden später kredenzte mir Andrés als Mittagsmahl ein paar fette Fleischbrocken in einer roten Sauce, die selbst einem Mexikaner den Gaumen verbrannt hätte. Nach dem ersten Bissen gab ich auf und gurgelte mit kaltem Wasser. Als Andrés zurückkam, um die Reste abzuräumen, blickte er besorgt auf den Teller mit dem beinah unberührten Höllengemisch.

„Fertig?", fragte er.

Ich nickte und machte ein Geräusch, das meiner Vorstellung vom Schnauben eines feuerspeienden Drachen entsprach. Er zuckte bedauernd die Schultern und ging.

Fertig. Dieses Wort erinnerte mich wieder daran, warum ich hier war.

„Fertig." Das sagte Paul Schäfer, Gründer der Colonia Dignidad, Kinderschänder und Folterknecht, beim gemeinsamen Dinner mit Contreras oder anderen Vollstreckern der DINA, wenn einer der Gequälten tagsüber gestorben war. Allgemeines Gelächter. Schäfers Humor war bei den Generälen sehr beliebt. Seine Spezialität war es, die Stromkabel direkt an die Füllungen der Zähne anzuschließen. Foltern mit deutscher Gründlichkeit, nannte das ein Überlebender. Jede Nacht vergewaltigte Paul Schäfer einen anderen Buben. 1997 konnte er untertauchen, erst 2005 wurde er in Argentinien verhaftet.

Ein Gefühl der Vergeblichkeit überwältigte mich. Alles, was wir getan hatten, war lächerlich und kindisch im Vergleich zu den vielen ungesühnten Verbrechen. Selbst wenn wir nicht versagt hätten: Unsere Handlung wäre bedeutungslos gewesen.

Ich schreckte aus meinen Gedanken hoch, Andrés stand im Raum. Ich hatte ihn nicht kommen hören. Er hielt mir eine zusammengerollte Zeitung unter die Nase.

„Wochenblatt", sagte er. „Ist auf Deutsch. Vielleicht interessant für dich." Dabei zwinkerte er mir verschwörerisch zu. Ich nahm die Zeitung entgegen und strich das Papier glatt. Dankbar nickte ich ihm zu.

„Warum bist du so freundlich zu mir?"

Er entblößte seine Zähne.

„Altes Prinzip von Vater", sagte er. „Man trifft sich immer zwei Mal in Leben."

Und schon war er wieder fort.

Das Wochenblatt. Die Zeitung der Kanarischen Inseln stand auf der Titelseite. Datum: 26. Februar 2014. Headline war die Ankündigung des Starmus-Festivals auf Teneriffa vom 22. bis 27. September, eine international besetzte Zusammenkunft von Astrophysikern, Astronauten, Biologen und Musikern. Mit Staunen las ich, dass nicht nur Stephen Hawking höchstselbst seine Teilnahme bestätigt hatte, sondern auch der große Robert Woodrow Wilson – der Mann, der den Taubendreck von den Antennen entfernt und die kosmische Hintergrundstrahlung entdeckt hatte. Für 25. September war ein besonderes Event auf La Palma angekündigt: Beim *Round Table 108* würde eine Expertenrunde zu Füßen des *Gran Telescopio Canarias* 108 Minuten lang über die Entstehung des Kosmos diskutieren. Zu Ehren des ersten Weltraumspaziergangs von Juri Gagarin, der exakt 108 Minuten gedauert hatte.

Wieder dachte ich an Roland, und erneut rührte sich mein schlechtes Gewissen.

Geistesabwesend blätterte ich weiter, mein Blick streifte über Schlagzeilen und Bilder hinweg, Bauvorhaben auf

Gran Canaria, eine Restauranteröffnung auf Teneriffa, Rettungshubschrauber für La Gomera –

Da stutzte ich.

Eine Überschrift weckte meine Aufmerksamkeit.

Schrecklicher Autounfall auf La Palma.

Ich begann zu lesen.

Unter noch ungeklärten Ursachen kam in der Nacht vom 24. auf 25. Februar ein Ford Escort auf dem Weg vom Observatorium Roque de los Muchachos nach Santa Cruz de La Palma von der Fahrbahn ab, durchbrach die Leitplanken und stürzte hunderte Meter tief in die Schlucht. Erst eine Stunde später trafen Hilfskräfte vor Ort ein, der Fahrer konnte nur noch tot aus dem ausgebrannten Wrack geborgen werden. Die Absturzstelle befand sich bei Kilometer 34 unweit des Aussichtspunktes Degollada de Los Franceses.

Bei dem Toten handelt es sich um den 65-jährigen Chilenen Osvaldo Durán Cárdenas, der als Astronom auf dem Observatorium tätig war. Warum der Mann mitten in der Nacht das Quartier der Physiker verlassen hatte und in die Hauptstadt unterwegs war, ist noch unklar. Über mögliches Fremdverschulden wollte die Polizei keine Auskunft erteilen.

SECHS

Ich lag ausgestreckt auf meiner Pritsche und spürte, wie sich ein kalter Schweißfilm auf meiner Stirn bildete. Die Nachricht hatte die mühsam zusammengebastelte Ordnung in meinen Gedanken verwüstet. Immer wieder, so schien es mir, setzte mein Herzschlag für Sekunden aus. Gespenstische Bilderfetzen spukten durch meinen Kopf. Ich sah Manuel Contreras mit Paul Schäfer an einem Tisch, sie saßen einander gegenüber und spielten Schach, doch die Figuren auf dem Brett waren kleine dünne Knochen, sechzehn von ihnen mit Pech bestrichen; Ricardos Großvater, auch ein Manuel, schwebte unter der Zellendecke, er glich seinem Enkel aufs Haar. Sein Hals war nur mehr fingerdick, zusammengequetscht von einem eisernen Kragen. Unter der Tür sickerte eine Pfütze durch, verwandelte sich in wenigen Augenblicken in einen Menschen, der auf mich zuging, es war Durán, hoch über dem Kopf hielt er eine Zange. Und dann, als hätte mein wild gewordenes Unbewusstes mit einem Mal Erbarmen mit seinem Wirt, sah ich Higgs, Peter Higgs. In einem weißen Hemd hockte er auf meiner Toilette und strahlte, er musste seine Brille abnehmen, mit einem Tuch seine Tränen trocknen, denn es war der Moment, den Roland mir einmal auf YouTube gezeigt hatte: Soeben hatte Joe Incandela, Sprecher der Forschungsteams, vor dem Auditorium des CERN die Entdeckung jenes Teilchens verkündet, das Higgs fünfzig Jahre zuvor postuliert hatte.

Duráns Zange zerfloss in der Luft.

Wie aus einem Hinterhalt sprang mich die Freude an, saugte sich an meinen Schultern fest.

Er war tot. Das Schwein war tot.

Sie mussten es schon gewusst haben, Karin und Sara, als sie mich besucht hatten.

Ich hob meine Beine von der Pritsche und richtete mich auf. Ging zum Becken und schaufelte mir Wasser ins Genick.

Von der Fahrbahn abgekommen, einfach so?

Warum war Durán nach Santa Cruz aufgebrochen? Er musste Angst bekommen haben. Jemand trachtete ihm nach dem Leben, und er konnte nicht sicher sein, ob die Attentäter nicht einen zweiten Versuch wagen würden.

Doch das erklärte nicht seinen Sturz in die Tiefe.

Vielleicht war er eingeschlafen. Oder etwas hatte ihn erschreckt und er hatte den Wagen verrissen.

Ricardo, hatte Karin gesagt. *Zu Ende.*

Manchmal bin ich sehr langsam im Erfassen von Zusammenhängen, ganz im Gegensatz zu meiner Frau. Doch nun dämmerte selbst mir, was sich abgespielt haben könnte.

Es war nicht so, dass es mit Ricardo zu Ende ging. Er hatte etwas zu Ende *gebracht*. Ich schloss die Augen und sah Ricardo hinter dem Steuer seines Geländewagens. Wild entschlossen. Neben ihm Karin. Sie verfolgten Duráns Ford Escort. Oder kamen sie ihm entgegen? Das war nicht ganz klar. Jedenfalls: Im entscheidenden Moment drängte das riesige Gefährt den kleinen Pkw von der Fahrbahn, bremste ab und kam rechtzeitig zum Stehen.

Doch viele Fragen blieben offen. Wenn es so geschehen war, wie ich es mir vorstellte – woher wusste Ricardo, wann genau Durán das Wohnhaus der Astronomen verließ?

Mich verlangte nach Bewegung. Ein langer Waldspaziergang wäre in diesem Moment das Richtige gewesen. In Ermangelung dieser Möglichkeit sprang ich auf und lief mit schnellen Schritten in meiner Zelle auf und ab, von Mauer zu Mauer, von der Tür zum Fenster und wieder zurück.

Ricardo musste in der Crew des Observatoriums einen Informanten gehabt haben. Jemanden, der in den Plan eingeweiht war und Ricardo sofort Bescheid gegeben hatte, als Durán Vorbereitungen traf, nach Santa Cruz zu fahren. Möglicherweise hatte Durán seinen Kollegen arglos davon erzählt – *ich werde ein paar Tage in der Stadt verbringen, wir sehen uns nächste Woche wieder.* Damit hatte er selbst sein Todesurteil gesprochen.

War es nicht riskant gewesen, noch jemanden ins Vertrauen zu ziehen? Vielleicht war es dieselbe Person, die Ricardo den Termin für die Führung besorgt hatte. Und von der er die Information erhalten hatte, dass es für Besucher des Observatoriums keine Taschenkontrollen gab. Was alles war diesem geheimnisvollen Helfer bekannt? Wenn er über alle Details unterrichtet war, bis hin zur letzten Konsequenz – war das dann nicht Beihilfe zum Mord? Wie bei Karin. Falls sie wirklich beteiligt war. Hatten sie und Ricardo zu zweit auf den Anruf gewartet, tagelang, gemeinsam unter einer Decke? Oder hatten sie gar nicht damit gerechnet?

Allmählich machte mich das Laufen müde. Obwohl es innerhalb dieser Mauern nur nach Schweiß und Urin riechen durfte, bildete ich mir plötzlich ein, den Duft der Kirschblüten wahrzunehmen. Er wehte durch das geschlossene Fenster herein und beruhigte mich. Ich blieb stehen und massierte meine Knie. Setzte mich auf die Bettstatt. Sank langsam zur Seite.

Die Erschöpfung bescherte mir einen langen Schlaf, Träume mit vielen Gesichtern, die sich übereinanderblendeten oder ineinanderflossen. Die meisten Bilder dieser Nacht sind bei Tageslicht wieder zerfallen, doch eine kleine Szene ist mir in Erinnerung geblieben. Ricardo beugt sich über Karin, die in unserem Hotelzimmer im Bett liegt. Sie sieht verweint aus, eine nasse Haarsträhne klebt an ihrer Stirn. Ricardo streckt die Hand nach ihr aus, kurz vor der Berührung hält er jedoch inne. Mit ruhiger Stimme sagt er: „Es ist alles ganz einfach. Er muss sterben, weil er es verdient hat."

„Ja", antwortet Karin und lächelt.

Der folgende Tag begann mit einer weiteren Überraschung. Andrés kam ohne Tablett. Er wirkte beunruhigt.

„Richter Salinas möchte dich sprechen", sagte er und reichte mir ein frisches Shirt. Ich zog mich rasch um und folgte ihm auf den Korridor. Er begleitete mich in einen Raum, der ähnlich aussah wie das Besuchszimmer. Keine Spur von einer CSI-Wand.

Dieses Mal erwartete mich der Richter bereits. Als er aufstand, um mir die Hand zu geben, kam er mir noch größer vor als zuletzt.

Er deutete auf den Stuhl ihm gegenüber, ich nahm Platz.

„Sie werden verstehen", sagte Richter Salinas, „dass ich noch einige Fragen habe."

„Eigentlich nicht. Ich habe Ihnen schon alles gesagt."

„Ach, tatsächlich?" Ein ironisches Lächeln. „Sie kennen die neue Faktenlage?"

„Welche Faktenlage?" Ich wunderte mich selbst über meine Kühnheit.

Salinas lehnte sich zurück, sein Stuhl ächzte.

„Also schön. Dann ich erzähle Ihnen interessante Neuigkeiten."

Pause, um mich nervös zu machen. Das kannte ich schon von ihm.

Er beugte den Oberkörper wieder nach vorne.

„Es gab einen Autounfall. Sehr rätselhaft. Auf der Straße vom Observatorium nach Santa Cruz, in der Nacht. Der Fahrer ist tot."

„Das ist sehr bedauerlich, aber was hat das mit mir zu tun?" Sicher zuckte irgendein verräterischer Muskel in meinem Gesicht. Es war nur eine Frage der Zeit, bis er mich überführte.

„Wollen Sie nicht wissen, wer ist der Verunglückte?"

„Doch. Natürlich."

„Er war Astronom. Osvaldo Durán Cárdenas."

Jetzt musste ich auch noch den Verblüfften spielen. Lange würde ich das alles nicht mehr durchhalten.

„Der Mann, der –", begann ich.

„Der neben Ihnen stand", unterbrach mich der Richter, und jetzt wurde sein Ton zynisch, „als Sie versucht haben, sich das Leben zu nehmen."

„Ein Zufall", brachte ich noch hervor.

„Ach ja? Ein bisschen viel Zufall, finden Sie nicht? Ein Schuss fällt, drei Personen sind anwesend. Ein Selbstmörder, eine ihm unbekannte Retterin und ein Zeuge. Wenige Tage danach der Zeuge stürzt in den Tod."

Aber die Welt besteht aus Zufällen, wollte ich sagen. Man kann nie gleichzeitig sicher sein, wer jemand ist und wohin er sich bewegt. Das ist Quantenmechanik. Ich weiß das, weil mein bester Freund Astronom ist.

Doch ich ließ es bleiben und schwieg. Etwas pulste an meiner Schläfe.

Der Richter zupfte an einem Schnurrbarthaar, das einen Millimeter länger war als die anderen.

„Sie müssen wissen, die Astronomen wohnen dort oben. Sie fahren so gut wie nie in die Stadt."

„Außer wenn sie …", stammelte ich, „wenn sie …"

„Wenn sie *was*?" Salinas wurde lauter. Ich wich seinem Blick aus.

Er schabte mit den Fingernägeln über das Holz der Tischplatte.

„Wissen Sie, was ich glaube?"

Ich schüttelte den Kopf, spürte aber, wie die Röte meine Wangen hochstieg.

„Ich glaube", sagte Salinas, „dass Durán Angst bekommen hat. Deshalb hat er das Observatorium verlassen."

„Angst? Wovor?"

„Er fürchtete, dass ihm jemand, wie sagt man, nach dem Leben trachtet."

„Wer?" Ich flüsterte, ohne es zu wollen.

„Könnte es nicht sein", sagte Salinas, „dass Sie die Waffe gar nicht auf sich selbst gerichtet haben, sondern auf Durán? Und dass Ihre geheimnisvolle Retterin in Wahrheit war Ihre Komplizin?"

Viel Dunkelheit in meinem Kopf. Nur ein heller Gedanke flitzte herum. Ich musste ihn bloß erwischen.

„Aber warum hätte die Frau dann verhindern sollen, dass ich auf ihn schieße? Sie hätte mich doch unterstützen müssen."

Salinas wischte sich mit der Hand über die Stirn, als wollte er ein Insekt verjagen.

„Frau Hansen hat gar nichts verhindert. Etwas hat Sie aufgehalten. Sie beide."

„Und was soll das gewesen sein?"

„Das habe ich gehofft, von Ihnen zu erfahren", sagte er scharf.

„Ich kann Ihnen nur die Wahrheit sagen. Und die hat sich seit unserem letzten Gespräch nicht verändert." Der Geist meines Vaters musste stolz auf mich sein.

Der Richter erhob sich, verschränkte die Arme hinter dem Rücken, ging zur Wand, seufzte, drehte sich um und setzte sich wieder hin.

„Ich möchte, dass Sie eines wissen: Ich bin sicher, dass das Unglück war kein Unglück. Jemand hat nachgeholfen."

Mit einem Mal befiel mich eine unverhoffte Ruhe.

„Das kann aber nicht ich gewesen sein. Ich habe ein perfektes Alibi. Ich war im Gefängnis. Denken Sie, ich hätte von hier aus einen Unfall verursachen können? Mit Telekinese?"

Die Augen des Richters schossen spitze Nadeln auf mich ab. Ich glaubte zu sehen, wie Wut in ihm hochkochte, doch er beherrschte sich.

„Ich sehe, Sie haben wiedergefunden Ihren Humor."

„Ich habe ihn wieder", sagte ich so freundlich wie möglich, „seit mich Frau Hansen vor mir selbst gerettet hat."

Salinas lachte kurz auf. Es klang wie ein Husten.

„Apropos Frau Hansen. Ich höre, sie hat Sie besucht."

Es war dumm von mir, in diesem Moment zu erschrecken. Es hätte mir klar sein müssen, dass er das wusste.

„Ja."

„War sicher eine rührende Begegnung."

„Ja."

Der Richter stand auf.

„Lassen wir es gut sein für heute."

Er ging zur Tür, blieb stehen und wandte sich noch einmal zu mir um.

„Frau Hansen hat übrigens auch ein Alibi für die fragliche Nacht. Das wird Sie sicher freuen."

Ich sagte nichts.

„Ah, und noch etwas: Es wundert mich nicht, wie dieser Mann gestorben ist."

Die Tür fiel ins Schloss.

SIEBEN

Viel mehr gibt es nicht zu berichten.

Der Block, den Andrés mir gebracht hat, ist fast vollgeschrieben.

Andrés wird meine Notizen nicht konfiszieren und sie den Gesetzeshütern übergeben, darauf vertraue ich.

Karin und Sara haben mich nicht mehr besucht.

Ich bin nicht enttäuscht deswegen. Es war schon gefährlich genug, dass sie einmal gekommen sind.

Nur hin und wieder beschleichen mich Ängste. Sehe ich alles falsch? Hat sich Karin in Wahrheit schon von mir abgewandt und beginnt sie gerade ein neues Leben zu führen, ohne mich?

Dann ebbt die Panik ab und ich werde wieder ruhig.

Über einiges grüble ich noch nach.

Saras Alibi zum Beispiel.

Ich war überzeugt davon, dass sie in der Nacht, in der Ricardo alles *zu Ende gebracht* hat, allein in ihrem Hotelzimmer war.

Aber nein.

Wahrscheinlich hat Ricardo auch daran gedacht. Sara, wird er gesagt haben, ich werde es jetzt beenden, du musst heute Nacht von jemandem gesehen werden. Nein, du kannst nicht mitkommen. Überlass es mir.

Es muss noch andere Ornithologen auf der Insel geben. Vielleicht hat sie sie kontaktiert, um ihnen ihre Fotos zu zeigen. Ein langer Abend auf irgendeiner Vogelkundler-Station, ein Fest für den Bläulichen Buchfink. Mit vielen angeheiterten Zeugen.

Irgendwann werde ich es erfahren.

Ich bin juristisch nicht versiert und kann nicht abschätzen, ob der Mann mit dem grauen Triumphbogen im

Gesicht einen Prozess gegen mich anstrebt. Sein Abgang stimmt mich zuversichtlich, aber wer weiß, welche Pfeile er noch im Köcher hat.

Er könnte über Karin einen Weg zu Ricardo finden. Seinen Wagen untersuchen lassen. Lackspuren eines Ford Escort auf der Stoßstange finden. Oder etwas über Duráns Vergangenheit in Erfahrung bringen. Und so die Verbindung zu Sara entdecken.

Oder hat er das längst getan? Hat er nach dem Unfall recherchiert, ist er auf chilenische Prozessakten gestoßen? Liegt darin die Bedeutung seines letzten Satzes? Und falls ja: Auf welcher Seite steht er?

Manchmal ertappe ich mich dabei, dass ich auf die tiefe Stimme aus dem Nichts hoffe.

Doch seit ein, zwei Tagen schweigt mein Vater.

Ist er endlich zufrieden mit mir? Oder werden nur die Symptome meiner Psychose schwächer?

Hamlets Geist sagt zu seinem Sohn, der auch Hamlet heißt:

Wär's mir nicht untersagt,
Das Innre meines Kerkers zu enthüllen,
So höb ich eine Kunde an, von der
Das kleinste Wort die Seele dir zermalmte.

Nach seinem Tod habe ich das Stück mehrmals wieder gelesen.

Ich hoffe, er weilt an einem besseren Ort.

Oft frage ich mich, weshalb Sara im entscheidenden Augenblick erstarrt ist. Nach Jahrzehnten der Vorbereitung. Dieses letzte Zögern, war es gerade dem Übermaß des Nachdenkens geschuldet? Erging es ihr wie Hamlet junior? Auch ihm bleibt ja die Möglichkeit verwehrt, die Gesetze anzurufen.

So macht Bewusstsein Feige aus uns allen;
Der angebor'nen Farbe der Entschließung
Wird des Gedankens Blässe angekränkelt;
Und Unternehmen, hochgezielt und wertvoll,
Durch diese Rücksicht aus der Bahn gelenkt,
Verlieren so der Handlung Namen.

In einer Shakespeare-Ausgabe von 1901, die mein Vater mir einmal geschenkt hat, steht statt *Bewusstsein* noch *Gewissen,* die ältere Variante der Schlegel-Übersetzung. Hat Sara also ihr Gewissen einen unerwarteten Streich gespielt? Oder hat sie nur der Blick des Mörders paralysiert?

Ricardo hingegen ist garantiert nicht von *des Gedankens Blässe angekränkelt*, er hat sich als Mann der Tat bewiesen, der *action*, wie es im englischen Original heißt. Wieder stelle ich ihn mir hinter dem Volant seines Wagens vor, er strahlt die innere Sicherheit aus, das Richtige zu tun, ohne Zögern, ohne Selbstzweifel. *Durán muss sterben, weil er es verdient hat.* Es ist mir unangenehm, mich daran zu erinnern, wie sehr ich ihn anfangs unterschätzt habe.

Hat Sara nun ihren Frieden gefunden? Erlaubt sie sich wieder, zu leben? Oder ist ihre letzte Hoffnung zerbrochen, weil sie die Tat nicht selbst vollbracht hat? Bei ihrem Besuch im Gefängnis habe ich jedenfalls keine Anzeichen von Niedergeschlagenheit an ihr wahrgenommen. Durán ist tot und Sara ist frei. Ist das ein Happy End? Oder eine Apotheose der Selbstjustiz?

Ich habe mich übrigens damals bei Karin für den Hägar-Comic revanchiert. Mit einem Strip, der nur aus zwei Bildern besteht. Auf der ersten Zeichnung sieht man Hägar den Schrecklichen und seine Frau Helga in Nahaufnahme, er hat den Arm um sie gelegt und sagt:

„Da sind nur du und ich gegen den Rest der Welt, mein Schatz!"

„Ich weiß …", antwortet Helga. Dann fährt die imaginäre Kamera zurück, das zweite Bild zeigt das Wikingerpaar in der trostlosen Umgebung seiner Behausung, der Verputz ist von den Wänden gebröckelt, durch das Dach tropft Wasser in eine Wanne. Ein Berg Schmutzwäsche türmt sich in einer Ecke, davor liegt ein abgenagter Knochen. Die beiden sitzen auf einer Holzbank, aus der schon ein Stück herausgebrochen ist. Hägar hat die Augen geschlossen, während Helga sagt:

„Und manchmal denke ich, die Welt gewinnt."

Karin hat mir als Dank ihr schönstes Lachen geschenkt. Ich vermisse ihren Humor. Und ihren Geruch.

Mein Schlaf ist ruhig, die Träume sind zahm geworden.

Roland und ich unter dem Spiegel. 10,4 Meter. Die Vergangenheit leuchtet uns an.

Sara vor mir, ihr durchscheinender Körper, hinter ihr die Welt.

Inmitten von Mandelblüten: Karin.

Beim Aufwachen verspüre ich meist Appetit wie schon lange nicht mehr. Hat eigentlich jemand unseren Mietwagen zurückgebracht?

Das Geräusch des Schlüssels. Andrés kommt herein. Er grinst übers ganze Gesicht und hält mir einen Zettel hin. Zuerst verstehe ich nicht, was er sagt. Er wiederholt seinen Satz:

„Du kannst weiterschreiben draußen."

Danksagung

Ich danke

den MitarbeiterInnen des Astro Camp La Palma und des Instituto de Astrofísica de Canarias für ihr Entgegenkommen, ihre Geduld und ihre Unterstützung

a los trabajadores y trabajadoras de Astro Camp La Palma y del Instituto de Astrofísica de Canarias por su deferencia, su paciencia y su apoyo

Gabriele Deutsch für begleitende Lektüre

Georg Hasibeder und Dorothea Zanon für die anregenden Lektoratsgespräche

Peter Hammerschick für ballistische Recherchehilfe

Policía Pedro Brito Botín, Santa Cruz de La Palma, für wertvolle polizeitechnische Hinweise

al Policía Pedro Brito Botín, de Santa Cruz de La Palma, por sus valiosas observaciones en materia técnico-policial

Thomas Rauter für völkerrechtliche Beratung und das umfangreiche Material über die Prozesse in Chile

Roger P. Frey für Einsichten in die Welt des Gleitschirmfliegens auf La Palma

Josefina Vázquez Arco für alles. Dieses Buch ist *unser* Buch.

Bettina Balàka
Die Prinzessin von Arborio
Roman
264 Seiten, gebunden mit Schutzumschlag
ISBN 978-3-7099-7239-7
€ 19.90

Elisabetta Zorzi ist attraktiv, beruflich erfolgreich und begehrt –
und sie ist eine schwarze Witwe, wie sie im Buche steht. Die beliebte
Restaurantchefin ist es gewohnt, dass sie bekommt, was sie will.
Doch keiner ahnt, wie gefährlich es ist, sich in ihre Nähe zu begeben.
Denn einmal in Missgunst gefallen, müssen die Männer in Elisabetta
Zorzis Leben sterben. Einer nach dem anderen ...
  Die charmante Mörderin trauert gerade um ihren jüngst
verstorbenen Ehemann, als sie von dem Kriminalpsychologen Arnold
Körber überführt wird. Körber ist fasziniert von Zorzis Verbrechen,
noch mehr aber von ihr selbst. – Die Serienmörderin und der
Profiler – ob diese Liaison ein gutes Ende nehmen kann?

Eine Liebesgeschichte mit Nervenkitzel: Bissig, spannend, klug und
von bezwingender Leichtigkeit verbindet Bettina Balàka mühelos
Krimi und Liebesgeschichte zu einem außergewöhnlichen Roman –
scharf beobachtet, brillant erzählt und wunderbar amüsant.

www.haymonverlag.at

Walter Grond
Drei Lieben
Roman
168 Seiten, gebunden mit Schutzumschlag
ISBN 978-3-7099-7214-4
€ 19.90

Von der mondänen orientalischen Metropole Baku über das Paris der
1920er ins Wien der Gegenwart – drei Liebesgeschichten vor dem
Panorama der Weltgeschichte: Hermann Opitz beschließt, sein altes
Leben hinter sich zu lassen, sein Heimatdorf, seine Ehe – und meldet
sich freiwillig zum Kriegsdienst. Ein Jahr später strandet er in
Baku, das in den Jahren des Ölbooms zur mondänen orientalischen
Metropole geworden war, und begegnet dort Jale, der Tochter eines
Ölbarons. Wenig später gerät das junge Liebespaar in die Wirren der
Russischen Revolution und flieht nach Paris.
　　Zwei Generationen später begibt sich der Enkelsohn von
Hermann Opitz auf eine Spurensuche in der Geschichte seiner
Familie und erkundet das Leben seiner Großeltern. Er begegnet Rita,
an deren Seite er das Glück der Verbundenheit erlebt, das er einst in
den Augen seiner Großeltern gesehen hat. Gleichzeitig beginnt er
zu ahnen, dass das private Glück untrennbar mit den Zeitläuften der
Weltgeschichte verknüpft ist ...

Schlicht und unsentimental erzählt Walter Grond die Geschichten
dreier Liebespaare, die auf rätselhafte Weise ineinander verwoben
sind – und lässt zugleich die grenzenlose Kraft der Liebe spürbar
werden, die unbeirrt von allen Schrecken der Geschichte des
20. Jahrhunderts wirkt.

www.haymonverlag.at